CB139317

O SONHO DA BORBOLETA

LUCAS C. LIMA

O SONHO DA BORBOLETA

1ª Edição

Santa Catarina - 2024

Qualis

Copyright © 2024 Qualis Editora e Comércio de Livros Ltda.

Todos os direitos reservados e protegidos.
Nenhuma parte desta obra poderá ser reproduzida ou transmitida sejam quais forem os meios empregados sem prévia anuência da editora.

Esta é uma obra de ficção. Nomes, personagens, lugares, datas e acontecimentos descritos são produto da imaginação do autor.
Qualquer semelhança com a realidade é mera coincidência.

Editora Responsável	Simone Fraga
Assistente Editorial	Lara Silva
Projeto Gráfico, Produção Editorial e Preparação de Texto	Qualis Editora
Revisão Ortográfica	Elaise Lima Simone Fraga
Ilustradora	Andresa Rios
Design de Capa	Renato Klisman
Diagramação	Marcos Jundurian
Imagens Internas	Shutterstock

DADOS INTERNACIONAIS PARA CATALOGAÇÃO NA PUBLICAÇÃO (CIP)

L732o
Lima, C. Lucas - 1999 -
O Sonho da Borboleta/ Lucas C. Lima. — [1. ed.] —
Florianópolis, SC: Qualis Editora, 2024.
236 p. : il. ; 23 cm.

ISBN Impresso 978-85-7027-110-5
ISBN Digital 978-85-7027-109-9

1. Literatura Nacional 2. Horror 3. Ficção I. Título

CDD – B869.3
CDU – 83.134.3(81)

1ª edição – 2024

Qualis

Qualis Editora e Comércio de Livros Ltda
Caixa Postal 6540
Florianópolis - Santa Catarina - SC -
Cep.88036-972

www.qualiseditora.com
www.facebook.com/qualiseditora
@qualiseditora
@qualiseditora
contato@qualiseditora.com

O mestre taoísta Chuang Tzu uma vez dormiu e sonhou que era uma borboleta.
Ao acordar, encontrou-se em conflito, pois não sabia mais a realidade do próprio ser.

Ele se perguntava: sou Chuang Tzu que sonhou que era uma borboleta?

Ou sou uma borboleta que sonha em ser Chuang Tzu?

Estas palavras são para os meus olhos, e meus olhos somente.

Sou assombrado pelo peso dos incontáveis crimes que cometi, e os segredos alquímicos que regem este mundo irão viver para sempre comigo, ou desaparecerão junto de mim.

Minhas mãos ainda estão sujas com o sangue do último sacrifício, o mais difícil de todos. É tarde demais para parar agora.

O tempo me fez perder muitas coisas, porém as artes ocultas me estenderam a mão. Finalmente compreendi meu propósito nisto tudo, e já sei o que fazer para conseguir o que desejo.

Depois de muitos anos pensando, percebi que a melhor forma de destruir uma borboleta imortal é matá-la quando ainda é uma lagarta. Jogá-la em um covil de serpentes.

Eu ouço o bater de asas, a mansão logo irá se movimentar.

Esta é a última página de uma história que já foi escrita há muito tempo. Agora só restam os atores interpretarem os seus papéis.

Que o espetáculo comece.

Astérion

Capítulo 1

Sempre que Erick tentava ajeitar algo em sua vida, acabava piorando tudo. Sentado na areia fria da praia à noite, refletia sobre isso enquanto bebia uma cerveja barata. As ondas pintavam de branco o negrume do mar.

Mesmo afastado da festa, o som alto de música *pop* ainda fazia o peito tremer. Saiu de perto dos outros para poder apagar o sorriso por um breve momento. O cheiro de descolorante de cabelo sobrepujava a maresia, enquanto escutava, ao longe, as vozes dos amigos... colegas... conhecidos. *Conhecidos*. Erick acreditava que a coisa mais fácil de se fazer era conhecer os outros. O difícil era não se entediar com eles depois disso.

— Ei, Erick! — uma de suas conhecidas o chamou. Não se virou para olhá-la.

— Hm — resmungou, dando um gole na bebida.

— Tá fazendo o que aí, que ainda não voltou pra festa?

— Calma — brincou, um leve sorriso se desenhando nos lábios compridos e avermelhados. — Eu sei que vocês não aguentam ficar sem a minha graciosa presença nem por um segundo.

A garota revirou os olhos. Não estava surpresa com aquele tipo de resposta vindo dele.

Erick virou-se para encará-la e continuou:

— Às vezes é bom ficar olhando o mar em paz. — Sentia-se inquieto naquele dia, mas não sabia dizer bem o motivo. Algo no ar estava errado, como se uma coisa terrível estivesse prestes a acontecer.

A garota deu uma risada breve.

— Erick Martinelli recusando uma festa pra ficar sozinho? — debochou, sarcástica. — É o fim dos tempos, mesmo.

— Ih, garota, se preocupa menos comigo — falou, apontando para a bagunça atrás dela — e mais com o calouro que tá vomitando no teu carro. — Um jovem bêbado debruçava-se sobre o capô, vertendo todo o conteúdo do estômago.

— Ah, caralho! — respondeu ela, alarmada, começando a correr para tentar amenizar o estrago. — Eu já volto! Ah! E seu cabelo ficou ótimo! — disse em um tom mais alto, enquanto se afastava.

— Valeu, ficou mesmo! — Mentiu ele.

É claro que mentiu, estava terrível. Erick ponderava se Manu zoava com a cara dele ou se ela só tinha um péssimo gosto. A cabeça ainda queimava em alguns pontos por causa do descolorante. Não sabia se a ideia brilhante de platinar o cabelo surgiu dele ou de Manu, mas certamente o álcool teve uma parcela de culpa nisso. Os fios pretos do jovem, que antes se derramavam em sutis ondas escuras até a orelha, agora tinham se tornado quase brancos, meio ressecados, a raiz delatando a cor original.

Erick levantou-se e afundou até os joelhos no mar, sem se importar de encharcar a calça jeans. Era só até ali que se permitia ir; nunca mergulhava. Baixou as mãos em concha, enchendo-as com a água salgada, e derramou o líquido na cabeça. Queria um banho frio, algo que o fizesse focar. Algo que o fizesse parar de pensar *nela*.

O que foi um problema, pois a água da praia estava morna.

Bagunçou os cabelos molhados – agora mais ressecados, por causa do sal – sentindo-se tonto; a ressaca do dia seguinte ia ser memorável. A camisa branca ficou molhada, mas ele não se importou.

Já tinham se passado três meses e Erick não havia tirado *ela* da cabeça, algo que considerava muito estranho. Especialmente porque foi ele quem terminou. Lydia nem pareceu ligar; só encarou os olhos de Erick, deu um tapa em seu rosto – o rapaz até achou merecido, afinal estava terminando no dia do primeiro aniversário de namoro dos dois – e saiu sem falar mais nada. Foi para o melhor, ele tinha certeza.

— Erick!

Ele não gostava de ser interrompido enquanto nadava em sua melancolia.

— Oi — respondeu, virando-se. Era Manu, carregando o calouro consigo. O cara estava um caco, o rosto pálido de tanto enjoo. Erick quase se sentiu culpado de ter sugerido fazer aquela festa, para começo de conversa. *Quase*. Vê-lo assim era bem engraçado.

— Vem! Disseram que vão colocar karaokê, e você é o melhor nisso! — Os suplicantes olhos castanhos da garota brilhavam.

Não é que Manu fosse uma pessoa ruim; Erick gostava dela – só não gostava tanto quanto fazia parecer. Ele até se sentia mais confortável perto de pessoas que não despertavam muitos sentimentos; deixava as coisas mais fáceis sempre que decidia sumir.

Tentava se divertir com ela, com a bebida, com a festa, mas o tédio chegava para Erick quando começava a pensar que as pessoas pareciam sempre as mesmas. Criava em sua cabeça fichas mentais de como ele julgava que os outros eram; Manu, por exemplo: animada, cheia de sonhos, uma patricinha que buscava diversão ininterrupta, capaz de qualquer coisa para preencher um vazio; o calouro: filho único, procurando aprovação de todo mundo, se sentia sozinho e seu maior desejo era impressionar os outros. A festa estava cheia de passados simples e estereótipos previsíveis. Ou ao menos era isso que Erick imaginava.

— Valeu, Manu, já tô indo! Só quero relaxar um pouco mais agora.

— Ok, mas se seca antes de entrar na festa de novo! — Virou as costas e foi embora.

Erick voltou a encarar as ondas. Indo e vindo, uma dança fantasmagórica refletindo o céu noturno. A espuma do mar era da cor de ossos, e o manto negro das águas um abismo que queria sugá-lo para dentro dele – e por um instante Erick quase se deixou ir. A cidade agora se chamava Baía dos Namorados, porém no começo ela tinha outro nome.

Um nome muito mais sombrio.

Além do passado macabro daquele local, um sentimento latente incomodava Erick: o tédio. Ele ansiava por sair daquele lugar, mesmo sem saber por que não tinha feito isso ainda. Era como ser puxado pela maré.

Fechou os olhos e ouviu a cacofonia das ondas. Estava menos sozinho com elas. Pareciam centenas de vozes, centenas de sussurros, talvez das pessoas que estavam nas profundezas, no fundo do mar. Apertou as pálpebras e prestou mais atenção. Tinha a impressão de que poderia entendê-las; se focasse de verdade, compreenderia seus segredos.

Por um instante, teve a sensação que estavam mandando tomar cuidado.

Lembrou-se do sonho – aquele que estava tendo repetidas vezes havia semanas. Aquele que o fazia acordar à noite, encharcado de suor. Aquele que ainda corroía o sono e serpenteava pelas rachaduras de sua mente, causando-lhe um frio na espinha, mesmo que não fosse exatamente assustador.

De olhos fechados, imaginou que as águas poderiam ser vermelhas, como no pesadelo.

Ouviu passos se aproximando na areia, e depois entrando nas águas mornas da noite.

Sem se virar, Erick resmungou:

— Já tô indo, Manu... só preciso de mais um minuto...

Antes que pudesse confirmar quem era, mãos firmes apertaram seu pescoço, e o rosto de Erick foi afundado na escuridão do oceano. Os braços se debatiam ferozes e desesperados, um instinto primordial esforçando-se para deixá-lo vivo. Os pulmões queimavam; queria gritar por ajuda, mas ninguém conseguiria ouvi-lo. Tentou chutar, tentou socar, tentou se livrar daquelas mãos terríveis que o prendiam. Nada adiantou.

Até que uma serenidade melancólica tomou conta do seu corpo. Estava exausto, a maior exaustão que já sentiu na vida. Os olhos se fecharam, e foi abraçado pelo calor e pela maré.

Em sua cabeça as vozes das ondas ainda ecoavam.

Capítulo 2

Erick acordou com o rosto pressionado contra o chão. Os olhos verdes atordoados percorreram o ambiente ao redor em busca de algum tipo de reconhecimento.

Notou que estava em um cômodo que parecia pertencer a uma casa antiga e abandonada. O cheiro de mofo preenchia o lugar. Tossiu, o gosto de água salgada ainda forte na boca.

Sentia que não estava só, apesar do local vazio. Era como se estivesse sendo observado por olhos invisíveis que captavam cada movimento de seu corpo. O som de sua própria respiração parecia muito alto, pois o lugar era tomado por um silêncio sepulcral.

Colocou-se de pé com rapidez, alarmado pela urgência de acordar em um lugar desconhecido e – possivelmente – hostil. Piscou os olhos com força, tentando clarear a visão, mas percebeu que permanecia na penumbra.

Pensou que aquilo não passava de um pesadelo. Quem sabe Lydia estivesse deitada ao seu lado, e os últimos três meses haviam sido somente um delírio. Se isso fosse verdade, teria de deixá-la outra vez. Talvez Erick acordasse sozinho, como sempre. Mas nada disso ocorreu. Não era um sonho.

O corpo tremia, ainda encharcado com a água do mar, sentindo as roupas colarem na pele. Onde estava? Como havia parado ali? *O que* era aquele lugar e quem o trouxe para lá? A mente de Erick foi tomada pelo burburinho dessas perguntas que explodiam em clarões como relâmpagos, e, como a escuridão do céu noturno em uma noite de tempestade, outro pensamento estava presente: ele não estava seguro ali.

Respirou fundo e mexeu na pulseira de pedras redondas e negras. Passava o polegar por cada miçanga. Sempre fazia isso quando estava ansioso, um dos objetos que guardava com maior carinho. Tentou se agarrar às memórias doces que aquilo lhe proporcionava, mas a atmosfera opressiva do ambiente era mais forte.

O castiçal de vela única era a solitária iluminação que o cômodo dispunha, repousado na penteadeira antiga no canto do quarto. A escuridão persistente o fez lembrar da infância.

Desde criança, toda vez que faltava energia em casa, costumava fazer uma brincadeira: corria até o espelho do banheiro, sustentando uma pequena vela em um prato ou copo, e observava o próprio rosto contra a luminosidade. Depois movimentava o foco de luz, mudando a direção, o ângulo, a distância, a intensidade.

E a cada movimento, o reflexo mudava; a imagem que o encarava de volta tornara-se diferente, com as sombras dançantes no rosto. Demorava um tempo até Erick aceitar que aquilo era realmente a sua face. Mal parecia uma pessoa de verdade. Foi a mesma sensação que teve ao olhar para aquele cômodo. Era um quarto, sim. Com uma cama de casal, um dossel roído por traças e um colchão empoeirado com roupa de cama de seda. Havia também uma penteadeira, uma caixinha de joias em cima do móvel de madeira carcomida. As tapeçarias nas paredes provavelmente custaram uma fortuna quando aquela casa ainda abrigava pessoas dentro.

Porém, aquele não era um quarto de verdade.

A luz, as sombras e a chama o distorciam.

O espelho da penteadeira estava errado. *A imagem* estava errada; ela não refletia o mundo real, mas uma distorção grotesca dele. Erick encarou o objeto e viu seu reflexo rotacionado em 90 graus encarando-o de volta. E, ao fundo, no quarto, outra coisa.

Uma pessoa.

Virou-se com o susto. Não tinha ninguém ali. Olhou novamente o espelho. Nada. "Deve ter sido minha imaginação", ponderou.

Sentou-se na cama. Tentou se lembrar do que havia acontecido. A festa na casa de Manu, a praia, olhar o mar. Alguém o afogando. Depois acordou naquele lugar. Ainda estava muito molhado, o que significava que não havia se passado tanto tempo assim.

Apalpou os bolsos da calça jeans, procurando pelo celular; mesmo encharcado, ele ainda poderia estar funcionando. Não encontrou. Era impossível pedir ajuda. A súbita sensação de estar sendo observado voltou, eriçando os pelos da nuca. Queria acreditar que aquilo tudo se tratava de uma brincadeira, mas não conseguiu imaginar alguém indo tão longe para atormentá-lo.

Olhou ao redor.

O lugar não possuía janelas, o ar estagnado, sem nenhuma forma de ventilação. Havia duas portas: uma na parede à esquerda, outra na direita. Na direção oposta à cama, um imponente guarda-roupa de mogno.

Caminhou, incerto, até a penteadeira. Abriu a caixa de joias. Uma solitária bailarina saltou de dentro dela e começou a rodopiar, girando ao som da melodia melancólica. Talvez a música fosse doce demais, e ouvi-la tocar em um lugar abandonado e sombrio como aquele, que a fizesse soar tão triste.

Erick deixou a caixinha tocando – pelo menos assim ele se sentia menos só – e continuou a vasculhar o quarto. Procurava algo que desse uma pista da situação em que se encontrava. O medo ainda o impedia de tentar abrir uma das portas. Pensou ter ouvido um segundo som de respiração além do próprio, mas a música dificultava distinguir se era um barulho real ou somente fruto de sua mente aterrorizada.

Abriu o armário. A porta de madeira podre despencou dos ferrolhos com um estrondo. Encontrou roupas antigas, de aspecto nobre, já apodrecidas pelo tempo e más condições. Percorreu os dedos pelos tecidos caros; os bordados elaborados ainda pareciam bonitos, apesar de desfazerem-se ao toque. Quem quer que vivesse naquele lugar o havia abandonado há muito tempo.

Encarou uma das portas, hesitante. Não havia nada no quarto que sugerisse algum tipo de resposta. A única coisa que lhe restava era sair.

Envolveu uma das mãos na maçaneta de bronze, o toque gélido espalhando-se pelo corpo em uma onda de calafrios. Era impossível ouvir qualquer som do outro lado, entretanto, a imaginação de Erick preencheu o espaço ainda desconhecido com infinitos horrores. Ele não podia mais ficar parado. Abriu a porta.

Do outro lado, havia um quarto idêntico ao anterior. Somente com sutis diferenças.

A cama era de outra cor, não havia uma penteadeira, a tapeçaria – antes de padrões complexos como uma mandala – agora exibia um sólido tom de marrom. Em vez de duas saídas, o quarto exibia três. Tomado por confusão, perguntava-se o que aquilo significava. Por que haver dois cômodos quase idênticos, um ao lado do outro? A estranheza do lugar parecia se agravar a cada segundo, e Erick desejava ficar o mínimo de tempo possível ali. Escolheu uma porta aleatória e entrou.

Outro aposento quase idêntico, mas dessa vez mais semelhante ao primeiro. O lugar, porém, estava completamente destruído. Havia uma cama dilacerada por algo que devia ter sido um machado. Já os travesseiros estavam rasgados, com as penas forrando o chão. E o espelho partido, exibindo dezenas de pequenos fragmentos de reflexos incongruentes com a realidade.

Dessa vez, não havia vela alguma. O espaço tinha uma única porta, sem contar com a que havia entrado. Sentia que o ambiente estava manipulando-o, transformando todas as suas perguntas em uma amálgama de incertezas que só aumentava. A música da pequena caixinha de joias agora soava distante, como lamentos de alguém preso naqueles cômodos repetidos.

Ansiava pôr um fim àquele pesadelo. Erick abriu uma das portas com urgência, e se deparou novamente com um lugar quase idêntico ao primeiro.

A diferença é que este estava de cabeça para baixo.

Olhou para cima, incrédulo, julgando ser algum tipo de instalação de arte ou coisa do gênero. A cama, o dossel, o armário, tudo estava lá. E enquanto ele imaginasse que, os móveis, a tapeçaria e tecidos pudessem estar presos por ganchos, cola, fita ou qualquer outro meio, foi impossível deixar de perceber a vela.

Em um castiçal pousado em cima – embaixo? – da penteadeira. A chama da vela, que deveria estar direcionada para o alto, se esticava em direção ao chão. Chegou mais perto para analisar e conseguiu ver que se tratava de uma labareda real. Aquilo não era uma ilusão de ótica. Angústia apertou o peito, enquanto presenciava uma cena que não compreendia. O mundo ficava cada vez mais escuro. Sombras bruxuleantes dançavam em um ritmo doentio ao redor. Os olhos doíam com o esforço de enxergar na escuridão persistente. Pensou em gritar por ajuda; talvez alguém da festa ainda estivesse por perto. Porém, a voz não foi capaz de escapar da boca; um nó na garganta impedia que as palavras saíssem.

Perdido em pensamentos, quase não notou os passos ressoando atrás da parede. Ficou em silêncio, ouvindo com atenção. Até cessarem. Seria somente impressão dele? Ou a pessoa também havia parado?

Depois de alguns segundos, os passos voltaram, parecia que o desconhecido andava em círculos; parava, e depois retomava o caminhar.

Os olhos de Erick correram pelo quarto em busca de algo para se defender, porém, todas as coisas estavam de ponta-cabeça, então não havia como pegá-las. Recuou, aflito, até que encontrou uma parede. Correr poderia ser uma boa solução, mas e se o sequestrador fosse mais rápido?

O caminhar voltou, dessa vez mais pesado, mais destemido. Vinha de trás de uma das portas. Erick se posicionou de frente para ela, ouvindo o estranho se aproximar.

Passos.

Passos.

Passos.

A maçaneta girou.

A porta abriu.

Antes mesmo que ele pudesse ver quem estava do outro lado, correu em direção à pessoa. Sentiu quando seus corpos foram de encontro, segurou no pescoço do estranho e não parou até os dois estarem jogados na cama, Erick por cima, enforcando o outro. A pessoa abaixo de si era um jovem, mais ou menos da sua idade, de cabelos longos e vermelhos que chegavam quase até a barriga.

— Quem é você — esbravejou Erick, despejando toda a tensão acumulada no estranho recém-chegado. Finalmente aquele pesadelo sem sentido adquirira uma forma. E um rosto que Erick poderia socar — e por que me seques…?

As palavras foram interrompidas pela mão do estranho, que atingiu o olho esquerdo de Erick com uma força obstinada. A explosão de dor fez o rapaz se jogar para trás, caindo no chão. Seu rosto latejava. Atordoado, porém, não vencido, Erick ergueu-se com rapidez. Não foi o suficiente para perceber e desviar do murro no estômago. O golpe quase o fez vomitar, mas ele conseguiu colocar o braço na frente do pescoço, fazendo com que o mata-leão do oponente não o machucasse tanto.

— Fala agora — ordenou o ruivo, envolvendo o pescoço de Erick com seus braços e apertando-o contra o corpo —, que lugar é esse?!

— Seu filho da puta — xingou Erick, com a voz rouca pela falta de ar. — Você que tem que saber, você que me sequestrou!

Essa fala foi seguida por um silêncio doloroso para Erick, enquanto o estranho ponderava o que havia sido dito. Sentia os braços apertarem o pescoço, e uma pontada de dor turvava o raciocínio. Depois do que pareceu ser um século, ele o soltou. Erick tossiu, passando os dedos na garganta dolorida, e olhou para o agressor.

Olhos azuis intensos e profundos o encaravam com determinação; Erick pensou em uma ave de rapina quando os viu pela primeira vez.

O olhar severo suavizou-se, e ele soltou um leve suspiro de alívio, demonstrado pelo peito desinflando e a postura ficando menos tensa. Uma luz difusa, fraca e amarelada iluminava de forma parcial o rosto suave, que parecia ter sido feito pelo pincel de um artista. Seus lábios avermelhados estavam semiabertos. Por um breve momento, a primeira coisa que Erick pensou ao ver o rosto dele foi que parecia um anjo. Depois se corrigiu, dizendo que ele era um demônio, porque, segundo Erick, "isso ia ser mais provável com o karma que acumulei em vida".

— Eu não te sequestrei — declarou o anjo ruivo, respirando ruidosamente. Parecia analisar Erick, tentando descobrir se podia confiar nele. — Acho que estamos na mesma situação.

— Não fode comigo, você tentou me matar! — retrucou Erick, sentindo dor a cada palavra. As mãos tremiam. Medo e adrenalina da luta ainda corriam por suas veias, mas a frustração estava enraizada em outro lugar: se aquele não era o culpado, então quem era? O quarto opressivo continuava silencioso, tendo apenas as respirações dos dois e a música lúgubre da caixa para cortá-lo. A melodia terminou repentinamente, mergulhando-os em um silêncio palpável.

— *Você* me atacou! — defendeu-se o jovem, franzindo as sobrancelhas, ultrajado. A voz irritada ecoou pelos cômodos abertos, ficando mais alta do que deveria, relembrando-o de onde se encontrava. Respirou fundo, tentando se recompor. Esfregou o rosto em busca de clareza mental. — A gente tá perdendo o controle... — murmurou, mais para si do que para Erick. — Você tem alguma noção de onde estamos?

— E *por que* eu deveria confiar em você? — indagou Erick. Projetava-se para frente, tentando transformar o medo em agressividade. O outro jovem não recuou, encarando-o no fundo dos olhos com uma expressão indecifrável.

— Acho que você não tem escolha — proferiu pausadamente, como se fosse uma sentença para ambos. Erick desviou por mais alguns segundos, preso em uma batalha silenciosa, até que suspirou, como se tivesse perdido, e recuou. O jovem ruivo viu a hesitação no olhar de Erick e decidiu declarar trégua: — Nós começamos com o pé esquerdo. — Estendeu a mão para o outro apertar. — O meu nome é Hektor.

O ato de boa vontade não passou despercebido, fazendo brotar em Erick uma pontada de culpa por atacar primeiro. Tentou ignorar o sentimento, assim como ignorou a mão estendida de Hektor. Abriu a boca para falar algo. Talvez fosse se apresentar, quem sabe pedir desculpas – isso era improvável; ele nunca se desculpava. Antes que qualquer palavra saísse de sua garganta, o quarto começou a tremer. A única vela que iluminava o ambiente bruxuleou. Ambos sentiram a pressão do ar mudando; algo estava prestes a acontecer. Erick não compreendeu o que via: as paredes pareciam estar se distorcendo e o teto ficava mais distante dos dois. A sua mente lhe pregava peças ou aquilo estava realmente acontecendo? Teve que se reequilibrar quando uma vertigem dominou seu corpo. Os jovens se encararam, sem saber o perigo que lhes aguardava.

O que aconteceu depois foi em frações de segundo, talvez rápido demais para um olho humano registrar: uma hora eles estavam de pé.

E na outra, o chão cedeu e eles caíram.

Capítulo 3

Hektor Sartore foi o primeiro a despertar. O corpo tenso, dolorido com o impacto da queda. Ficou de pé com dificuldade, tentando se situar no lugar ao redor. Uma onda de vertigem dominou seu corpo, enfraquecendo as pernas. Eles ainda estavam no mesmo quarto de antes, porém algo aconteceu que desafiava toda a lógica que conheciam. O cômodo se esticou na vertical, como um poço de elevador.

As paredes estendiam-se eternamente para baixo, sem nunca chegar ao fim. Uma deturpação profana do ambiente que antes parecia tão trivial. Candelabros nas paredes projetavam luzes difusas. A parca iluminação se dispersando, débil, pelo lugar. Hektor sentia a sanidade se dissolver, encarando o cenário impossível se desdobrando diante dos olhos.

Rente às paredes, o que sobrou do piso e dos móveis permanecia, como se estivessem fixos. Alguns metros acima, estava a porta que eles precisariam abrir para conseguirem escapar.

Observando melhor a natureza sombria do cômodo em que se encontravam, Hektor percebeu que não havia caminho fácil até a saída. Precisariam arriscar a vida agarrando-se nos destroços da antiga realidade, do que antes fora a mobília e o chão.

Ele não entendia como os móveis grudavam-se nas paredes. Suspensos como plataformas no ar por uma força invisível. Hektor tremia em cima de um fragmento de chão de menos de dois metros quadrados; uma pequena ilha no oceano de escuridão. Perto dele havia uma cama que parecia levitar no ar. Olhou para baixo, encontrando Erick deitado em um fragmento de piso agarrado à parede.

Abaixo dali, não via mais nada. Um buraco sem fundo que se estendia pelo que parecia ser o infinito.

Ele percebeu que Erick acordava, gemendo de dor e colocando a mão na cabeça, já se erguendo. Antes que o jovem loiro pudesse despencar para sua perdição, Hektor alertou:

— Se você quiser viver — a voz dele ecoava mil vezes pelo cômodo —, *não se mexa.*

Erick olhou para o abismo e gritou:

— *Que porra é essa?!* — perguntou, olhando para cima, vendo Hektor em uma plataforma muito distante dele, depois encarou novamente o buraco abaixo de si, notando o que restou do chão grudado nas paredes, como se fossem degraus esparsos e desconexos.

— Eu também não sei — respondeu Hektor, com a mente repleta de indagações e medo, porém tentando transmitir segurança —, mas precisamos manter a calma e... ah, não...

Ele percebeu algo abaixo de Erick. Sombras indistintas que se movimentavam rapidamente.

— O que foi? — perguntou o garoto, encarando a mesma coisa que Hektor.

O jovem ruivo não entendeu o que viu; para ele parecia ser só um borrão escuro, pois estava distante demais. Erick percebeu bem do que se tratava. Além da plataforma em que estava, o cômodo ainda tinha muitas outras, espalhadas. Começando pela última que sua visão alcançava, uma a uma, elas se desprendiam das paredes e caíam em direção ao infinito abaixo. Logo a plataforma em que estava também iria despencar.

Um instinto desesperado tomou conta da mente de Erick, fazendo com que ele se movesse rapidamente. Saltou de uma plataforma para outra, sentindo a atmosfera gélida o envolver. Durante o salto, enquanto o corpo ainda permanecia no ar, pensou ter visto criaturas no fundo da escuridão. Esperando para que ele caísse. Hektor não se mexia.

— O que você tá fazendo aí? — perguntou Erick. O chão abaixo dele caía cada vez mais rápido. — Se ficar parado, você morre!

Erick pulou novamente, tentando manter o sangue quente e a cabeça focada no próximo salto. Não era hora de se preocupar com o lugar impossível; seu único objetivo era sair dali com vida. Hektor, porém, nada fez. Ele tinha medo de altura.

Não era uma pessoa medrosa; as únicas coisas que ele temia eram altura, hospital e viajar de carro. O medo de hospital e de viajar de carro vinham de algo mais concreto em sua vida; sabia do motivo deles existirem sempre que olhava sua tatuagem e passava os dedos pela cicatriz que ela encobria; já sobre a altura era mais irracional.

Erick continuou saltando, determinado a não morrer, enquanto Hektor encarava a cama fixada na parede. Travava uma luta contra a ansiedade, respirando de forma errática. O mundo distorcido ao redor parecia o fundo da garganta de uma criatura colossal, tentando engoli-lo. Desviou os olhos do abismo, que parecia chamá-lo; um hipnotismo doentio que o convidava a pular. Fechou as mãos com força, buscando reconquistar o controle. Tomou o pouco espaço que conseguia para ter um impulso melhor, correu e saltou no último segundo, caindo em cima da cama.

O colchão de molas o impulsionou para cima e para frente, fazendo-o deslizar. Sentiu os órgãos internos se elevarem, quando seu corpo foi jogado para fora da cama. Abafou um grito na garganta, percebendo que, se não fizesse algo, iria despencar no vazio. Suas mãos se seguraram nos lençóis e na madeira do móvel, tão firme que as juntas dos dedos quase doeram. Conseguiu parar por um momento a inércia, colocando toda a força no objetivo único de não cair. Jogou-se novamente para a segurança.

Erick não percebeu que o outro jovem quase havia morrido, pois também estava sofrendo por sua própria sobrevivência. O coração disparado, latejando nas têmporas.

O ritmo de queda das plataformas estava acelerando, e os espaços entre elas ficando cada vez maiores, fazendo com que precisasse tomar cuidado redobrado se quisesse ficar vivo.

O segundo salto de Hektor foi mais fácil que o primeiro; o sangue quente ajudou nisso, e o impulso das molas fez com que ele conseguisse saltar. Só faltava mais uma plataforma e depois chegaria à porta. Encarou Erick, que se agarrava com dificuldade a um armário de mogno. As plataformas caíam com muito mais velocidade agora, e conseguia ver que o próprio armário estava começando a se desprender da parede.

— Você não pode perder mais tempo! — gritou Hektor para o outro. — Pula!

Erick ainda estava molhado com a água do mar, e seus dedos escorregavam da madeira lisa. O plano dele era subir no guarda-roupas e saltar para a próxima plataforma, mas já conseguia sentir o móvel desgrudando-se. Os pés balançavam acima da escuridão do vazio, procurando um apoio que não existia. Um dos braços escapou, deixando-o pendurado apenas com a mão esquerda para sustentá-lo. O suor misturava-se à água do mar, frio e cheio de pavor. O móvel começou a ceder.

Sem pensar muito, balançou o corpo de um lado para o outro, e pulou. O armário caiu atrás de si, enquanto o garoto buscava não pensar no abismo. Agarrou-se por pouco na plataforma, os dedos arranhando o chão. Subiu, urrando com o esforço, com mais adrenalina nas veias do que sangue.

Hektor pulou para a última plataforma antes da porta, sendo atingido por um alívio imenso. De onde estava, conseguiu girar a maçaneta e abrir para a salvação.

Erick não precisou olhar para trás para saber que corria perigo; ele conseguia sentir. Cada vez que pulava para uma plataforma nova, ela demorava menos tempo para despencar, balançando com o peso do rapaz.

Pulou para a cama, que já se desprendia aos poucos. Não parou nem um segundo, lançando-se prontamente para a próxima plataforma, sentindo o ar zunindo atrás de si; sabia que a cama havia caído também.

Seus tênis molhados deslizaram no instante em que os pés tocaram no degrau suspenso. Conseguiu se reequilibrar no mesmo segundo, porém perdeu momentos preciosos.

Saltou novamente. O chão atrás de si caíra para o vazio enquanto ele ainda estava no ar. Só precisava alcançar a próxima plataforma; se fizesse isso, conseguiria encontrar a porta. Estaria salvo. Via Hektor do outro lado, esperando por ele.

Mas antes que chegasse até a liberdade, o chão desapareceu sob seus pés. Erick caiu.

Um horror sem forma se apoderou de sua mente. A vida não passou diante dos olhos, ele também não pensou em arrependimentos – mas, se pensasse, tinha certeza de que a primeira coisa que surgiria na cabeça seria Lydia.

Preenchendo a mente e corpo naquele momento existia apenas uma noção vaga de autopreservação, que o fazia esticar as mãos para cima, em busca de algum milagre.

Hektor segurou o braço direito de Erick, antes que ele despencasse, salvando-o da morte. Os dedos delicados, porém firmes, como de um cirurgião, ou de um pintor. Com dificuldade e um grito de esforço, ele conseguiu erguer o outro jovem o suficiente para que Erick segurasse no batente e se esticasse até a saída, jogando o corpo para fora do cômodo em que quase morreu, fechando a porta atrás de si, e deitando-se em chão sólido que não iria despencar.

— Você tá bem, garoto? — perguntou Hektor, com esforço.

— É Erick — corrigiu o jovem, com um sorriso. — E tô sim.

Os dois ficaram deitados, olhando para o teto. Erick começou a rir.

— Qual é a graça? — perguntou Hektor, ofegante.

— Você me salvou — explicou Erick, ainda se divertindo com o pensamento. — Talvez você seja mesmo um anjo.

O alívio foi breve. Haviam saído de um cômodo, mas a mansão ainda os cercava. A escuridão acentuada pelas velas parecia mais densa do que no mundo exterior.

Não tinham percebido ainda, mas eles já despencavam no coração do abismo.

Capítulo 4

— Que lugar é esse? — questionou Erick, mais para si do que para Hektor, já que nenhum dos dois sabia a resposta.

Perceberam que estavam em um longo corredor. O ar empoeirado irritava as narinas, e a fraca iluminação de velas transformava tudo ao redor em silhuetas indistintas. O silêncio imaculado era perturbado somente pelas respirações exaustas dos jovens, ainda ofegantes pelo esforço físico. Sentiam as pernas queimando por terem pulado por suas vidas com tanta avidez. As mentes angustiadas voavam com perguntas sem soluções, buscando solo firme para aterrissar.

À frente deles, havia um quadro que se repetia a cada cinco metros, por toda a extensão da parede. A pintura retratava um homem idoso sentado em uma poltrona. O rosto magro, encovado e ossudo era coberto do lado esquerdo por uma borboleta preta que fez Erick se lembrar de um pesadelo. A cabeça pendia para o lado, a boca semiaberta mostrando um pouco dos dentes. Mas o que mais o perturbava eram os olhos. Duas pupilas escuras pintadas com uma única pincelada contínua. Algo naquele quadro fazia as Pinturas Negras de Goya parecerem artes conceituais para um desenho infantil.

Enquanto Erick afundava nos detalhes sombrios da obra, Hektor se preocupava em estudar o ambiente com o olhar. Com certa relutância, virou-se para os dois lados do corredor, notando que não era capaz de ver onde ele começava ou terminava; estavam no meio de uma linha que parecia se estender em duas direções opostas sem nunca encontrar o fim.

Atrás dos jovens estava a porta de madeira lisa por onde saíram. Na mesma parede, incontáveis réplicas fixadas a cada cinco metros de distância umas das outras, conduzindo a cômodos desconhecidos. Eles se perguntavam que tipo de desventuras aquelas coisas guardavam.

Não existiam janelas; o mundo exterior se dissolvia em lembranças distantes. Um papel de parede amarelo com pequenos crisântemos brancos desenhados era a única decoração que se estendia pelo corredor. Candelabros presos em ambos os lados emitiam uma luz tremeluzente que fazia as sombras dançarem. Foi através deles que escolheram uma direção para seguir.

O caminho da direita era de uma escuridão quase sólida. À esquerda, porém, algumas poucas velas iluminavam o ambiente; começavam a preencher o chão, aumentando de número até que, no horizonte, podia-se ver um ponto de luz concentrada. Talvez fosse o fim do corredor, talvez fosse perda de tempo – e tempo era algo precioso. A alternativa seria abrir uma das portas e ver o que tinha do outro lado, algo que os dois concordaram que não iriam fazer, por segurança. Ainda sentiam vertigem ao se lembrar do cômodo por onde saíram, do abismo sem fim. Perguntavam-se o que aquilo significava, e que tipo de pessoa conseguiria construir tal lugar.

Caminharam em direção à luz.

Hektor pegou um candelabro do chão. Era de bronze, com três velas. A luz difusa das chamas projetava um manto de sombras atrás dele, fazendo-o parecer – na visão de Erick – uma figura de um quadro de Caravaggio, emergindo da escuridão.

Olhavam para trás enquanto caminhavam, convencidos que algo se movia na visão periférica. A sensação de estarem sendo observados era permanente. Um pensamento incongruente se apossou de Erick naquela hora: e se ninguém os tivesse levado até ali? E se a mansão fosse uma criatura viva, faminta, e os devorava? Não sabia o que era pior: ter alguém por trás disso tudo ou não ter ninguém.

A respiração de Hektor ficou mais pesada. Ele tentava controlar sua postura e feições, parecendo o mais corajoso possível. Erick combatia o medo tentando ao máximo suavizar o rosto, como se aquilo fosse algum tipo de pegadinha.

O frio do corredor era intenso. Erick esfregava vigorosamente os braços desprotegidos, a camisa ainda úmida o incomodava. E mesmo assim, ele preferiria que o frio fosse mais cortante, que estivesse ventando. Pois isso significaria uma corrente de ar, e uma corrente de ar significaria uma saída para o mundo externo. Porém, o cenário estava estático. Cheiro de umidade, cera de vela e mofo inundava o nariz; um odor tão presente que estava quase se acostumando com ele.

A pintura na parede, com a mesma obstinação das portas intermináveis, repetia-se com pequenas diferenças pelo corredor inteiro. Erick ficou absorto observando os detalhes das diferentes versões dela.

A cada repetição, a imagem tornava-se mais nítida; antes aparentava ser parte do cenário de um sonho febril, porém os traços foram tornando-se cada vez mais claros e vigorosos. A expressão realista e desconfortável do homem lhe conferia uma aparência endurecida, como se fosse um tipo de manequim ou boneca. A desarmonia vívida do rosto contrastava com a visão etérea da borboleta preta que cobria a metade esquerda da face.

O jovem percebeu que o quadro havia sido pintado com a técnica impasto. Era como se o artista tivesse chicoteado a tela com seu pincel, uma criatura de dor e arrependimentos. Erick e Hektor se perguntaram quem seria aquela pessoa, se era um amigo do artista, um pai, um irmão, um amante. Ou pior: se aquele era um autorretrato.

As paredes ao redor pareciam os engolir aos poucos. Hektor imaginava estar sendo digerido dentro do corpo de uma criatura grandiosa demais para a compreensão. De uma forma paradoxal, a infinitude daquele corredor parecia claustrofóbica.

Para tentar manter a mente focada, conversaram sobre o que poderia ser aquele lugar.

Cativeiro para um sequestro – teoria que os dois achavam plausível –, talvez uma prisão – Hektor retrucou, pois, não havia cometido crime algum –, um *set* de filmagens abandonado – hipótese que foi brutalmente destruída por Erick, ao apontar que nenhum *set* teria uma estrutura tão complexa.

Em nenhum momento deram as costas um para o outro, sempre caminhando lado a lado, mantendo olhares de soslaio para ver se estava tudo certo. Podiam estar menos desconfiados agora – especialmente depois de Hektor salvar a vida de Erick, e de quase morrerem –, porém, ambos eram prudentes. Hektor priorizava tratar os outros com a maior educação possível, entretanto, esperava o pior de todos. Erick falava para si mesmo que podia ser um babaca, mas não era burro.

Mas conversar era bom. Mesmo tendo se conhecido há pouco tempo, sentiam como se fossem amigos há anos. Ouvir a voz um do outro os acalmava, e formular essas teorias sem sentido ajudava a aliviar a tensão do lugar. Alguma coisa no absurdo das palavras fazia com que o mundo ao redor parecesse menos hostil.

Erick imaginava que, de alguma forma, se não levassem o mundo a sério, então o mundo não teria controle sobre eles. Havia controvérsias. Hektor pensava que não importa o quanto você ria de um caminhão vindo em sua direção, ele vai te atingir de qualquer maneira.

Perceberam algo no corredor. Alguém ao longe. Uma garota de cabelos longos pintados de rosa da metade para baixo.

Antes que algum deles pudesse chamá-la, ou pensar no que fazer diante da presença de outra pessoa, a jovem se virou para eles, e abriu um sorriso genuíno.

— Que bom que achei vocês! — disse ela, com doçura na voz, se aproximando. — Achei que ia ficar sozinha aqui pra sempre!

— Quem é você? — perguntou Hektor em tom firme, nem muito acusador, nem muito cordial.

— Ai, desculpa! — exclamou a garota, colocando a mão na frente da boca, censurando a si mesma. Os olhos azuis dela eram mais gentis que os de Hektor. — Que falta de educação! O meu nome é Melissa! Podem me chamar de Mel. — E estendeu a mão para eles apertarem. Hektor ficou receoso, mas Erick já estava cumprimentando-a. Todos se apresentaram uns aos outros.

Ela exalava um cheiro doce, algum perfume de flores com uma nota bem evidente de canela na composição.

— Eu andei aqui por umas quatro horas direto, sem ver ninguém! — disse ela, gesticulando bastante. Seus passos eram leves e despreocupados, parecidos com os de Erick, porém mais graciosos. A todo momento, mantinha um sorriso genuíno na face, olhando para os outros dois.

— Você tem certeza que foram quatro horas? — perguntou Hektor. — Como assim? Eu acordei aqui há no máximo meia hora.

— Não — respondeu Mel, olhando para ele. — Tenho certeza de que foram quatro horas, eu olhei em um dos relógios na parede.

— Eu acordei mais ou menos junto de Hektor. Talvez cada um aqui tenha acordado em uma hora diferente — sugeriu Erick. Caminhava de forma errática, segurando as duas mãos às costas, às vezes com passos muito longos, outras vezes passos muito curtos, ziguezagueando pelo corredor. Tentava não demonstrar medo ou desconforto.

— Pode ser — concordou Hektor. O sobretudo esvoaçante parecia ser feito de sombras. Sua silhueta firme contra a luz. — Mas tem algo de profundamente errado com este lugar.

A discussão se desdobrou em uma conversa sobre o que cada um passou até ali, começando por Erick e Hektor comentando do quarto que se esticou, das plataformas, e de como eles quase morreram caindo em um poço sem fundo. Mel, por outro lado, só havia visto vários quartos idênticos, e quadros que não faziam sentido.

— Teve um — reclamou ela, os passos ecoando alegremente pelo corredor sem fim — que era só um chão cheio de facas ensanguentadas em cima de um tapete vermelho. Nem era bonito, não sei por que alguém pintaria aquilo.

Depois a conversa foi para o tópico de o que cada um fazia antes de irem parar naquele lugar.

— Tava na praia — explicou Erick —, em uma festa com os amigos da faculdade. Fui olhar as águas, alguém me afogou, e eu acordei aqui.

A reação alarmada dos outros sugeria que o sequestro deles havia sido um pouco menos agressivo.

— Estava em um retiro com os amigos... — respondeu Melissa, sua frase parecia ter sido cortada ao meio, como se não quisesse dar muitas informações. — Fui sentar na grama, um pouco afastada dos outros. Depois alguém colocou um pano no meu rosto e eu desmaiei.

— Que tipo de retiro? — Hektor perguntou, depois de perceber que a garota escondia algo. Seu rosto estava tranquilo.

— Ah, um retiro de engrandecimento pessoal e espiritual — afirmou ela.

— É um retiro religioso? — perguntou Erick, despreocupado. O rosto fino relaxado em uma expressão casual.

— Ah, a gente não gosta muito desse termo — explicou Mel, olhando distraidamente para os quadros conforme eles iam passando. — Preferimos "comunidade filosófica e espiritual para engrandecimento da sociedade e do indivíduo". Mas é, de certa forma acho que se pode dizer que é um retiro espiritual.

Erick não ficou surpreso; desde o momento em que a viu, achou que ela realmente tinha cara de quem iria "cair no papo de um coach hippie".

— E você, Hektor? — perguntou Melissa.

— Eu estava indo comprar livros para a biblioteca de casa, e então alguém também me colocou pra dormir com um pano no rosto — afirmou, e Erick notou que ele disse isso como se ter uma biblioteca fosse algo comum.

— Burguês safado — falou Erick.

Mel cobriu a boca com uma das mãos, rindo de forma melodiosa. Suas bochechas adquiriram um tom rosado. O riso de Hektor veio primeiro timidamente, e depois de maneira ruidosa. Erick os seguiu. Sua risada era seca, áspera e sonora, a última nota de uma canção. Os outros dois começaram a gargalhar ao ouvir o som que estava fazendo, cada vez mais alto, o que só o estimulava a continuar.

O que ele falou não tinha graça, e Erick sabia disso, mas achava que precisavam daquilo. Fazer as risadas ecoarem pelo corredor parecia ser a única forma de rebelião que podiam ter diante daquela situação.

As risadas desapareceram aos poucos. Um volume que é diminuído gradativamente, até que não sobra nada, nem a sombra das vozes. Estavam de volta em um corredor interminável e não tinham como escapar disso.

Erick não gostava do silêncio, ficando desconfortável enquanto eles caminhavam sem dizer nada. Para preencher o vazio, comentou:

— Não sei por que, mas não gosto desse quadro aí na parede. Ele me dá um troço ruim.

— Ah... eu acho que sei o motivo... — Mel respondeu, e desviou os olhos. Seu rosto direcionado para a frente do corredor, sem parar de caminhar, sem olhar para Erick.

— É? — perguntou Hektor, curioso. — E por que o quadro parece tão estranho?

Mel ficou em silêncio por alguns segundos, caminhando. Mesmo que tivessem acabado de conhecê-la e soubessem pouco sobre a personalidade da garota, era esquisito vê-la assim, tão sombria. Hektor e Erick se entreolharam, apreensivos. Mel pegou fôlego, como um nadador antes do mergulho.

— É porque ele... — Mel hesitava em falar o que sabia.

As linhas rígidas que formavam o rosto do homem, o branco pálido da face na iluminação de uma vela solitária, a escuridão dos olhos. Mesmo em dezenas de quadros, sua expressão era a mesma. A borboleta preta que cobria apenas metade de seu rosto parecia ter a tinta ainda fresca, como se sangrasse um líquido escuro sobre a tela.

— Ele está morto.

Tanto Erick quanto Hektor ficaram curiosos para saber como Melissa sabia de tal informação, mas algo mais urgente chamou a atenção de ambos: o fim do corredor.

Demorou menos de dois minutos de caminhada até chegarem na porta de madeira. Pararam diante dela e se entreolharam, pois os três perceberam que, do outro lado, havia vozes. Não sabiam dizer quantas pessoas, e também não tinham certeza se estavam prontos para o que poderiam ter que lidar. Porém, não existia outra saída.

Abriram a porta, que dava para um grande salão de entrada. Neste salão, estavam outras quatro pessoas, todas por volta da mesma idade que eles.

Uma delas, um garoto negro de pele retinta, corte militar e blusa preta viu os três parados do outro lado da porta e avisou:

— Entrem logo, vamos! Antes que seja tarde demais.

Hektor e Erick ficaram parados no lugar; o desconhecido poderia ser parte dos sequestradores, ou querer-lhes algum mal. Mel, porém, deslizou para dentro do cômodo. Tentaram impedi-la, mas já era tarde. Ao perceberem que nada aconteceu com a menina, e que o desconhecido os encarava com urgência para eles entrarem no salão, os dois se entreolharam. Era isso ou voltar para o corredor.

Erick examinou os arredores, já intencionando perguntar quem eram aquelas pessoas e o que faziam ali. Se haviam sido sequestradas como eles, ou se aquilo era só um grande mal-entendido.

Notou que não conhecia nenhum deles, com exceção talvez de uma pessoa. A sexta integrante do grupo, que não havia percebido antes, por estar no topo de uma escada que dava para o andar superior do salão. Ela começou a descer os degraus e Erick teve certeza de quem se tratava.

Ele primeiro viu seu tênis e calça jeans preta, bem ajustada ao corpo. Ela usava um *cropped* da mesma cor, de mangas compridas e gola alta. Tinha a tatuagem de uma serpente no punho interno da mão direita, enroscando-se ao redor do braço. Negra de pele clara, o rosto pequeno e de traços firmes, porém delicados.

Cortou o ambiente com os olhos arredondados e felinos, analisando cada uma das pessoas. Até que segurou a atenção firmemente em Erick. Ela parecia não estar vendo a sua forma, e sim a alma; uma visão que ia *além* do corpo, fazendo ele se sentir nu por um instante. O rosto de Erick esquentou.

Os lábios volumosos da jovem desenharam um sorriso sarcástico ao vê-lo.

— Era só o que me faltava — exasperou, com sua voz caracteristicamente rouca.

Erick sorriu desconcertado, o coração estourando no peito.

Era Lydia.

Capítulo 5

No primeiro aniversário de namoro dos dois, Erick chamou Lydia para conversar na praia em que se conheceram.

Cogitou encontrá-la no que chamavam de "*nosso jardim*", mas não queria manchar as memórias daquele lugar com uma notícia tão complicada. O céu estava nublado; uma tempestade não se aproximava, porém, Erick sentia como se ela tivesse se formado dentro dele próprio. A praia deserta – quase nunca havia pessoas por lá. O mar escuro acinzentado ficou agitado no dia. Enquanto Erick o encarava, Lydia veio por trás dele e o abraçou. Um beijo rápido foi roubado da boca quando seus olhares se encontraram.

Lydia sorria naquele dia – uma visão rara, porém doce. Erick planejou tudo o que iria falar para ela em frente ao espelho na noite anterior.

Já havia passado da hora; sentia-se mais atado a ela, os sentimentos estavam deixando-o vulnerável. Pensava em Lydia mais vezes do que gostaria, e o coração acelerava só de ouvir sua voz.

Erick não poderia deixar isso acontecer.

Uma das coisas que mais valorizava era a liberdade, e ficar assim dependente de outra pessoa era a última coisa que ele precisava em sua vida naquele momento. Lydia em especial: a garota o conhecia bem demais. Poderia machucá-lo de maneiras irreparáveis se quisesse. Também sabia que ela iria embora em algum momento, e preferia lidar com a perda quando ele mesmo decidisse.

Apesar de todo o planejamento, não conseguiu se lembrar de nada naquela hora; ficou só olhando para o seu rosto, vendo a expressão da garota passar de feliz para preocupada. Ela falou algo, talvez perguntou se ele estava bem, mas Erick não ouviu; só escutava as ondas se quebrando na areia.

Seus lábios se moveram sem que percebesse, e quando se deu conta, as palavras já haviam feito o estrago.

— Tô terminando com você. Nós nunca vamos dar certo, Lydia. É melhor você estar com alguém que te ame de verdade.

Silêncio. Ondas quebrando. O vento cheirava a sal. Erick pensou ver os olhos de Lydia ficando úmidos, mas podia ter sido impressão. Em um ano de namoro, nunca tinha visto a garota chorar.

Ele nem percebeu quando o tapa atingiu seu rosto. A bochecha começou a arder depois da bofetada. Lydia já havia se virado e caminhava para longe. As mãos fechadas com força, tentando apaziguar os sentimentos revoltos. Pegadas sendo apagadas pelo mar.

Erick ficou parado na areia por alguns minutos, sem fazer nada. Duvidou de sua decisão no momento em que as palavras saíram de sua boca, mas jamais admitiria isso. As vozes das ondas nunca soaram tão solitárias.

Depois voltou para casa e decidiu a todo custo ficar longe de Lydia e esquecê-la. Seria como se nunca tivessem se conhecido.

— Quem são essas pessoas, Diego? — questionou Lydia, aproximando-se deles. Erick não entendeu por que ela agia como se fossem estranhos. — Vocês conhecem alguma delas?

Todos no salão fizeram que não com a cabeça.

A presença de Lydia deixava Erick com sentimentos conflitantes. Por um lado, era bom ver aquele rosto conhecido; uma espécie de âncora em que podia se agarrar para se sentir seguro; pelo menos algo ainda fazia sentido.

Por outro lado, era *Lydia*.

Pancadas na madeira. No outro extremo do salão, os ombros largos de um dos jovens chocavam-se contra uma porta dupla, presumivelmente o lugar por onde poderiam escapar. Os dreads presos num rabo de cavalo balançavam pelo impacto do corpo do garoto enquanto lutava para achar a saída. A pele negra retinta suada pelo esforço.

O jovem parou, recuperando o fôlego e disse:

— Ai, não aguento mais! Essa porta… — respirou, ofegante — não abre!

— A gente já tentou de tudo, Yuri — suspirou o jovem com o corte de cabelo militar. — Não tem como sair. Para com isso ou vai se machucar.

Yuri apoiou as costas em uma pilastra de ônix. Um candelabro dourado segurava três velas cuja luz projetava uma sombra delicada no rosto entristecido do jovem. A taquicardia não era somente pelo esforço; ele não gostava de ficar em lugares fechados; um medo que possuía desde que se lembrava.

Hektor vasculhou o ambiente com os olhos. O salão de entrada de uma antiga mansão abandonada. Iluminado somente por velas, castiçais, candelabros de chão e o grande lustre de cristal acima de suas cabeças. A luz sutil banhava o cômodo em um ar quase onírico; nada parecia real.

A porta dupla de ébano era um muro pesado de sombras sólidas e antigas. Esculpido nela estava o cenário de uma floresta – talvez um jardim que não era cuidado há muito tempo. Árvores, flores, arbustos. Mas nenhum animal.

O tapete vermelho e empoeirado ia desde a porta dupla até o topo da escada bifurcada de mármore branco, com corrimão. Havia um segundo andar, entretanto, ele não conseguia ver nada muito além do mezanino de madeira detalhado. Duas arcadas de pilastras de pedra ônix dos lados direito e esquerdo do salão sustentavam o andar superior. O lugar era congelante, com somente o diminuto calor das velas para dar algum conforto.

— Eu só quero voltar pra minha casa — disse a garota de vestido amarelo, engolindo um choro que se alojava no fundo da garganta. — Deve ter algum jeito de fugir daqui, alguma lógica que a gente não tá percebendo. — Há pouco, ela estava tendo uma crise de choro por conta do medo que aquele local lhe causava.

— Ok, Rebeca. E você acha que a gente tá aqui por quê? Pelo ambiente aconchegante à luz de velas? — debochou Lydia. Estava lá há mais tempo que ela; a fase do medo já havia passado e agora só restava uma raiva frustrada. — Quem dera tivesse um jeito fácil de ir embora. A gente já teria saído daqui há dias. — O corte seco de Lydia fez Erick esboçar a sombra de um sorriso. Rebeca ficou calada, encarando a outra garota com desdém.

— Nossa... — comentou um garoto de moletom, simpatizando com Rebeca. — Não precisava disso, ela só tá assustada...

— Desculpa interromper a conversa, mas o que exatamente você quis dizer com "dias"? — perguntou Hektor, intrigado, dirigindo-se à Lydia. — Erick e eu chegamos aqui hoje.

— Eu quis dizer exatamente isso. — Suspirou Lydia. — Alguns de nós já estão aqui há... acho que dois, três dias. — Sombras disformes pintadas pelas velas projetavam-se nas paredes. — Mas você, esse aí — disse, apontando para Erick —, a de cabelo rosa — apontou para Mel —, Yuri e Rebeca — gesticulou na direção do jovem de dreads e a garota de vestido amarelo — chegaram hoje. O garoto de corte militar percebeu o olhar inquisidor de Hektor, que, sem palavras, exigia saber quem eram os outros.

— Meu nome é Diego — comentou ele. — Estes são Tales — um jovem de olheiras profundas e moletom branco —, Luana — uma garota com camisa de banda de metal com a logo tão estilizada que só ela sabia o significado — e Lydia.

A visão da garota trazia sentimentos agridoces para Erick. Apesar do passado tempestuoso que ambos compartilhavam, era bom ter ela por perto. Ajudava a mantê-lo são naquele ambiente tão hostil. Lembrou-se do rosto do homem morto, semicoberto pela borboleta preta. Pensou no corredor sem fim, que desafiava a lógica.

— Temos que analisar a nossa situação — murmurou Rebeca. Quando falava, sua voz ecoava pelo salão; ela parecia não gostar disso. — Como viemos parar aqui?

— Não sabemos ao certo — respondeu Diego.

— Vocês possuem alguma ideia da identidade de quem nos sequestrou? — perguntou Hektor. O olhar de ave de rapina vasculhava o salão, procurando pelo culpado.

— Não... — esclareceu Tales, encarando o chão.

— Tem *algo* que vocês saibam? — Erick bufou, impaciente. Ele só queria voltar para casa, tomar um banho, dormir e fingir que nada disso aconteceu.

— Sabemos que estamos fodidos. — Suspirou Lydia.

Erick riu com a resposta, mas não foi acompanhado por ninguém. Diego olhou confuso, surpreso com a rudeza de alguém rindo em um momento delicado como aquele.

— Olha, tudo bem, se a porta não está funcionando — decidiu Hektor —, então vamos achar outro jeito. — Uma mecha do cabelo ruivo caía no rosto, e ele a colocou atrás da orelha. — Por exemplo, a cortina ali; deve existir uma janela atrás dela. — De ambos os lados da porta de entrada pendiam do teto pesadas cortinas de veludo vermelho, como as de um teatro.

Hektor se sentiu observado por uma plateia invisível.

Lydia deu de ombros, como quem fala "façam o que vocês quiserem".

— Isso só vai trazer mais perguntas... — comentou Tales, cabisbaixo.

Sem pensar duas vezes, Yuri marchou até as cortinas vermelhas, seguido por todos os outros, exceto Lydia e Erick, que ficaram para trás.

— Não confie em ninguém — murmurou a garota, e depois foi ao grupo.

Erick se perguntava o motivo de Lydia dizer aquilo. Será que ela acreditava que um deles poderia ser o sequestrador?

Os outros se aproximaram das janelas.

— Para que você entenda de verdade — explicou Diego, dirigindo-se a Yuri —, tem que abrir a outra cortina também. — Em seguida, puxou a da direita, enquanto Yuri fazia o mesmo com a da esquerda.

Yuri tirou o tecido vermelho da frente como se fosse Dorothy procurando o homem por trás de tudo.

— O que... o que é isso? — Virou para trás, aflito, os olhos percorreram o salão. Depois encarou novamente a janela. — Isso é impossível!

Hektor foi o próximo a ver o que estava do outro lado. Os ombros tencionaram, ele encostou no vidro, e depois se afastou, sem dizer nada. Rebeca apressou-se a olhar o que havia na janela, e exclamou:

— Isso… isso só deve ser uma tela led ultrarrealista ou… ou uma ilusão de ótica! Só pode!

Diego e Luana, que já estavam na mansão havia mais tempo, se entreolharam. Reconheciam a reação de Rebeca; passaram pela mesma coisa.

Hektor fechou a cortina e caminhou em silêncio pelo salão, pensativo.

Já estavam ali há algum tempo, mas as velas não pareciam ter diminuído nem um pouco. Deslizou os dedos pelas pilastras de ônix, frias ao toque. Hektor percebeu que o lustre de cristal acima deles lembrava aquele do Fantasma da Ópera.

Em uma das paredes havia uma porta dupla, um pouco menor que a da entrada, com um leão gravado em alto-relevo. A fera rugia, os dentes à mostra e a juba volumosa esculpida em detalhes. Atrás do leão, uma imagem de uma mulher; vestido longo e cabelos ao vento. As mãos delicadas seguravam a fera, que, de alguma forma, parecia estar sendo subjugada por ela, sem muito esforço. Hektor reconheceu aquela imagem; já a vira muitas vezes antes. Era uma representação de um dos arcanos maiores do tarot: A Força.

Erick, que observava as coisas de longe, cauteloso e intrigado por causa das palavras de Lydia, finalmente se juntara ao grupo.

Antes que olhasse para o que tinha atrás da cortina, as portas do salão se fecharam em um terrível estrondo que ecoou pelo cômodo inteiro. Ruídos sucessivos como o farfalhar de centenas de tecidos ao vento, ou o bater de asas de incontáveis criaturas gigantescas. O som permaneceu por alguns segundos. As velas tremeluziam. Os que chegaram na mansão há pouco tempo tinham expressões assustadas, enquanto os antigos pareciam mais tranquilos – ou talvez acostumados –, com exceção de Tales, que tapava os ouvidos com ambas as mãos.

— Que interessante… — Mel devaneou, assim que o som cessou. A voz suave e melodiosa. — O que é esse lugar?

— É o que estamos tentando descobrir — respondeu Diego, ajeitando a postura. — Na superfície é um tipo de mansão antiga — comentou, caminhando de braços cruzados por entre eles.

— Existe a possibilidade… — interveio Tales, com animação contida. Parecia ansioso para poder falar sobre aquilo — de estarmos em algum tipo de instalação do governo em que estão fazendo um experimento social com a gente…

Silêncio.

Tales encolheu os ombros.

— Galera, cuidado com os exageros — disse Luana, gesticulando para que ficassem calmos. — Se fossem nos matar ou torturar já teriam feito isso. Provavelmente a gente foi sequestrado porque querem tirar proveito de nossas famílias. — Odiava saber que sua segurança dependia dessas pessoas. O mero pensamento abria memórias de feridas antigas; traumas dos quais tentou se afastar. — Só querem nos assustar com essas pirotecnias e coisas estranhas. A família do Miguel com certeza já pagou o resgate dele e agora só faltam as nossas.

Erick esboçou um sorriso de canto de boca. Imaginar a mãe pagando por um resgate era tão improvável quanto a situação em que se encontrava. Não por ela não se importar com ele, mas porque quase nunca atendia o telefone, principalmente depois que se mudou da cidade com o seu padrasto. Erick imaginou os sequestradores deixando 50 mensagens não lidas no chat por semanas a fio. Coitados.

Diego repousou a mão em um dos bolsos de sua bermuda cargo, e com a outra esfregou os olhos – já tiveram essa exata conversa antes.

Hektor caminhava pela casa, analisando-a com cuidado. Ele tinha algo tatuado no pescoço, mas os cabelos ruivos cobriam.

Percebeu que perto da escada, do mesmo lado da porta do leão, havia uma escultura. De mármore, bem detalhada, do tamanho do próprio Hektor. Uma árvore seca, morta há muito tempo, com um único fruto retorcido pendendo dos galhos. A luz bruxuleante fazia parecer que pulsava com algum poder desconhecido. Uma serpente enrolava-se no tronco da árvore. Hektor afastou de si o pensamento de um carro capotando, cheiro de álcool etílico, e o barulho de macas se arrastando no chão liso de um hospital.

— Se depender da minha família — debochou Lydia, suspirando —, eu vou apodrecer aqui.

Erick achou graça; era verdade, precisavam encontrar uma forma de escapar o mais rápido possível. Não podiam contar com um resgate. A loucura da situação toda começou a pesar em seus ombros. Não conseguiu fazer outra coisa senão rir.

— Qual é a graça? — perguntou Diego, franzindo a testa. Os olhos verdes e severos. — Você ainda não entendeu a nossa situação?

— Acho que entendi, sim — retrucou Erick. — A gente tá correndo risco de vida. — Sabia muito bem da seriedade dos perigos que viveu até ali. Lembrava-se da vertigem que sentiu ao saltar pelas plataformas que despencavam, da escuridão sem fim que o aguardava se errasse um passo. Mas também se perguntava: — Eu ficar sério vai mudar em algo?

— Olha aqui, irmão — ameaçou Diego, com o dedo em riste —, eu nem te conheço, mas já não vou com a tua cara. A gente tá em uma situação perigosa. Se você não começar a levar isso a sério, a gente pode nunca mais sair desse lugar.

Erick poderia até concordar com ele em algum nível, mas não gostava de quando pessoas ordenavam o que ele devia ou não fazer.

— Ah, entendi, você deve ser um cara supercertinho e cheio de disciplina. Tem que fazer as coisas funcionarem do seu jeito ou fica todo frustradinho. Que foi, acha que todo mundo tem que seguir o que você manda? — zombou Erick, despejando acidez em cada palavra. — Vou te contar um segredo, Diego: eu levar isso aqui a sério não vai salvar ninguém, então para de tentar bancar o liderzinho.

Diego diminuiu o espaço entre os dois, cerrando os punhos. Era mais baixo que Erick, porém tinha músculos bem definidos e parecia estar começando a assumir uma postura de luta – tipo de esporte que o outro nunca praticou na vida. Percebendo isso, Erick começou a rir de nervoso, o que só irritou Diego mais ainda.

"Pronto, agora vou levar soco na cara, que maravilha de dia", pensou Erick. Lydia se aproximou dos dois, como se marchasse para a batalha, preparando-se para dizer algo para Diego. Erick não sabia se ela ia tentar dissuadi-lo de brigar com ele, ou incentivá-lo; as duas opções pareciam igualmente válidas. O salão começou a se agitar; uma luta parecia inevitável.

— Espera. Quem é Miguel? — Hektor perguntou abruptamente, parando a construção da briga e direcionando a energia deles para outro assunto. — Luana falou algo sobre ele ter sido liberto, mas ninguém explicou de quem se tratava.

A menção daquele nome tirou de Diego qualquer vontade que ele tinha de brigar; sua expressão ficou sombria e ele se afastou de Erick. Tales respondeu, cabisbaixo:

— Alguém que foi sequestrado, como nós. Acordou aqui com a gente, parecia um cara legal... mas aí ele se perdeu na mansão. Não voltou a tempo...

Erick aproveitou a deixa para se afastar o máximo possível de Diego, aparentando estar analisando o salão, como Hektor havia feito. Também era bom se movimentar, esquentar o corpo, tirar a cabeça do frio e do medo. Começou a andar de forma despretensiosa, passeando pelo local como se fosse uma pena ao vento. Diego encarou com desaprovação. O cheiro das velas acesas inundava as narinas de Erick e a poeira antiga grudava na pele, fazendo ele se sentir nojento.

— Ué, como assim não voltou a tempo? — perguntou Yuri. — Essa mansão não pode ser tão grande assim!

E tentou abrir uma das portas. Estava trancada.

— Não adianta — disse Tales. — A mansão já fez... *aquilo*. Então as portas só vão se abrir daqui a seis horas...

Erick pensou em se sentar no sofá decadente perto da porta, mas ele parecia desconfortável. Espuma aparente escapava dos diversos rasgos que adornavam o assento.

Subiu os degraus de mármore branco forrados pelo tapete vermelho, deslizando a mão pelo corrimão de madeira. Seus passos eram iluminados por velas posicionadas nas extremidades da escada. Tinha que tomar cuidado com cada passo, a escuridão e a luz difusa atrapalhavam sua noção de profundidade.

Chegando ao topo, a escada se dividia em dois caminhos, um para a direita e outro para a esquerda. Não seguiu por nenhum deles, pois o que queria ver estava bem na sua frente.

Um grandioso quadro, muito maior que uma pessoa, pendurado na parede.

A pintura mostrava o que parecia ser uma família de cinco: pai e mãe, duas crianças pequenas e um bebê de colo. Todos vestindo roupas elegantes de uma época antiga, denotando status e opulência. No fundo da pintura, um penhasco com o mar rugindo. Nuvens de tempestade se formavam no horizonte. A imagem dançava com a luz tremeluzente das velas.

O rosto de nenhuma das pessoas estava à mostra.

Borboletas pretas cobriam as faces de cada uma delas. Como máscaras macabras, ocultando toda feição ou forma de reconhecimento.

Sentiu como se as pinceladas daquele artista lhe fossem familiares. Será que vira alguma outra obra dele na universidade? Erick se lembrou das aulas no curso de Belas Artes, e das suas próprias tentativas de reproduzir retratos. Virou-se para os outros, interrompendo a conversa:

— Aí, a pintura é bem bonita, quem é o artista? — Apontou para o quadro atrás de si com o polegar. Havia uma assinatura na parte de baixo, porém ele não conseguiu distinguir o que era; pensou ser alguma palavra parecida com "navalha".

— Que tipo de pessoa se importaria com uma pintura numa situação dessas? — indignou-se Luana, franzindo a testa.

— O pior tipo — respondeu Lydia, quase que por instinto. Diego pareceu concordar com a afirmação.

— Na verdade, o Erick pode estar certo — Hektor interveio, parando com sua caminhada pensativa. Colocou as mãos nos bolsos do sobretudo preto. — As obras de arte podem ajudar a descobrir alguma coisa sobre este lugar.

— Então, *Erick* — cuspiu Lydia, falando o nome arrastadamente. Erick quase abriu um sorriso ao ouvi-la se dirigindo a ele com tamanha acidez —, descobriu alguma pista olhando para essa pintura?

— Descobri que não conheço o artista — respondeu ele. — Ninguém aí por acaso ainda tem o celular, né? Eu poderia tirar uma foto e procurar ele na internet. — Brincou a última parte, sabendo muito bem que se estivessem com os celulares, teriam pedido ajuda.

— Todos nós estamos sem… — falou Tales, sem perceber a brincadeira. Colocou o capuz, para se proteger do frio. — Não conseguimos falar com o mundo exterior desde que chegamos…

— Eles com certeza já deram nossa falta — tranquilizou Diego, com a fala firme de um irmão mais velho encarregado de cuidar dos caçulas enquanto os pais não voltam —, ainda mais com tanta gente desaparecendo ao mesmo tempo. Só temos que aguentar mais um pouco. As autoridades já devem estar nos procurando.

— Aham, e desde quando isso é uma coisa boa? — desprezou Yuri. — O que precisamos fazer é achar um jeito de sair daqui nós mesmos!

— Não! — Luana contestou, de braços cruzados, o rosto virado para cima, encarando Yuri nos olhos. — Ir contra os sequestradores pode ser muito mais perigoso do que esperar pelo resgate.

Erick imaginou que para ter um pensamento tão passivo, Luana certamente vinha de uma família rica. "Engraçado que quanto mais dinheiro você tem, mais desconectado fica do mundo real", pensou ele.

— É um bom sinal a gente não ter visto os sequestradores... — respondeu Tales, evitando encarar os olhos dos outros. — Dizem que quando um sequestrador está usando uma máscara é porque não quer que você saiba quem ele é... significa que provavelmente vai te libertar.

Hektor se posicionou no centro do salão, de modo que pudesse ver todo mundo. Achava frustrante a maneira apática dos outros sobre a situação, afinal ele quase perdera a vida naquele mesmo dia, junto de Erick. Não acreditava que alguém iria libertá-los, mas achou que discutir sobre isso não levaria a nada. As velas projetavam uma multitude de sombras com a forma de seu corpo, tremeluzindo pelo chão e paredes. Ele ajeitou as mangas do sobretudo e respirou fundo.

— Sendo assim — disse, virando-se para encarar aqueles que estavam na mansão há mais tempo —, como vocês fazem em relação à comida? E a higiene? — perguntou, franzindo a testa preocupado.

Tales apontou para a mesa circular rente à parede. Ela continha algumas latas de sardinha, biscoitos de água e sal e legumes enlatados.

— Às vezes a gente encontra isso espalhado pela casa... — explicou Tales, olhando para as poucas comidas e sentindo um aperto no estômago. — No começo, devia dar para nós passarmos uma semana aqui. Com a chegada de vocês agora... — Não terminou a frase.

"Não é nem de longe o suficiente para todos nós", pensou Hektor. Acima da mesa, um espelho mostrava o cenário errado. Um grande retângulo na horizontal, com uma moldura dourada no estilo rococó. O reflexo exibia o mundo de cabeça para baixo. Hektor não comentou sobre ele; isso não era nada depois do que havia visto do outro lado da janela.

— A maioria das coisas pela casa está podre, e o que a gente acha que dá pra comer é esse lixo industrializado, que não tem nem como chamar de comida — reclamou Luana, os braços cruzados sobre sua camisa de banda. — Nem quero pensar na quantidade de sódio correndo no meu sangue agora. — O corpo pequeno e alguns cabelos desalinhados no *pixie cut* lhe conferiam a aparência de uma fada perdida em uma floresta sombria.

Melissa mexeu no cordão com pingente em formato de coração, enrolado no pescoço, e engoliu em seco.

— Desculpa, gente — disse ela, colocando os cabelos rosa para trás —, mas eu tô com bastante sede, tem água em algum lugar? — E expressou um sorriso desconcertado.

— Tem uma torneira no lavabo — disse Diego, apontando para uma porta à esquerda da mesa redonda —, que por algum milagre está funcionando.

O lugar era degradante. As paredes que um dia foram brancas estavam amareladas, o vaso sanitário não possuía assento e havia uma mancha esverdeada de aspecto grudento alojada na louça. O odor pungente de excremento irritava o nariz.

Quando Diego girou a torneira, ela tremeu por um instante, fazendo som de borbulhar e depois começou a cuspir água lamacenta e grossa, que com o tempo foi clareando, mas em nenhum momento deixou de ter um tom amarronzado. Rebeca sentiu o gosto azedo de bile invadir a boca ao encarar o líquido. Com uma expressão de desgosto compartilhado, Diego falou:

— A gente rasgou o meu casaco e agora usa uma parte dele para tentar filtrar a água e encher aquele jarro de flores ali. — Apontou para o objeto de vidro embaixo da torneira, com um pano branco molhado em cima. Já estava cheio até a metade, e, apesar de estar mais filtrada, a água com certeza não era boa para consumo. — Também cortamos umas partes para servir de pano molhado. É assim que a gente toma banho por aqui. Podemos cortar em pedaços menores para dividir com vocês que chegaram ago…

— Entre beber essa água e *morrer,* eu prefiro a morte — Rebeca interrompeu, contorcendo o rosto com o nojo. Ela se destacava na penumbra da mansão: parecia um vagalume com o cabelo loiro e as roupas e acessórios amarelos.

— Eu ia dizer que você tinha essas duas opções. Que bom que você já fez a sua escolha — zombou Lydia, cabelos cacheados emoldurando o rosto pequeno. Os olhos arredondados lhe davam uma aparência ameaçadora à luz de velas. Apoiava a mão em uma das pilastras de ônix, com a tatuagem de serpente no punho parecendo dançar com as sombras.

As duas se encararam por um instante. A tensão se construiu no silêncio, até que culminou em uma discussão acalorada.

Erick se afastou. Sabia muito bem que quando Lydia começava uma briga, ninguém poderia impedi-la de terminar.

Deixando para trás as vozes das garotas cada vez mais furiosas, caminhou até a cortina vermelha. Macia ao toque, e muito mais pesada do que imaginava.

Arrancou o tecido da frente e encarou o que havia do outro lado da janela, mas não conseguiu compreender. O cheiro de cera que emanava das velas inundava o ambiente ao redor, enquanto ele encarava a impossibilidade diante de seus olhos.

Erick não se considerava uma pessoa cética. Passava tempo demais olhando o mar, e acreditava que a imensidão dele quebraria qualquer mente calcificada em dúvidas sobre o impossível. Porém, ao se deparar com algo que não compreendia verdadeiramente, seus pensamentos correram de volta aos braços aconchegantes da descrença. Aquilo não podia ser real.

Do outro lado da janela…

Estava o lado de dentro.

Capítulo 6

Erick olhou pela janela e viu novamente o salão de entrada. O tapete vermelho, a escada, até Lydia e Rebeca discutindo ao fundo. Era um espelho? Não, ele não refletia. Na verdade... era como se Erick estivesse olhando do lado de fora para dentro da mansão em que estava. Uma mansão de frente para a outra, dividindo as mesmas janelas, sem mostrar o mundo externo, só mesmo os seus interiores.

Erick pensou que Rebeca tinha razão, devia ser algum tipo de tela led... mas não, não era possível, telas led não dão uma noção de profundidade tão realista ao cenário.

Olhou para trás. Pessoas discutindo. Olhou pela janela. A mesma cena, idêntica.

— Ei! — Erick chamou a atenção de todos. — Eu adoraria deixar as crianças brigarem por bobagem, mas acho que precisamos conversar sobre *a porra da janela que desafia as leis da física*, que tal?

— Vocês ainda não viram nada — declarou Lydia, com olhos cansados e um sorriso de canto de boca.

Erick lembrou-se do poço sem fundo onde ele e Hektor quase morreram e decidiu que já havia visto o suficiente. Caminhou até um candelabro de chão e o ergueu.

— Eu li uma vez num fórum que você pode acabar caindo para fora da realidade... e indo para tipo os bastidores do mundo, sabe? — comentou, Tales. — Um lugar onde as leis da física não fazem sentido...

Erick julgou que Tales era "uma daquelas pessoas que só têm amigos na internet, vivendo uma vida tão medíocre e desinteressante que começam a devorar teorias da conspiração para ver se conseguem gerar algum tipo de animação no mundo ao seu redor".

Golpeou a janela com a base do candelabro. Não houve rachadura no vidro; ele nem mesmo tremeu com o impacto. A sensação de bater em uma rocha com um pedaço de algodão.

— Também li que os governos do mundo estão começando a admitir a existência de aliens… — Tales continuou, entusiasmado — então é possível que eles estejam fazendo experimentos com a gente!

Golpeou novamente. Nada aconteceu. Erick colocava toda a força nos braços, e mesmo assim não conseguia sequer sujar a janela.

— Talvez aqui seja o inferno — Tales não percebia que os outros estavam começando a se irritar com ele falando. — Podemos estar pagando pelos nossos erros, sabe? Pelo que a gente fez em vida…

Uma sequência de três golpes. O cabelo de Erick, ainda úmido, chicoteava para frente e para trás, com alguns fios grudando-se no rosto, enquanto ele urrava. Jogou o castiçal no chão, por fim, ofegante.

Ninguém disse nada. Lydia fitava-o não com pena, mas com algum tipo de reconhecimento pela situação em que se encontrava. Ela tentou fazer a mesma coisa quando chegou naquele lugar.

— Também sempre tem a possibilidade disso aqui ser obra de uma magia complexa, algum ritual! — exclamou Tales. Parecia que estava quase se divertindo com aquilo.

— Para com isso. — Arfou Erick. Apoiou as costas na parede e botou ambas as mãos na cintura, tentando recuperar o fôlego. — Nenhuma dessas teorias faz sentido.

— Nada aqui faz sentido! — retrucou Tales, abrindo os braços. O moletom branco era grande demais para ele e estava com manchas escuras de sujeira.

— Sim, mas a única coisa que você sabe é que aqui não faz sentido — replicou Hektor, pensativo. Os olhos azuis muito distantes, como se procurasse alguma resposta para o que estava vivendo entre as pilastras de ônix. — O único fato que temos em mãos no momento é a nossa própria ignorância; tentar formular explicações mirabolantes agora pode piorar tudo.

Ele encarou Erick por um instante e depois se virou para os outros, os cabelos vermelhos esvoaçando com cada movimento.

— Precisamos trabalhar com o que a gente sabe — continuou Hektor. — Por exemplo, quando vocês foram capturados? O que estavam fazendo?

Cada um explicou o que aconteceu antes de surgirem ali.

Yuri voltava de uma boate. Rebeca ia ao cinema com as amigas. Hektor, Mel e Erick contaram o mesmo relato que comentaram em uma conversa anterior.

Todos os antigos foram sequestrados em uma quarta-feira. Diego ia para a faculdade. Tales foi comprar pão. Lua saiu para fumar.

— Estava voltando do trabalho — mentiu Lydia. Erick percebeu, afinal de contas ela folgava toda quarta-feira. Mas por que mentir?

— Ah, só mais uma coisa, pessoal — comentou Hektor. Ele parecia o mais calmo de todos, exibindo um autocontrole excepcional. A voz tranquila, quase aveludada. Quando ele falava, as pessoas ouviam. — Acho que isso já está claro, mas ninguém aqui se conhece, não é? Somos pessoas sem ligação umas com as outras? Porque isso pode dar pistas sobre por que fomos escolhidos.

A resposta "não" foi unânime. Ninguém naquele lugar se conhecia, não mesmo. Lydia desviava o olhar de Erick, evitando ao máximo dar pistas do envolvimento prévio dos dois. Até entender melhor o que estava acontecendo, Erick também não falaria nada.

Hektor continuou tentando descobrir mais sobre a vida dos outros, onde cada um vivia, que horas do dia em que foram apanhados. A única coisa em comum era que todos tinham mais ou menos a mesma idade, indo de 21 a 26 anos.

Aparentemente todos viviam em cidades diferentes.

— Então devem ser várias pessoas trabalhando juntas — assumiu Rebeca. — Se fosse uma só ela teria que ter viajado o dia inteiro com, sei lá, todo mundo no fundo de uma van. Mas, é provável que não desse tempo.

Tales depois citou um post que ele leu uma vez sobre estradas que dilatavam e contraíam o tempo, então talvez pudesse ser um único sequestrador que aprendeu a usar esses caminhos para conseguir fazer tudo rápido. Ninguém ligou para o que ele disse.

Erick subiu as escadas, passando pelo grande quadro das borboletas pretas e foi até o andar de cima. Debruçou-se no guarda-corpo do mezanino, onde via quase todo o salão de entrada.

Hektor e Diego conversavam sobre a questão iminente da comida; se não fugissem logo, ela iria acabar. Hektor perguntou as horas. Pelo relógio de pêndulo no andar superior, eram sete. Sete da noite? Sete da manhã? Diego deu de ombros. Sabiam que estavam presos há três dias no mínimo, pois quando o segundo grupo apareceu era sábado, e os primeiros sequestrados foram parar ali em uma quarta-feira.

Tales e Rebeca conversavam sobre teorias de viagem no tempo; ele comentava sobre os relatos que lia online, e a garota, muito interessada, explicava para ele os princípios físicos do que ele estava falando.

Luana, Melissa e Yuri jogavam conversa fora no sofá, tentando não pensar nos problemas.

A única pessoa que Erick não conseguia ver do mezanino era Lydia.

— Ei — Erick escutou a voz dela vindo de suas costas. Lydia sussurrava, o que o fez lembrar da época em que acordavam juntos na cama. — Não vira. Lembra: a gente não se conhece.

— Por que estamos escondendo isso? — cochichou Erick. Fora as vozes das pessoas no salão, ele não conseguia escutar o que havia no mundo exterior.

Nenhum vento, nenhum carro, nenhuma música ao fundo ou som de animais, insetos, o que fosse. Sentia-se enterrado em um silêncio abafado.

— Existe a possibilidade de ter um de nossos sequestradores entre eles — explicou Lydia. Os sussurros ficando cada vez mais perto. — Talvez tenham colocado um entre nós para nos vigiar.

Diego falava sobre racionar a comida. Era um mal necessário se queriam sobreviver. Hektor concordava.

— Se fosse isso — Erick perguntou —, os sequestradores não saberiam que temos relação um com o outro?

— Que relação, Erick? — retrucou Lydia. — Nós não nos vemos há meses, desde... — Uma pausa. — Agora não temos mais relação alguma.

— É... — concordou. Acreditava ser realmente possível que quem os sequestrou não soubesse que eles se conheciam.

Lydia passou a mão pelos cabelos de Erick, platinados, ressecados, ainda úmidos, e os segurou por um momento, com certa firmeza. O seu toque fez um arrepio percorrer o corpo do jovem. Ele não sentia isso há tanto tempo. Ela se posicionou atrás dele de modo que ninguém a visse.

— Que merda é essa que você fez no cabelo? — perguntou, exibindo um sorriso cruel.

— Foi a Manu — explicou o jovem. — Ela pintou o meu cabelo na festa antes de eu vir pra cá. A gente tava bêbado.

— Ah, a *Manu*, é? — Debochou ela. — Tá explicado por que ficou tão ruim. — O riso ácido em sua voz fez Erick relaxar. Ele se afastou da beirada do mezanino e virou em sua direção.

Ela olhava para cima, encarando-o com desprezo. As chamas das velas tremeluziam nos olhos castanhos da garota – uma dança hipnótica. Sua respiração quente no corpo frio de Erick. Ele buscou palavras dentro de si, e ela esperava que dissesse algo. Em vez disso, ficaram os dois em silêncio, olhando um para o outro.

Até que Lydia se virou e desceu as escadas.

— Vê se não morre — falou ela, antes de chegar no último degrau. Não olhou para trás.

— Você também — exigiu o jovem.

Capítulo 7

— Vocês ainda não entenderam como a mansão funciona — declarou Diego, parecendo preocupado com o que viria a seguir.

Todos estavam sentados em uma meia-lua no chão, olhando para ele. Erick, por outro lado, havia ido ao banheiro tomar banho. Ou melhor, passar um pano molhado – que antes fazia parte do casaco de Diego – no corpo. Deixaram-no ir primeiro, por estar completamente encharcado. Diego continuou:

— Eu não sei como isso é possível, mas a cada 12 horas somos jogados para cômodos aleatórios da casa.

A areia da praia ainda grudava em cada canto do corpo de Erick, e, com um banho tão precário, parecia que nunca ia conseguir ficar limpo de verdade. Arriscou beber um gole da água do vaso de plantas, que estava com um gosto estranho de terra, porém sentia tanta sede que bebeu uma segunda vez.

Para Erick existiam apenas duas opções: ou ele mantinha as roupas molhadas no corpo, passando frio e sentindo-se extremamente desconfortável, ou evitava uma pneumonia. Foi fácil escolher a opção que seguiria.

Ele ignorou os olhares de surpresa e desaprovação quando apareceu no salão apenas de cueca boxer. Melissa corou ao vê-lo e Lydia soltou um suspiro alto, revirando os olhos. O discurso que Diego fazia foi abruptamente cortado enquanto observava a cena, gaguejando algumas palavras desconexas enquanto Erick seguia até o corrimão da escada e estendia as roupas. Ao voltar para o semicírculo em que se encontravam, sentou-se ao lado de Hektor.

— Gostei da cueca — Hektor comentou, de maneira displicente, mas que parecia genuína.

— Valeu.

— Como eu estava dizendo — continuou Diego —, o que vocês vão ver aqui não é normal. *Esse lugar* não é normal.

— Pelo amor de Deus, Diego, acelera logo esse papo — Erick reclamou. A sombra de um sorriso se formou e murchou nos lábios de Hektor, desaparecendo antes mesmo de nascer, sem que ninguém percebesse.

— É o seguinte: em menos de seis horas a gente vai ouvir aquele barulho estranho de novo — explicou Lydia, tomando para si o dever de explicar o funcionamento da mansão para os novatos. — Depois disso, todo mundo vai desmaiar. Quando acordarmos, vamos estar separados em lugares diferentes da mansão.

— Mas sejam rápidos — complementou Diego. Não confiava que a explicação de Lydia fosse clara o suficiente. — A mansão faz isso, e depois de seis horas todas as portas se fecham. Miguel ficou para trás quando isso aconteceu... e nunca mais o vimos.

— Ele com certeza está bem — afirmou Luana. Soava delirante em seu otimismo. — Eu já disse, só devem ter pago o resgate dele. Os sequestradores não nos fariam mal sem motivo.

Ela era a única pessoa que acreditava nisso.

— Ah, claro, como se fosse algo simples assim — retrucou Erick, irritado. — E o que significa terem feito o Hektor e eu quase cairmos em um buraco sem fundo? Só uma brincadeira saudável para manter nossa saúde física?

— Deixa de ser burro — respondeu Luana, exasperada —, claro que o buraco tinha um fundo, pra começo de conversa. E, além disso, poderia ter uma rede no final ou coisa assim para vocês não se machucarem.

— Ah, eles iam morrer sim — respondeu Mel, tranquila —, mas não teria problema nenhum, teria?

Ela comentou de maneira tão natural que ninguém entendeu se tinha dito de forma genuína, se era uma alfinetada, ou algum tipo de ironia. Erick ficou confuso, ainda com xingamentos entalados na garganta.

— Hm, tem uma coisa que eu não entendi — Yuri interrompeu a discussão. — Vocês já estão aqui há muito tempo, já devem saber como é a mansão toda. Como podem se perder?

— Realmente. Por que não fizeram um mapa? — perguntou Rebeca. Estava sentada de lado, com uma das mãos apoiada nos joelhos, e a outra no chão. No início ela tinha medo de sujar seu vestido amarelo, porém agora estava mais relaxada.

— Não é tão simples assim... — explicou Tales. Na penumbra, sua palidez fazia Lydia pensar em fantasmas. — A mansão nunca é a mesma duas vezes. É como um... é como um mapa gerado aleatoriamente, sabe?

— Mas isso não é... — Rebeca ia falar.

— Possível? — cortou Lydia. — A gente já passou dessa fase.

— E como vamos fazer para encontrar o caminho de volta aqui para o salão? — indagou Mel. Segurava o braço de Luana (ou Lua, como preferia ser chamada), com ternura, apoiando a cabeça no ombro da outra. O cabelo rosa se derramando pela jaqueta jeans da amiga recém-feita.

— A gente segue as velas — respondeu Lydia. — Tales acha que quanto mais escuro o cômodo, mais longe do salão você vai estar.

— Sendo assim, costuma demorar muito para a gente conseguir voltar para cá? — perguntou Hektor. Temia que da próxima vez que a mansão mudasse, ele fosse jogado em outro cômodo tão mortal quanto o que sobrevivera.

— Depende — disse Diego, passando as mãos na cabeça raspada. — Às vezes são só alguns minutos, outras vezes são algumas horas. — Ele também se sentou no chão. Estava cansado de discursar. — A gente demorou muito para perceber que se passam seis horas a cada... *movimento* da mansão.

— E por que isso? — Yuri indagou. Parecia desconfiado, não acreditava em quase nada que os outros diziam. Olhava ao redor, angustiado por não conseguir abrir as janelas. Sentia que o ar estático do salão o sufocava.

— A gente perde a noção do tempo lá fora — respondeu Lydia, referenciando os cômodos além do salão de entrada como se fossem o mundo exterior. É possível que o lugar fosse tão grande quanto ele. — Só deu pra perceber depois de prestar atenção no relógio de pêndulo no segundo andar.

— Então a gente fica seis horas andando por uma mansão mal-assombrada — falou Erick, deitando-se no chão de lado e apoiando a cabeça em uma das mãos — e depois só tem seis horas pra comer, cagar, dormir e conversar uns com os outros?

— Não é mal-assombrada — retrucou Lydia. Tentava não dar material para Tales surgir com mais uma teoria —, mas basicamente, sim.

— É claro que ela é mal-assombrada — respondeu Mel. O cabelo rosa parecendo avermelhado contra a luz das velas. — Vocês não conseguem sentir? A presença dos outros?

Silêncio.

— Os outros... o quê? — perguntou Yuri, confuso. O salão de entrada parecia ficar cada vez menor aos seus olhos, como se tentasse esmagá-lo.

— Os outros que estão presos aqui também.

— Então você viu outras pessoas sequestradas como nós? — Hektor inquiriu com a testa franzida.

Mel fez que não com a cabeça.

— Não sequestradas — continuou ela, com o olhar distante —, mas presas. Não vão dizer que vocês também não percebem... quando estão caminhando pela mansão. Eu não sei nem se são humanas mais...

Os jovens se entreolharam, com uma pontada de descrença, porém, no fundo, em segredo, entendiam o que a garota queria dizer.

— Por que alguém iria fazer um lugar tão complexo? — perguntou Hektor, tirando a atenção do assunto sobrenatural. — O que será que eles querem com isso?

Ninguém tinha uma resposta. A não ser Tales, que queria comentar uma teoria espalhafatosa, mas Lydia olhou para ele e fez que "não" com a cabeça; o garoto murchou na hora.

Depois foi a hora de falarem sobre o racionamento de comida.

— Eu sou contra isso — disse Lua, categórica. — Se alguém nos sequestrou, é claro que não vão deixar a gente morrer de fome.

— E você quer apostar nisso mesmo? — perguntou Lydia, com um sorriso irritado. — Na boa vontade dos sequestradores que nos jogaram em uma mansão abandonada, sumiram com Miguel e tentaram afogar o Erick?

Lua ficou emburrada com Lydia e virou o rosto. Parecia decidida a não falar mais com ela.

As latas não possuíam uma forma simples de serem abertas. Erick comentou que dava para abrir com força de vontade e um dos degraus da escada, mas Diego o proibiu de fazer isso; falou que o melhor seria esperar até alguém encontrar uma faca ou coisa do tipo, porque se tentassem de outro jeito acabariam por derramar algo.

— E não podemos desperdiçar um único grão de comida aqui — concluiu. Parecia sentir-se na obrigação de cuidar de todos ali, garantir que saíssem vivos da situação. O tom paternalista irritava Erick.

Decidiram que o melhor a se fazer seria dormir. Mesmo não vendo o lado de fora e sem saber o horário real, ocorreu uma decisão silenciosa de tratar aquele momento como sendo a noite.

Juntaram-se em grupos. Os únicos sozinhos eram Erick – que caminhava pelo salão de forma displicente, tentando disfarçar algo que estava fazendo – e Lydia – deitada no tapete velho, dormindo de lado, usando o próprio braço de travesseiro. Erick ficou feliz que ela pelo menos estava mais aquecida que ele, vestida de calça jeans e blusa de manga comprida e gola alta – apesar de ser um *cropped*. Pensou em acordá-la para conversar, mas não sabia o que dizer. Deviam evitar falar sobre o passado. E ele também não estava a fim. Não era à toa que nunca voltou a conversar com algum de seus exs. Muita complicação, muitas perguntas, muita cobrança. E com Lydia era ainda mais do que isso, mesmo que se negasse a admitir.

A maioria das pessoas dormia. Diego conversava com Tales no mezanino. Contava histórias sobre a época em que serviu o exército, sobre acampamentos, o que o sargento os mandava fazer, as aventuras e dificuldades que passou – com tanto entusiasmo que parecia um veterano de guerra. Tales ouvia com atenção, os olhos brilhando a cada reviravolta.

Erick por um momento sentiu-se observado. Era Lydia, agora acordada. A expressão indecifrável. Virou-se e percebeu que ela não estava olhando para ele, mas para o quadro.

A família com borboletas pretas no lugar dos rostos. O mar rugindo ao fundo. A tempestade se formando. As velas pareciam projetar sombras sobre a tela, e não luz. O que levaria alguém a pintar um retrato familiar daquela maneira, escondendo o rosto de todos? Era uma pintura antiga, e aquelas pessoas estavam mortas agora. Fantasmas capturados em tinta.

Algo estava prestes a começar. Erick sentia isso no bruxulear das chamas, no frio que percorria o corpo, no silêncio do salão, nas asas negras das borboletas.

Deitou-se ali mesmo, e tentou dormir, nem que fosse um pouco.

Quando pegou no sono, sonhou com o mar.

E com alguém o afogando.

CAPÍTULO 8

Erick acordou com um chute nas costelas.

Era Lydia, é claro.

— Acorda e põe suas roupas — comandou ela, impaciente. Descontava nele toda a ansiedade que sentia naquele momento. — Tá quase na hora.

— Me deixa, garota — resmungou, sem ter entendido muito bem o que ela dizia, ainda grogue de sono. Ouvir uma voz conhecida ao despertar lhe trazia lembranças. Quando namoravam, Lydia sempre acordava primeiro e, por causa do sono pesado do jovem, precisava chamá-lo para que não se atrasasse. Geralmente fazia isso de maneira carinhosa, mas, devido ao ambiente hostil e o rancor que ainda sentia pelo término abrupto, não foi assim que ela o despertou.

Ela se agachou, segurou o queixo de Erick com uma das mãos, apertando suas bochechas, e virou o rosto de forma brusca. Lydia depois chegou bem perto, a ponto de ele conseguir sentir seu hálito, e os cabelos roçarem em sua face. Então sussurrou de forma arrastada, controlada, com raiva enraizada em cada sílaba:

— Escuta aqui, seu merdinha. — "Ótimo começo de frase", Erick pensou. Gostou de ouvi-la sendo ríspida desse jeito; deixava-o menos culpado pela forma como terminaram. — A gente tá numa situação perigosa nesse momento, e se não levar isso a sério, você *vai morrer*, ouviu? E pode até ser que não tenha corpo para enterrar porque ele estará perdido nessa mansão, mas eu não quero ter que contar para minha ex-sogra que o filho dela foi pra casa do caralho porque era um idiota que não levava a vida a sério nem quando foi sequestrado. — Lydia era uma das únicas pessoas que se dava bem com a mãe de Erick, talvez por ambas acharem o jovem uma causa perdida. — Então levanta agora, bota a roupa e se prepara como o resto de nós. — Largou o rosto de Erick e se afastou dele, deixando-o com uma sensação de urgência. Apesar de não demonstrar, preocupava-se com a segurança do garoto, e temia por sua vida.

Em menos de dois minutos, ele estava vestido. Caminhou até junto dos outros, que aguardavam, tensos.

Ninguém falou nada. Todos estavam apreensivos, esperando para ver o que aconteceria a seguir.

Uma cacofonia de estrondos. Ventania, milhares de tecidos sendo chicoteados por uma tempestade. Como uma multidão de gigantes criaturas aladas vindo em direção ao salão.

— O que é… — Rebeca começou uma pergunta, sem conseguir terminá-la.

A visão de todos ficou turva e eles se sentiram tontos. "É um tipo de gás?", pensou Rebeca, antes de desmaiar. Erick deu dois passos para frente, cambaleando, prestes a cair a qualquer momento.

Luana não se lembrava de fechar os olhos, o mundo, entretanto, ficou em completa escuridão. Ela já passara por isso outras vezes, mas nunca conseguia se acostumar com a sensação.

Quando Lua acordou, se viu em um quarto de bebê.

As paredes rosa pastel, o chão repleto de bichinhos de pelúcia encardidos. Brinquedos pendurados no teto – pintado para simular o céu diurno; um azul bebê e nuvens brancas e fofas –, para que quando a criança olhasse para cima, tivesse uma visão de coisas gentis. O silêncio no lugar era ensurdecedor. A aparente tranquilidade do quarto contrastava com a agonia que Lua sentia. Estava sozinha, como sempre ficava quando a mansão resolvia espalhá-los. A cabeça doía, e uma náusea incômoda revirava o estômago.

Percebeu que a janela em uma das extremidades do local não mostrava o mundo externo, e sim outro cômodo. O *teto* de outro espaço. O quarto em que Luana estava ficava deitado de lado no chão de algum lugar. Podia ver a luz fraca de um castiçal vindo de lá. Imaginava ser mais um dos truques dos sequestradores para perturbá-los. Não entendia por que precisavam fazer com que as vítimas sofressem tanto.

E mesmo assim, a coisa que mais lhe saltava os olhos era o que havia no centro dele. Um berço vazio. As paredes rosa faziam-na pensar que era uma garotinha que dormia ali, e ela se perguntou o que havia acontecido com ela.

O que havia acontecido com todos daquela casa, na verdade.

Como alguém poderia viver em um lugar como aquele? Será que a mansão foi sempre assim, ou antes tinha sido o lar feliz de uma família normal? Se sim, o que houve com eles? Para onde foram? Como a mansão tornou-se essa… coisa?

Notou a caixinha de música que repousava no berço.

Um calafrio percorreu o corpo de Lua. Ela reconhecia aquela caixinha. Parecia a mesma que sua avó tinha, onde uma pequena bailarina rodopiava ao som de uma melodia nostálgica.

Aproximou-se do berço. Algo no quarto atrás rangeu, mas ela não percebeu isso; estava focada na caixa. Pegou-a em suas mãos, era mais leve do que se lembrava. Abriu a tampa, fazendo surgir uma simples bailarina pintada de rosa, a tinta desgastada se desfazendo em pequenas lascas. Do lado direito, uma chave de prata, que Lua girou para dar corda.

A bailarina começou a rodopiar, e ressoou pelo quarto uma melodia triste. Uma melodia que ela conhecia bem.

A música trazia lembranças dolorosas.

Memórias de um quarto escuro, gritos no andar inferior; seu pai discutindo com a mãe, chamando-a de coisas que Luana nem sabia o significado quando criança, acusando-a de tê-lo traído, falando que Lua não era filha dele de verdade. Quando crescida, ela percebeu que esse era o motivo dele bater somente nela, e não nos irmãos. Na época, porém, não sabia o que nada daquilo significava; a única coisa que compreendia era a expressão de ódio daquele que deveria protegê-la, e as lágrimas da mãe.

Não importava o que fizesse, se fosse comportada ou não, se tirasse notas boas ou não, se fizesse barulho ou fingisse estar morta, quase que todas as noites, religiosamente, ela ouvia o martelar de passos do pai, marchando até seu quarto. E depois a figura escura no vão da porta, onde só conseguia ver o contorno de sua forma. Um ser gigante de sombras, aos olhos da criança. Aprendeu rápido a tolerar a dor.

Em sua adolescência, ela recebeu o resultado do teste de DNA na mesma semana em que o pai morreu. Para sua infelicidade, Luana era filha legítima dele. Um desgosto que tinha que carregar consigo sempre.

Em todos aqueles anos de sua infância, a única coisa que confortava Lua e ajudava a garota a manter-se tranquila, fazendo com que pudesse dormir, nem que fosse um pouco, era a caixinha de música que recebeu da avó.

Mesmo naquele quarto escuro de criança, em uma mansão hostil, Luana sabia que aquela música a protegia novamente. Lágrimas rolaram quentes pelo rosto da jovem.

A música morreu, e a bailarina parou de girar. Luana trouxe a caixinha para perto de si. O silêncio tomou conta do quarto. Um silêncio que só era quebrado pela respiração de Luana, e um outro som. Passos. Pesados, decididos, vindos de algum lugar na escuridão do cômodo. Passos que ela reconhecia. Aprendeu a reconhecê-los muito nova.

Virou-se abruptamente, olhando o breu que crescia, consumindo o quarto. E, do canto mais escuro, surgiu uma figura. Um ser de sombras erguia-se, difícil de ser percebido, mas ainda lá. Luana não sabia se era pessoa ou monstro. A primeira coisa que cruzou sua cabeça foi uma palavra:

— Pai?

A criatura começou a caminhar em sua direção, os pés arrastando-se pelo piso de forma ritmada.

Luana segurou firme a caixinha de música e correu em direção à porta, a única saída que existia. Enquanto corria, o quarto começou a se esticar.

Como em um sonho, a distância até a porta parecia nunca diminuir; ao contrário, a porta ficava cada vez mais longe. Atrás dela, a figura de sombras – o homem, o monstro – se aproximava. Então, quase que por instinto, fez a única coisa que sabia que iria protege-la neste momento.

Girou a chave, e a caixinha de música começou a tocar.

A bailarina rodopiou novamente e o quarto voltou ao normal. Sem homem de sombras agora.

Respirou aliviada, colocou-se de pé e caminhou até a porta. Quando faltavam poucos passos para a saída, a música parou mais uma vez.

Os passos retornaram. Luana levou as mãos suadas até a chave e girou com força, para a música voltar. Mas usou força demais. A chave quebrou em sua mão, deixando-a indefesa contra a criatura que se aproximava.

A cada passo que dava, o ser aumentava de tamanho, quase tomando o quarto inteiro para si. Se fosse um homem, era o maior que Luana já havia visto. Do outro lado estava a porta. Ela sabia que não importava o quanto corresse, nunca chegaria ao seu destino.

O que restou da chave era só um pequeno pedaço de prata enegrecida pelo tempo, um pino afiado que machucaria os dedos se ela tentasse girá-lo. Não tinha outra escolha.

Segurou o metal e fez força. Não se moveu. Passos. Tentou novamente. A bailarina girou um pouco, mas ela não conseguiu dar corda o suficiente para que a música tocasse. Um corte no dedão, uma dor aguda. A figura estava perto.

Se ela não conseguisse dessa vez, seria o fim. Respirava de forma entrecortada, como se o ar estivesse ficando rarefeito. A sombra com a forma familiar aproximava-se em movimentos frenéticos, avançando sobre a menina.

Com o dedo sangrando, Lua pegou no pino mais uma vez, colocando no próximo movimento suas últimas esperanças.

E deu corda.

Capítulo 9

Erick se encontrava em uma cozinha.

A ferrugem devorando o metal das panelas e utensílios espalhados pela bancada e pendurados em ganchos nas paredes. A porcelana fina, embora empoeirada. Ele pensou que se levasse alguma delas poderia conseguir dinheiro vendendo na internet, porém isso lhe parecia uma preocupação distante agora. Um pratinho segurava uma vela acesa, já pela metade, que iluminava porcamente o ambiente.

Não precisava de comida – pelo menos não agora –, mas sentiu-se na obrigação de procurar pelos armários algo que pudesse levar de volta ao salão. Quase vomitou ao abrir a primeira porta, dando de cara com carnes em um estado avançado de putrefação. O cheiro asqueroso o fez lacrimejar. Afastou-se o mais rápido que conseguiu, tossindo, tentando não expulsar o pouco conteúdo que havia em seu estômago.

O que encontrou atrás das outras portas não foi diferente, indo desde carnes podres, até pães mofados e queijos verdes. Percebeu que era um milagre eles terem achado algum resquício de comida pela mansão que não estivesse nesse estado; quem sabe os próprios sequestradores deixassem alguns alimentos espalhados pelos cômodos para que — presumivelmente — não morressem de fome.

Abriu uma das gavetas, só para ver o que havia nelas, e, apesar de nenhuma comida, encontrou algo quase tão bom quanto: um conjunto de talheres de prata, oxidados, porém não enferrujados.

Pegou algumas facas. A maioria botou no bolso. A última resolveu empunhar na mão direita. Tudo bem que uma faca enferrujada e pequena daquele jeito poderia não ser a arma mais eficaz contra um sequestrador preparado, mas Erick imaginava que se a usasse para apunhalar alguém, poderia causar um ferimento grave.

A breve conquista foi eclipsada ao perceber algo de grande urgência, uma coisa que tinha visto desde que acordara, porém, só agora estava prestando atenção de verdade.

A cozinha não tinha porta alguma.

Respirava pesadamente, e suava em profusão. Era um ataque de ansiedade? Esforço físico? Pânico? Não, não era isso… a temperatura da cozinha estava subindo.

Erick deu golfadas de ar longas e profundas, o que parecia não fazer efeito algum; o oxigênio que entrava pelas narinas e garganta ardia. A pele queimava com o sutil toque daquele ar. Não havia fogo além do de sua vela, mas era inegável que a temperatura estava chegando a níveis catastróficos. As roupas secaram, e logo ficaram molhadas de novo – dessa vez pelo suor.

Erick abria a boca como um cachorro sedento, sentindo a garganta árida. A temperatura excessiva fazia o cheiro de podridão aumentar, deixando-o nauseado. Correu até uma das torneiras, ignorando o calor quase insuportável do metal sob suas mãos. Quando conseguiu abrir, não foi água que saiu do cano. O metal engasgou, fazendo o som de que havia algo entalado lá dentro. Erick se aproximou para ver o que era, quando foi cuspida uma folha de papel.

Inspecionando-a em suas mãos, o jovem percebeu que se tratava de uma página de diário. O que uma coisa como aquela estava fazendo dentro de uma torneira, ele não saberia dizer. A letra era datilografada. Não havia data que indicasse sua criação. Algumas palavras estavam censuradas.

O que estava sendo dito não fazia sentido para Erick – não ainda. Mas ele compreendia o suficiente para ficar assustado:

Meu companheiro está cada dia mais distante, parece que ele me esconde algo. Sinto muita falta de █████, e agora com █████ frio desse jeito, meu coração quase não pode suportar.

Estamos muito perto de conseguir aquilo que sonhávamos, resta apenas um último sacrifício. Tanto █████ quanto eu atingimos este patamar acima do que é considerado possível. Conquistamos a █████, agora só falta o █████. Sinto-me diferente, como se as barreiras que regem a vida humana não pudessem me atingir mais – e realmente não podem.

Achei que depois de tudo o que fizemos para chegar até aqui estaria feliz, porém este dom veio com uma melancolia que eu não poderia prever. É hora de fortalecer meu coração. Em breve poderei ter ████ em meus braços novamente, a redenção de meu maior pecado.

Terei de derramar sangue inocente mais uma vez, mas é por um bom motivo.

Para o próximo sacrifício, escolhemos a professora que nos auxiliou nesse processo. Não teríamos chegado a esse ponto se não fosse pelos textos antigos que nos forneceu, algo que só ela com sua conexão com este ambiente poderia proporcionar. Foram essenciais para compreender a natureza deste lugar e o ritual. Sou grato, mas infelizmente ela sabe demais.

Não posso deixar ninguém atrapalhar meus planos agora.

Astérion

Sacrifícios. Derramar sangue inocente. Era só isso o que entendia do fragmento de diário, e era só isso que importava. Sua cabeça fervia, e ele não sabia se era culpa das palavras agourentas ou do calor extenuante. O nome de Astérion ecoava em sua mente, enquanto grossas gotas de suor brotavam no rosto.

Tossiu uma tosse seca. Os lábios ressecados, ainda sedentos. A temperatura da cozinha alcançava níveis impossíveis de alguém sobreviver por muito tempo. O mistério da página de diário precisaria esperar. Ele guardou o papel no bolso e começou a procurar por uma saída.

Não sabia de onde vinha o calor, e não tinha tempo de pensar sobre isso. Tateou todas as paredes, inclusive a lisa que parecia ser a que naturalmente deveria ter uma porta. Deu alguns chutes nela, e, como já era de se esperar, nada aconteceu. Correu sem rumo pela cozinha, abrindo todas as portas e gavetas que encontrava, quase queimando-se no processo.

Não encontrou nada. Nenhuma saída, nenhuma forma de sobreviver. As torneiras estavam completamente secas, e em poucos minutos ele morreria pelo aumento de temperatura. O quarto parecia girar, mas não o fazia de verdade; o corpo de Erick chegava no limite. Uma dor de cabeça pungente o atingiu bem nas têmporas, junto de uma ânsia de vômito quase incontrolável. Ele desabou, ficando de joelhos na cozinha, sem forças para continuar.

Se ainda restasse água o suficiente em seu corpo, Erick estaria chorando. Se sua mente ainda pudesse segurar algum raciocínio, teria feito uma piada com a situação. Ainda que sozinho, não poderia tirar a máscara. Mesmo no fim, Erick não conseguia deixar de fazer piada com o mundo; se parasse de rir de tudo, teria que ver a seriedade do que estava ao redor. E ele não aguentava isso.

Não queria morrer. Um sorriso brotou nos lábios. Aquela era a sensação da morte? Ele não queria morrer. Um riso frouxo escapou da garganta. Quase paralisado, não sabia mais o que fazer para fugir, aquele era o fim, ele sabia que era o fim. Não queria morrer. Erick riu. Não queria morrer. E riu mais. Não queria morrer. Riu o mais alto que podia.

E durante risadas, secas e ásperas, uma leve, quase imperceptível variação de temperatura tocou no braço de Erick. Não era uma brisa, estava mais para o ar intruso de um outro ambiente. Encarou a direção de onde a sensação estava vindo. Um armário aberto, cheio de panelas enferrujadas. Jogou todas elas longe, e encontrou uma rachadura diminuta. Se esgueirou para dentro e empurrou a falha com muito esforço.

Atrás da madeira havia uma passagem.

Era pequena, quase impossível de caber uma pessoa, mas dava para um outro lugar além daquela cozinha.

Com o que restava de seu espírito, Erick se espremeu pelo túnel minúsculo. Primeiro os braços, depois arrastou-se passando o tronco e por fim as pernas. Foi árduo, e por alguns momentos ele sentia que não conseguiria. Não havia luz na estreita passagem e os braços eram perfurados por algumas farpas da madeira antiga. O ar era escasso e o calor da cozinha ainda o atingia ali.

Uma pequena luz no fim do túnel. Como um verme saindo da terra, Erick emergiu do outro lado uma nova pessoa.

Não teve tempo de comemorar ou ver onde estava. Ouvia passos. Empunhou a pequena faca de prata com as duas mãos, ainda escorregadias pelo suor. Ficou em pé e girou o corpo para encarar quem se aproximava.

Capítulo 10

Lydia ouvia barulhos estranhos e gemidos ininteligíveis vindos da parede na extremidade do cômodo. Soavam entrecortados e agudos, como os lamentos de alguém em profunda agonia. Ao se aproximar, o som ficou mais alto, a voz lamuriosa arfava com desespero. Um pedaço da parede se rasgou como papel; entulhos espalhados pelo chão. Alguém emergiu do buraco.

Para sua decepção, esse alguém era Erick.

— Ah, é você — falou Lydia, desapontada.

Ela segurava um castiçal. Os olhos castanhos e irônicos o encaravam com desdém.

— Pensei mesmo que tinha ouvido alguma coisa daqui... que faquinha é essa na sua mão? — perguntou ela, analisando o objeto que o jovem empunhava como se fosse sua última linha de defesa entre ele e a mansão. — Você não conseguiria matar ninguém com isso.

— Conseguiria se eu... — Erick fez movimento de apunhalar. Ainda estava cansado. Exausto, na verdade. E sedento.

A primeira coisa que visualizou foi a piscina de proporções olímpicas no centro do lugar.

— Aham, tá. Olha, cara, não sei se você percebeu, mas a gente tá meio que em peri... o que você tá fazendo?

Erick correu até a borda da piscina e colocou o rosto todo dentro d'água. Depois ergueu a cabeça e cuspiu o líquido completamente, tossindo. Tinha gosto de sal.

— Isso! — Zombou Lydia. — Coloca mesmo a cabeça dentro da piscina sem fundo na mansão que está tentando te matar, gênio. Isso vai dar muito certo! Você tem noção de que não sabemos *nada* sobre esse lugar e que você poderia ter morrido agora?

— Eu tô com sede, tá? — Arfou Erick, cuspindo o resto de água salgada. — O último cômodo tentou me assar vivo.

Lydia prestou atenção nesse fato. Antes de Erick surgir, junto do segundo grupo de pessoas sequestradas, os cômodos não eram tão hostis assim para eles; o máximo que tinham que fazer era caminhar por longas horas, até encontrar o salão principal. Não soube por que aquilo havia mudado.

Até o momento, ela não teve que passar por nenhum desses perigos, mas temia que isso aconteceria, inevitavelmente.

Erick levantou, pensando no que Lydia dissera: "piscina sem fundo". Realmente não conseguia ver o fim. Para tirar a prova real, ele pegou uma vela que estava no chão e jogou-a dentro dela. A chama apagou com um chiado, e o prato que a sustentava foi afundando nas águas escuras rodeadas por azulejos azuis, até se perder por completo no breu. Da mesma forma que se tem o impulso de pular quando se vê um lugar alto, Erick teve vontade de mergulhar naquela escuridão.

O ambiente era amplo, com piso antiderrapante e paredes altas que se erguiam sobre eles, pintadas de um azul profundo. Dezenas de portas os cercavam de todos os lados. As velas espalhadas pelo lugar mal davam conta de cortar o breu que se instalava.

Lydia caminhou em volta da borda, encarando a profundidade.

— Você acha que ela tem um fim? — perguntou, a voz ecoando com a suave rouquidão de sempre. Agachava na beirada. O castiçal erguido acima das águas, que refletiam o brilho de volta; ondinhas de luz dançavam sobre o rosto de Lydia.

Os cabelos castanho dourados iluminando-se com o brilho da vela, fazendo alguns fios parecerem feitos de luz. Olhava para a escuridão, mas de onde Erick estava, ela parecia ver o próprio reflexo, como Narciso de Caravaggio. Teve o impulso de pedir para que ela não se movesse, permitindo que ele pudesse pintá-la, da mesma forma que ocorria quando ainda namoravam; Lydia já fora sua modelo, a melhor que ele teve. Quem sabe escreveria um poema para ela, como prometeu que faria um dia.

— Tudo tem — falou ele, mexendo nas águas com uma das mãos. — Essa escuridão não pode seguir assim para sempre.

— Quem sabe... — respondeu, distante. A voz esmaecendo aos poucos. Ergueu-se da beira da piscina e começou a caminhar para uma das portas. Ele a seguiu.

A porta que Lydia abriu dava para outro cômodo com outra piscina, idêntico ao anterior. A diferença era que esse tinha um pouco mais de velas.

— Você não se esqueceu do nome real da nossa cidade, não é? — perguntou, indo em direção à outra saída. Mais um cômodo, mais velas, mais uma piscina.

— Como poderia? — comentou ele, sorrindo maliciosamente. — Eu que te contei essa história.

O cheiro de sal, o som das ondas, o horizonte interminável. Erick Martinelli encarava o mar, mas nunca mergulhava. Temia ser puxado para debaixo das águas.

Tinha acabado de passar no vestibular. A areia quente e o futuro cheio de possibilidades. Depois de se formar no ensino médio, ficou três anos ajudando a mãe na pequena loja de souvenirs da família, sem poder se dedicar aos estudos. Sonhava em cursar Belas Artes em outro estado; queria mais do que tudo sair daquela cidade. No fim das contas, acabou ficando por lá mesmo.

O aniversário da morte de seu pai estava próximo. Ele partiu quando Erick ainda era bem novo. Diziam que o mar o levou. Era pescador, e, certo dia, teve um problema no coração e caiu do barco. O corpo foi devolvido pela maré – não viu o estado do cadáver; uma misericórdia que recebeu pela pouca idade que tinha na época.

Alguns, porém, falavam que ele se matou. Erick não acreditava nisso. Sua mãe, por outro lado, talvez sim. Ela ficou com mais raiva do que tristeza. O pai de Erick ter largado os dois no mundo assim parecia uma crueldade sem tamanho.

Um mês depois, a mãe surgiu em casa com o novo cônjuge, agora padrasto de Erick: Pedro. Erick não sabia se ela tinha um caso com ele desde antes da morte do pai, ou se o usou para superar a tristeza com mais rapidez. Não a culpou em nenhum momento; não era da sua conta o que ela fazia ou deixava de fazer. Sem falar que ele era um homem bom – ou pelo menos tolerável. Erick não tinha nada contra, contanto que não se metesse em sua vida.

A mãe não parecia se importar mais com o aniversário da morte do antigo marido como se importava nos primeiros anos. Erick, porém, sempre passava as semanas que o antecediam com aspecto soturno, olhando o mar.

Descansava na areia, as ondas quebrando e a espuma borbulhando, quando avistou uma garota sentada não muito longe dele.

Vestia um maiô preto, e, apesar do cabelo mais curto na época, os cachos balançavam suavemente ao vento. Ela ainda não tinha tatuado a cicatriz no interior do punho; uma linha na diagonal em sua pele negra clara.

Era nova na cidade, Erick tinha a visto chegar de ônibus na semana anterior. Falavam que os pais eram separados e ela morava com a mãe, porém se mudou para viver com o pai depois da morte trágica do irmão. Segundo as más línguas, o garoto se acidentou enquanto brincavam juntos, e morreu afogado.

Era linda e, como tinham algo em comum, Erick se aproximou e iniciou a conversa puxando esse assunto.

— Você é a garota que o irmão se afogou, não é? — perguntou, sorridente. Ela olhou de cima a baixo, com desgosto.

— Quem é você? — respondeu, apertando os olhos por causa do sol. Foi a primeira vez que Erick ouviu a característica rouquidão de sua voz.

— Eu sou o cara que o pai se afogou — explicou, sentando-se. — É o aniversário de morte dele daqui uma semana, aí fico olhando o mar e tudo o mais. Mas chega de falar de mim.

Ela parecia prestes a se levantar, começou a ficar inquieta, e já posicionava o braço para se erguer da areia. Erick precisava agir rápido, então usou o fato mais curioso que tinha:

— Sabia que "Baía dos Namorados" não é o nome real dessa cidade? — instigou Erick. Uma das muitas informações inúteis que aprendeu trabalhando na loja de souvenirs. Ela o encarou. Não disse nada, porém havia parado de tentar sair. Estava curiosa. — Esse é o nome que deram pra não afastar turista. Mas no começo a população daqui chamava de outra coisa...

E foi isso. Não falou mais nada, ficou quieto, deixando a antecipação da resposta dominar, tentando fazer a garota enlouquecer de curiosidade.

— Tá, tudo bem, eu vou perguntar. Qual era o nome original? — Ela cedeu, por fim.

Erick abriu um sorriso malicioso, e respondeu:

— Baía dos Afogados. — Deixou a informação no ar, por alguns segundos, antes de continuar: — É que no começo da construção da cidade, teve uma série de suicídios por afogamento aqui, e volta e meia alguém se mata desse jeito de novo. Então, sabe, fato curioso se quiser saber.

Ela o encarou, incrédula.

— Você é um merda começando conversas, sabia? — disse ela, por fim.

Ele abriu um largo sorriso.

— Eu escuto isso às vezes. — Estendeu a mão para ela apertar. — Erick.

Ela virou o rosto, deixou escapar uma risada, depois se voltou para ele, e apertou sua mão.

— Lydia.

"Acho que foi ali que ela se apaixonou", Erick pensava. "Não eu", dizia para si mesmo. "Definitivamente não eu. Eu nunca me apaixono."

— É... — disse Lydia, abrindo três portas, uma atrás da outra. — Existe a possibilidade de o cara que te sequestrou ter a ver com isso?

— Não entendi muito bem a sua pergunta. — Erick entendeu o que ela quis dizer, sim, mas não gostava de pensar naquilo.

— Você entendeu. — Infelizmente para Erick, Lydia o conhecia bem demais. — Um cara tenta te afogar no lugar chamado *Baía dos Afogados* e em seguida te leva para uma mansão mal-assombrada de proporções absurdas. — Gesticulou para o cenário ao redor. — É impossível não pensar que as duas coisas não estão ligadas.

— Você está soando como...

— Erick, para com isso — esbravejou. — Chega de piadas e de falar que o Tales está falando maluquices. A gente tem que admitir que talvez ele não esteja.

Mais uma porta. Mais uma piscina. Lydia foi na frente.

Erick pensou no diário de Astérion, lembrando-se do que ele falava sobre o companheiro estar distante e parecer que escondia algo. Lydia não era mais o que Erick podia chamar de "companheira", porém era a coisa mais próxima de alguém que ele confiava naquela mansão. Abriu a boca para contar para ela sobre a página que encontrou, mas lembrou-se que a garota também escondia algo. Não somente dele, mas de todos. Lydia tinha um segredo.

— E aí... — comentou, cauteloso, com o sorriso que fazia quando sabia que Lydia não ia gostar do que ele falaria a seguir — me conta, como você foi sequestrada?

— O quê? — perguntou ela, franzindo as sobrancelhas. Não olhou para Erick. — Eu já falei antes: trabalho e tudo o mais.

— Nós dois sabemos que isso é mentira — retrucou, colocando-se frente a frente com ela. Lydia virou o rosto e bufou. Apertava os lábios, contendo o aborrecimento. — Você tem folgas às quartas. Que tipo de ex-namorado eu seria se não soubesse disso?

Ela sorriu de maneira falsa, e começou a falar de forma pausada e tranquila:

— Olha, *meu bem* — Lydia nunca chamava alguém assim de forma carinhosa —, para sua informação, eu troquei de emprego, tá? E além disso, não vejo essa sua cara há três meses, e não veria ela nunca mais, se eu pudesse. Mas cá estamos nós presos no mesmo inferno por alguma piada escrota do destino. — Lydia avançava, Erick recuava. A água da piscina à direita estava plácida. A escuridão, abissal. — Agora, se você acha que tem algum direito de saber algo a meu respeito só porque eu fiz a pior escolha de minha vida tendo namorado você, saiba que está *muito enganado*. Eu não tenho nada contigo além de raiva. Agora sai da minha frente.

E usou uma das mãos para empurrá-lo para o lado, jogando Erick na piscina. Engolido pela escuridão, sem saber onde era em cima e onde era embaixo. Submerso, as luzes das velas não o alcançavam. Imaginou que se afundasse, nunca mais retornaria, e talvez o cadáver jamais chegasse ao fundo. Eternamente em queda.

Pavor tomou conta de seu corpo. Não pegou fôlego, então os pulmões queimavam. Desde a morte do pai, Erick se recusava a nadar. O frio congelante o abraçou, penetrando até os ossos. Em meio ao breu, imaginou se aquela sensação era a mesma que o pai teve antes de morrer.

Erick não queria ter o mesmo fim, pelo menos não ali na mansão. Controlando os nervos, tateou as paredes, procurando algo para se guiar, descobrindo em que direção precisava seguir para se salvar. Chegando na superfície, viu Lydia com o rosto cheio de desprezo.

— Porra, Lydia! Você ficou maluca?! — esbravejou ele, tossindo. — Você podia ter me matado!

— Vê se dessa vez você se afoga direito e não me enche mais o saco — respondeu ela, marchando para longe.

Erick saiu das águas, furioso. Suas roupas encharcadas novamente, calafrios percorrendo o corpo.

Lydia abriu mais uma porta.

— Ei! — gritou ele. — Isso não se faz! Olha só, e se eu pegar alguma doença, e...

Ela fez um gesto para que ele parasse, sem virar em sua direção. Erick aproximou-se.

O outro cômodo não era uma piscina. Na verdade, o lugar nem importava. O que importava era um grande quadro pendurado na parede oposta.

Com Luana observando-o.

Sem olhar para trás, ela comentou:

— Você tinha razão, Erick. Olhar as pinturas era bom; dava pistas...

Lydia e Erick aproximavam-se com cuidado. Sua atenção passando da tela para a garota. Chegando perto, podiam observar que o rosto de Lua estava borrado de maquiagem e lágrimas que ainda não secaram. Em suas mãos, uma caixinha de música, ainda tocando timidamente uma melodia lúgubre – melodia que Erick reconheceu como sendo a mesma que ouviu em outra caixa semelhante, quando acordou na mansão. A mão direita da garota sangrava, o dedo polegar e indicador cheios de cortes. O casaco jeans rasgado em algumas partes, deixando os braços à mostra. Grossos filetes de sangue escorriam pelos antebraços, como se tivesse sido arranhada pelas garras de um grande animal.

— Lua, o que aconteceu com você?! — Lydia segurou a garota com cuidado, analisando seu corpo para ver se alguma outra parte estava machucada. — Vem, tem uma piscina aqui perto, você precisa lavar esses ferimentos!

Luana apontou para a assinatura no quadro.

— Navalier — proferiu, com solenidade. — É o sobrenome da minha família. Eu me chamo Luana Navalier. O pintor é meu parente.

— Tá, Luana, mas esquece isso por enquanto — respondeu Lydia, com um misto de impaciência e apreensão —, você não tá bem.

— Essa mansão provavelmente é da minha família — Luana continuou explicando, sem dar ouvidos à outra. — A gente abandonou, mas ainda é nossa. Isso não pode ser uma coincidência, eu estava certa; estamos aqui presos por causa disso! Eles querem o *meu* resgate. — E sorriu, os dentes à mostra; um sorriso submerso em delírios.

Erick e Lydia se entreolharam, trocando sem palavras um sentimento de genuína preocupação pela menina. Serem resgatados não era mais uma esperança; o que estava acontecendo ultrapassava qualquer possibilidade de explicação racional. Os braços de Luana mostravam que ela também percebia isso, porém em vez de encarar a realidade difícil, decidiu voltar-se para uma desculpa conveniente.

— Eles até descobriram meu passado, fizeram um show bizarro só para eu ficar com medo de algo que vivi. Para você ver como eles são bons! Mas não tem nada demais, a gente não corre perigo. — O chão em que se encontrava era salpicado por gotas de sangue que escorriam da jovem.

— Fiquem felizes! — continuou Lua, sorridente. — Agora é certeza de que isso é só algum golpe muito bem elaborado. Uma hora a gente vai para casa.

Lydia continuou tentando tirar Luana de seu estado catatônico, enquanto a atenção de Erick foi tomada pelo quadro, com terror.

— Lydia — chamou Erick.

— Você vai ficar bem, ok? — Acalmou Lydia, acariciando o rosto de Lua. — Mas eu preciso que você volte a si, Lua. Isso aqui não é um sequestro comum...

— Lydia — Erick chamou, novamente.

— ...você não vai ser resgatada. — Lydia não ouviu. — A coisa que te machucou pode voltar, se a gente não sair daqui agora. Então eu preciso que você tome coragem e...

— Lydia! — Erick gritou.

Ela pensou em reclamar com ele, dizer que estava fazendo algo sério, entretanto, ao perceber que o garoto apontava para o quadro, viu o motivo dele estar alarmado.

A pintura retratava uma grande mansão, abandonada e caindo aos pedaços. No topo de um penhasco, com uma floresta ao redor e o mar ao fundo. De frente para a mansão, na metade inferior do quadro, um jardim malcuidado, selvagem, com flores de várias espécies crescendo aleatoriamente entre grandes arbustos.

Neste jardim, duas pessoas agarradas, nuas, deitadas entre as plantas, com suas roupas forrando o chão. Um homem e uma mulher. Duas borboletas pretas cobriam seus rostos. Uma representação do ardor da paixão, da natureza humana aguentando até mesmo a decadência do tempo e da morte. Uma bela pintura, com certeza. Porém, quando eles a olhavam, só sentiam, medo, pavor.

Os dois amantes estavam em anonimato para o mundo, com suas identidades preservadas. As borboletas não deixavam passar nem o mínimo detalhe sobre suas feições. Mas Lydia e Erick sabiam quem eram essas pessoas. Reconheciam a cena.

A pintura era deles dois.

Capítulo II

O "*nosso jardim*", como Erick e Lydia gostavam de chamar, ficava localizado na frente de uma antiga mansão abandonada.

Jamais passou pela cabeça de Erick que aquela pudesse ser a mansão em que estavam. Não por ser improvável, ou sem sentido, mas, porque o jardim era um lugar sagrado para ele, e não conseguia imaginar alguém o sujando com intenções imundas dessa forma.

A construção decrépita estava lá antes mesmo da formação da cidade. Carcaça velha que se recusava a desaparecer; uma mancha de podridão que espalhava suas raízes na vida que lutava para sobreviver ao redor. Pessoas não falavam sobre ela, e tentavam não se aproximar, ignorando sua existência. Até mesmo para Erick, que possuía vasto conhecimento sobre a cidade, o lugar era um mistério. As poucas palavras que circulavam a respeito da mansão geralmente eram sobre a natureza perturbadora do monólito. Erick não sabia muito sobre a família que vivia no lugar, além de que morreram todos. Isso nunca o abalou; afinal, é assim que todas as histórias terminam.

Ficava em uma parte afastada da civilização, no topo de um penhasco com vista para o mar. Para chegar lá, era preciso andar por uma estrada de paralelepípedos que quase ninguém usava mais. Houve um tempo em que a prefeitura tentou incentivar o movimento ao redor, construindo casas e fornecendo crédito especial para que abrissem lojas nas proximidades. Todas as tentativas de revitalizar o local foram infrutíferas, deixando para trás monumentos vazios que logo foram engolidos pela natureza. A mansão parecia uma erva daninha, impedindo que qualquer construção adjacente existisse por muito tempo.

Deixando as ruínas de vidas não concretizadas para trás, era necessário atravessar um caminho sinuoso em uma mata densa, até chegar no topo, onde uma clareira se abria revelando o que restara da imponente mansão. Paredes grandiosas com tinta antiga descascando-se como uma serpente que troca de pele. O telhado parcialmente destruído pelo tempo e chuvas. Um mausoléu de histórias secretas e mistérios não decifrados. A construção emitia uma aura hipnótica, que parecia infiltrar-se na mente de quem a observava.

Mas ela nunca foi importante para Erick.

O que importava era o que havia antes dela. Um belo jardim de flores diversas. Devia ter sido muito bem cuidado por dezenas de empregados, porém quando se deparou com ele, o lugar abandonado revelava suas garras, exibindo a selvageria indomável da natureza.

Encontrou o jardim junto de Lydia, enquanto perambulavam pelas ruas menos conhecidas da cidade. Arrastava ela para o máximo de aventuras que conseguia imaginar. A amiga sempre reclamava do tédio e da sensação de ser um pássaro na gaiola, um pensamento que Erick compartilhava. Desde a morte do pai, o jovem desejava sair dali para o mais longe possível. O barulho das ondas e o cheiro salgado eram um lembrete constante da falta que sentia, e em certos momentos, a saudade se tornava insuportável.

Lydia Mendes se mudara para a cidade em busca de alívio, uma forma de lidar com a culpa que a atormentava pelo que ocorrera com o irmão. Ainda assim, odiava o lugar com todas as forças. Para a garota, viver com o pai era melhor do que com a mãe: ele passava o tempo todo fora, trabalhando, e os poucos momentos que tinha em casa, gastava evitando a jovem. De certa forma, também a culpava pela tragédia; só não era tão vocal quanto a mãe.

A cidade era tão morna quanto poderia ser. Pequena demais para a vida que eles desejavam. Fizeram a promessa de que um dia fugiriam juntos da Baía dos Afogados. Mas enquanto não podiam escapar, pelo menos possuíam um lugar especial. No passado, quando eram amigos, sabiam no fundo o que os sentimentos um pelo outro significavam. Levaram dois anos até finalmente começarem a namorar. Depois de terem feito muito mais do que apenas amigos fariam, mentido um para o outro dizendo que aquilo não significava nada, e repetido o ato algumas vezes, optaram por dar um passo além.

Quase todos seus encontros começavam ou terminavam no "*nosso jardim*". Conversas, confissões, amores, desentendimentos, discussões, risadas e a fragrância das flores se misturando com o cheiro de suor. Para eles, o jardim era o mundo; o único lugar em que poderiam ser verdadeiramente felizes – ou verdadeiramente tristes. O refúgio máximo para suas almas cansadas, e lar das memórias mais doces que cultivaram juntos.

Um lugar sagrado demais para Erick manchar com sua covardia ao terminar com Lydia.

Era inconfundível. O quadro mostrava aquele jardim.

— Ah! O que aconteceu com ela?! — inquiriu Yuri, espantado, assim que Erick e Lydia chegaram no salão de entrada carregando Luana.

— Não sabemos. Ela não conta — respondeu Lydia, colocando Lua sentada no sofá empoeirado. O que restou da jaqueta jeans foi usado para estancar o sangue que vertia de seus braços. — Ela ainda acha que isso é um sequestro normal. Disse que a mansão é de sua família.

Lua estava pálida com a perda do sangue, e balbuciava somente uma palavra de novo e de novo:

— Navalier… — A voz quase morrendo na garganta. Em suas mãos a caixinha de música que não largava nunca. A melodia cruel ecoava pelo salão. Hektor quis tapar os ouvidos ao ouvi-la.

— O que ela disse? — Hektor perguntou, cobrindo a jovem com seu sobretudo, tentando aquecê-la.

— Navalier — respondeu Lydia. — Ela diz que é assim que o pintor assinou os quadros. Que ela é dessa mesma família.

O sangue de Hektor gelou. Reconhecia este nome. Encarou o quadro com olhos atentos, analisando a assinatura no canto inferior direito.

— Espera aí… — disse Tales, encarando Lua, tentando conter uma animação que não condizia com o momento — você é da família Navalier..? *A* família Navalier?

Lua não respondeu, só continuou balbuciando a palavra sem parar. Deu corda na caixinha, machucando mais ainda os dedos; metal tingido de sangue. A bailarina voltou a girar, música preenchendo o cômodo novamente.

— Eu não acredito nisso… — Tales olhou ao redor, a face iluminada com admiração e ansiedade. — Então *essa* é a mansão Navalier!

— Ai, garoto, pelo amor de Deus, para de mistério! Qual é a desse lugar? Ele é famoso? — perguntou Yuri, inquieto. Os dreads novamente presos em um rabo de cavalo.

— *Famoso*? Esse é nada mais, nada menos, que um dos *maiores* mistérios sem solução do Brasil! — Tales ergueu os braços como se estivesse esperando uma bênção divina. — Existem fóruns inteiros dedicados a ele… uma discussão interminável sobre se essa mansão *existe de verdade*. Ela nunca foi encontrada…

— Cala a boca, Tales! — repreendeu Lydia, franzindo a testa. A agitação daquela conversa parecia perturbar o estado frágil de Lua, que contorcia a face em uma expressão de desconforto. — Você não tá vendo o estado da garota?

Hektor colocou a mão na testa de Luana, verificando a temperatura. Estava febril.

— Foi mal, Tales, mas a Lydia tá certa — concordou Diego, de braços cruzados, andando de um lado para o outro. — A gente tem algo urgente nas mãos, esse lugar tá tentando nos matar. Precisamos achar um jeito de nos defender.

Erick tirou as facas do bolso, mostrando-as para os outros.

— Encontrei isso em uma cozinha.

— Só isso? Não vai ser nem de longe o suficiente para a gente se proteger — contestou Yuri, preocupado.

— Vão ter que servir — interviu Hektor, pegando uma das facas para si. Os outros também fizeram o mesmo, incluindo Yuri que havia reclamado. Exceto Lua, que ainda estava atordoada, e Mel, que permanecia parada, encarando a face pálida da amiga.

Erick estendeu uma faca para a jovem de cabelos rosa, que se recusou a pegar.

— Eu não preciso disso — falou ela, tranquila, acariciando o rosto de Lua.

— Você é pacifista? — perguntou Erick, de forma zombeteira.

Ela sorriu.

— Não é bem isso — explicou. Tinha uma expressão plácida, como se aquela situação não a abalasse. — Mas se eu tiver que morrer, vou morrer. Não tem por que evitar. Vocês deveriam aceitar essa verdade.

— Você que sabe — respondeu ele, deixando a faca que Mel recusara em cima da mesa de alimentos.

Diego se lembrou de algo vendo aquela cena. Enquanto as desgraças que se abateram sobre Lua estavam além de seu controle, pelo menos era capaz de resolver uma outra crise que se apresentou diante dele. Não era o momento para egoísmo. Precisavam agir com disciplina, e alguém naquele lugar não estava dando a devida importância à gravidade da situação.

— Foi você, não foi? — ele perguntou, com a cara fechada. Parecia tentar colocar fogo em Erick só com o olhar.

— Você vai precisar ser um pouco mais específico — respondeu, com um meio sorriso.

— Alguém roubou um biscoito — explicou Diego. — Eu contei. Tem um pacote de biscoitos de água e sal faltando. Se tem alguém aqui que tenho certeza que tem tão pouca consideração pelos outros que roubaria comida durante o racionamento, esse alguém é você.

Erick soltou uma breve risada seca, fingindo incredulidade.

— *Eu*? — perguntou, apontando para si mesmo. — E que provas você tem contra mim?

Diego respondeu, entredentes:

— Deixa de ser cínico, seu merda, eu sei que foi você. A gente não tá em um tribunal, eu não preciso te provar nada.

— Ah, é verdade, eu esqueci que você era militar. — Zombou. — Agora faz sentido as acusações sem evidências.

— Chega disso, Diego — Hektor interviu, respirando fundo. — A Lua está mal, não é hora para discutirmos por causa de um biscoito.

— Muito pelo contrário — replicou Diego —, é exatamente a hora pra isso. A Lua foi atacada, e pode morrer se não tratarmos dela com cuidado. Todos aqui estamos correndo perigo, e eu quero diminuir pelo menos *uma* forma de nós morrermos: de fome. Não vou conseguir fazer isso se *alguém* — encarou Erick com olhos ferozes — continuar roubando os suprimentos.

— Eu entendo você, mas não é hora para essa discussão. — Hektor colocou a mão no ombro de Diego, encarando-o. Depois falou de maneira calma: — Eu sei que você está tão estressado e com medo quanto o resto de nós, mas brigar com o Erick não vai resolver nosso problema.

Diego esfregou o rosto, frustrado. Ainda acreditava que Erick era o culpado, porém Hektor estava certo: brigar agora só causaria mais problemas. Afastaram-se para tentar cuidar de Luana.

Erick suspirou aliviado; havia se esquecido de jogar fora o plástico do pacote de biscoito em seu bolso, que roubou enquanto os outros dormiam. Teve que se virar para que ninguém visse o sorriso no rosto por ter se safado mais uma vez.

— Então... a Lua estar assim significa que o Miguel não vai voltar, não é? — Tales perguntou, sem querer ouvir a resposta de verdade. — Quem nos sequestrou não parece que quer nos soltar...

— Calma, Tales, a Lua não disse que ele foi resgatado? — sugeriu Rebeca, tentando confortá-lo. — Talvez ele esteja livre agora...

— Ah, para, nem você acredita nisso — rebateu Yuri, pisoteando os delírios de fuga da garota. — Sem falar que olha só o estado dela. Você acha que alguém capaz de fazer isso vai mesmo libertar um de nós?

Rebeca desviou o rosto, contrariada. Yuri tinha razão, ela estava deixando que seu desejo de que aquilo se resolvesse sem problemas tomasse conta de seu raciocínio, mas era nada mais que isso: um desejo. Os dedos feridos de Lua pingavam grossas gotas de sangue no chão.

Os olhos de Lydia encontraram-se com os de Erick, em uma conversa silenciosa separada dos demais no salão. Confessavam um para o outro o medo que sentiam naquele momento, sem precisar dizer uma palavra; conheciam-se bem o suficiente para saber o que se passava em suas cabeças. A pintura era mais real do que eles gostariam de admitir, revelando uma natureza pessoal na situação que não existia antes. Quem os prendeu ali os conhecia.

— O problema não é só quem nos sequestrou — declarou Lydia, fingindo estar falando com todos, mas direcionando a mensagem para Erick. — A mansão não é normal. É impossível ela ser tão grande desse jeito! E vocês já viram alguma janela que mostrasse o lado de fora? Algum espelho que refletisse do jeito certo? — Esfregou o rosto, frustrada. — Porra, tem cômodo aqui que é impossível de existir!

Hektor lembrou-se do quarto em que conheceu Erick, de como o lugar se alongou para cima e para baixo, mostrando um vazio que não conseguia ver o fim. Rebeca enrolava os cabelos no dedo indicador, absorta em pensamentos e conjecturas.

— Sem falar do tempo — comentou ela, admitindo a estranheza do lugar. Ao ver que os outros não entenderam o que queria dizer com isso, completou: — Tem alguma coisa errada com o tempo nessa mansão...

Deixou a voz morrer. Ainda não tinha certeza do que falava, era só uma hipótese. Precisava fazer testes antes de chegar a alguma conclusão. O silêncio no salão era preenchido somente pela melodia lúgubre de Lua, e a densa ansiedade que emanava dos jovens. O que antes era um simples sequestro tomava formas e cores muito diferentes. Estava cada vez mais claro que estavam vivendo algo impossível de ser explicado pelos métodos naturais.

A família Navalier os encarava do quadro, os rostos cobertos por borboletas pretas. À luz diminuta das chamas, elas pareciam bater as asas, com as sombras que se sacudiam sobre a tela. Os olhos de Lua fitavam a pintura, com um misto de nostalgia e horror.

— Não tenham medo — confortou Mel, com tranquilidade. — Estamos juntos, não estamos? O que quer que aconteça, vamos lidar com isso juntos. Mesmo a morte.

Palavras que ninguém ali queria ouvir.

Deram água e comida para Lua, que ingeriu timidamente. Parecia menos perturbada, porém ainda não falava sobre o que aconteceu com ela, nem o que havia feito aqueles ferimentos. Um silêncio fúnebre recaiu sobre o salão de entrada. Erick e Lydia mantinham-se afastados, ponderando o que o quadro significava e as consequências que haveria se contassem aos outros sobre a ligação que possuíam. Lua tinha uma conexão óbvia com a casa, mas e o resto? Eles também tinham um motivo em especial para serem sequestrados? Erick concluiu que, se os outros escondiam a razão para estarem ali, seria sábio fazer o mesmo.

Lydia, por outro lado, remoía o segredo que escondia do próprio Erick. Hektor arrastava os pés pelo assoalho, sentindo-se observado. As cortinas vermelhas como as de um teatro evidenciavam ainda mais a natureza daquele espetáculo. O salão devia ter sido suntuoso certa vez, cheio de vida e arte. Tornou-se uma distorção macabra de si mesmo, como um cadáver em decomposição. E como um corpo que é clamado pela terra, a mansão era tomada por uma força mais primitiva e selvagem. Hektor conseguia ver isso nas borboletas pretas, no bruxulear das velas, e na escultura com uma serpente que se enroscava em uma árvore seca. Uma presença tão antiga e inevitável quanto a terra que devora os ossos e o musgo que cobre a lápide.

Quando o relógio de pêndulo marcou seis horas, as portas se fecharam e ninguém mais conseguiu sair do salão.

Um som estrondoso ecoou pelo cômodo, semelhante a um bater de asas infinito. Foi sugestão de Hektor este nome. "Bater de asas". Fazia soar como algo mais belo, menos macabro. Talvez as asas de anjos vindo salvá-los. Ou as de demônios preparando-se para arrastá-los até a perdição eterna. Se fossem o segundo, Hektor sentia lhes dizer, mas chegaram atrasados. Se Deus existisse, aquela mansão era o lugar mais afastado Dele que havia.

Luana continuava a dar corda na caixinha de música sempre que ela parecia estar prestes a parar. De canto de olho, pensava ver a figura sombria que a perseguiu, escondendo-se na escuridão intocada pelas velas. Os dedos pulsavam com a dor, mas ela lutava para continuar girando e girando.

O *bater de asas* soava também como outra coisa para Hektor.

Aplausos.

O fim de ato em uma peça de teatro, criaturas invisíveis observando-os com atenção. Se fizesse silêncio o suficiente, pareceria ser capaz de ouvir sussurros ao longe, passos de seres que não estavam ali. Os jovens eram como bailarinas em uma caixa, e com o simples girar de uma chave, rodopiariam sem parar em prol do prazer macabro de forças além de seu controle.

De costas para as cortinas vermelhas, sentiu vontade de fazer uma reverência para a plateia. Era natural.

Eles estavam esperando pelo próximo capítulo.

Capítulo 12

Erick arrancou a cortina do lugar, amarrou-a na cintura e depois em uma das pilastras. Estava decidido a não ser levado pelo *bater de asas* novamente.

— Não adianta — explicou Lydia. — A gente já tentou coisa parecida; sempre que você desmaia, acorda em outro lugar, não importa o que faça.

Ele ignorou os avisos dela. Tirou a camisa e enrolou no rosto, para tentar não respirar – o que ele achava ser – o gás tóxico que o apagava.

Enquanto Erick buscava prevenir o inevitável, Hektor reunia informações sobre o lugar.

Perguntou para Tales se ele sabia o que havia atrás de cada porta. O jovem respondeu que não era tão simples assim.

— A cada bater de asas as coisas atrás das portas mudam... — explicou, colocando as mãos nos bolsos do moletom branco encardido. Pareceu desconfortável por Hektor interromper sua conversa com Rebeca; ela gostava de ouvir Tales falar; a primeira pessoa que o fazia desde que Miguel sumiu. — Pode ser que aqui seja a única parte estática da casa, e o resto muda ao nosso redor.

— Ou quem sabe nós que mudamos de lugar — sugeriu Rebeca, sentando-se no corrimão da escada. A cascata loira dos cabelos derramando-se gentilmente pelo vestido amarelo. — E todo o resto fica onde está.

Depois Tales começou a falar que o que viviam era talvez um jogo na *dark web* e que tinham câmeras escondidas onde milionários excêntricos assistiam o sofrimento alheio. Hektor não soube como sair da conversa de forma educada, então foi obrigado a ouvi-lo.

Lydia observava Luana dormir. Parecia em paz agora, com a caixinha de música em silêncio ao lado. Não gostava da garota, mas estava preocupada com sua sobrevivência; não sabia o que poderia acontecer com ela naquele estado mental; se conseguiria voltar para o salão de entrada, ou se sairia ilesa do próximo cômodo em que fosse jogada.

Erick sentou-se no chão, esperando pelo *bater de asas*, torcendo para que sua tentativa de se livrar dele fosse frutífera. Corpo e mente exaustos. Os olhos dançavam nas órbitas, desfocando a visão. Começou a ter alucinações hipnagógicas, ouvindo as ondas do mar quebrando, e o corpo foi ficando leve, como se estivesse boiando em um grande oceano.

O badalar do relógio ressoou grave no fundo dos ouvidos, e arrancou Erick do conforto do sono, trazendo-o de volta para as areias da realidade. "Deve ser meia--noite", pensou ele. Mas era como Rebeca tinha dito: havia algo de errado com o tempo daquele lugar. O relógio poderia não mostrar a hora real. Talvez nem houvesse algo como uma "hora real" dentro da mansão.

Estrondos. Ondas de estampidos ininterruptos se cruzando e quebrando. O farfalhar que chegava com fervor e desaparecia em um instante.

Ao sentir sua visão turvar-se, Erick tapou a respiração, tentando não inalar o gás. Porém não havia gás algum. Não entendia o que estava fazendo eles desmaiarem, mas não era nada físico.

Antes de apagar, Hektor pensou ter ouvido a caixinha de música de Luana mais uma vez, acompanhando-o até a escuridão do inconsciente.

Hektor despertou com alguém dando tapinhas no rosto.

— Ei, acorda — comandou Lydia, tirando o jovem de seu sono.

— O que aconteceu? Onde estamos? — Hektor levantou de sobressalto, com o instinto de luta ou fuga ligado desde o primeiro instante.

— Nada — explicou Lydia. — Aconteceu o bater de asas e acordamos aqui. Vem, a gente tem que sair logo. Esse lugar é uma merda.

O cômodo escuro não possuía velas. A porta aberta jogava um pilar de luz que vinha de outro quarto na mansão, iluminando somente o chão quadriculado e os dois jovens.

Lydia foi na frente, caminhando em direção à saída. No momento em que ela colocou os dois pés para fora do cômodo, a porta fechou-se com um estrondo, prendendo Hektor na escuridão.

— Ei! — Lydia gritou do outro lado. — O que aconteceu?

— Eu não sei! — respondeu Hektor, girando a maçaneta. — A porta fechou sozinha, eu não consigo abrir.

— Eu também não. Tá trancada. Vê se você encontra uma chave por aí.

— E como eu vou achar isso? Não consigo ver nada, aqui está...

Velas acenderam-se de um momento para outro, iluminando o local. No mesmo instante em que a luz inundou o ambiente, também revelou algo.

Hektor urrou, um grito de pavor que partia do fundo da alma.

— O que aconteceu? — indagou Lydia, esmurrando a porta. — Responde!

— Não, não, não, não, não, não, não... — os murmúrios do jovem continuavam sem parar.

— Hektor! Hektor! — Ela continuava esmurrando a porta, tentando chamar a atenção do garoto.

— Isso não pode estar acontecendo, não pode, não, não, não comigo, não pode...

Lydia pressionou o rosto contra a madeira, tentando discernir o que acontecia do outro lado. Fora as lamentações de Hektor, ela ouviu algo. Gemidos de dor. Ele não estava sozinho no cômodo.

— Hektor — murmurou ela, alarmada —, você tá bem? O que está aí com você?

Ele não conseguiu responder de imediato. Sentia que ia vomitar o próprio coração a qualquer momento.

Macas. Bisturis. Cheiro de álcool etílico. Cortinas dividindo o lado de cada paciente.

— É-é uma... — Ele engoliu em seco. — É uma enfermaria.

O lugar emanava um ar de desolação, com luzes tremeluzentes que mal iluminavam o ambiente sombrio. O chão, manchado com vestígios de procedimentos passados, emitia um odor fétido, misturando-se aos lamentos abafados que ecoavam pelas paredes descascadas.

— Uma enfermaria? Mas como que...

— E tem... e tem pessoas... coisas aqui comigo.

Criaturas com forma humana debatiam-se, amarradas nas macas por tiras de couro. Nuas, com o corpo deformado; umas tinham muitos membros, outras os possuíam nos lugares errados. Havia algumas com pelos cobrindo todo o corpo, ou com a pele do avesso. Dentes, olhos e bocas espalhados pela forma dos seres de maneira aleatória. Apenas uma única coisa era comum a todos: eles estavam sofrendo.

Os gemidos de agonia penetravam fundo nos ouvidos de Hektor, que se encolhia atrás da porta.

— Você consegue ver uma chave? — perguntou Lydia. Não houve resposta. — Hektor, você precisa sair daí *agora*. Me diz, você consegue ver uma chave?

— Eu... não... espera... eu acho que vi.

Na outra extremidade do ambiente, os azulejos brancos manchados pelo tempo e sujeira se quebravam em certo ponto, abrindo um buraco na parede do tamanho de um punho e da profundidade de um antebraço. No fim, brilhava uma velha chave de metal. Porém havia algo de peculiar sobre a abertura.As paredes do estreito buraco eram rodeadas por agulhas.

— Então o que tá esperando? — respondeu Lydia. — Pega logo ela!

— Eu não consigo! — admitiu Hektor. — Ela tá na parede. Tem um buraco. Mas ele tá cheio de agulhas, eu... eu não consigo colocar a mão lá dentro.

As criaturas no quarto notaram a presença de Hektor. Debatiam-se nas macas em espasmos violentos, tentando sair de suas amarras. Os gritos aumentaram, passando de lamentações para rugidos de feras famintas. Os finos pedaços de couro que as seguravam não aguentariam por muito tempo.

Da última vez em que esteve internado, Hektor Sartore era a criatura que se debatia na maca. A dor do acidente só menor que a dor da perda. Lembrava-se exatamente do meio segundo em que tudo foi destruído. A estrada à noite. Os pais no banco da frente. Os pneus do caminhão deslizando no asfalto molhado, mudando a trajetória do veículo, que colidiu com sua antiga vida.

Havia noites que ele sonhava com os faróis do caminhão.

Outras noites, sonhava com o hospital em que ficou internado. Com as agulhas. As suturas. Os remédios. A notícia de que nunca mais veria a família.

O pai adotivo queria que Hektor fosse médico, como ele. Uma tarefa que o jovem nunca seria capaz de cumprir. Recusava-se a pisar em um hospital novamente até mesmo quando sua vida dependia disso.

— Hektor — Lydia tirou-o de seu devaneio —, você precisa levantar e pegar essa chave. Eu não sei o que tem aí com você, mas precisa fazer alguma coisa!

— Eu não consigo, eu...

— Escuta a minha voz — chamou a garota, tentando fazê-lo focar. — Você consegue, você consegue, sim. — A voz dela o puxava de volta à realidade. Se prestasse atenção em Lydia, talvez fosse capaz daquilo. — Agora, um passo de cada vez. Vai até o buraco na parede.

Com pernas trêmulas, Hektor caminhou trôpego por entre as criaturas. Um passo. Outro. Outro e outro. As criaturas retorcidas não pareciam humanas. Com múltiplos membros tortos e olhos que se fixavam no vazio, suas bocas deformadas emitiam sons que eram um misto de choro, dor e riso desesperado.

Estrondo de tira de couro se partindo. Uma maca despencou no chão. Dedos longos e pontiagudos como garras seguraram o tornozelo de Hektor, que caiu. Uma fera com os órgãos internos aparecendo e cinco bocas no rosto puxou a perna do rapaz para si. As bocas salivando.

O jovem chutou o rosto do ser, golpeando-o até a bota ficar manchada com o sangue, e ele se soltar. Arrastou-se até a parede, com lágrimas nos olhos.

As criaturas começaram a se libertar, uma tira de couro de cada vez. Faltavam poucos segundos até alguma estar completamente livre. O garoto olhava horrorizado para os pacientes. As memórias do acidente sufocavam-no, cada som de dor aguda ao redor reacendia antigas feridas.

— Hektor — chamou Lydia, arrancando-o de seus pensamentos —, você já chegou até a chave?

— S-sim... — respondeu ele, incerto. — Mas eu... eu não consigo, Lydia. Eu não consigo.

Um ser de seis braços libertou-se de quatro amarras. Memórias pisotearam Hektor, imobilizando-o no chão.

— Você é capaz, confia em mim — declarou Lydia. — Enrola a camisa no braço, para se proteger das agulhas. E então *pega a chave.*

Hektor seguiu a orientação, hesitante. Tirou a camisa e envolveu-a ao redor do braço. Encarou o buraco na parede novamente, com receio.

— Hektor... você precisa fazer isso — reforçou Lydia. O jovem encarou o buraco novamente na parede e ergueu o braço em sua direção. Só precisava de coragem. — *Pega a chave agora!*

Ele enfiou o braço na abertura. A camisa segurou a maioria das agulhas, porém algumas ultrapassaram o pano, penetrando em sua carne. Hektor grunhiu, concentrando-se na ponta dos dedos, evitando espetá-los enquanto procurava a maldita chave.

O metal frio roçou na ponta de seu indicador. Sorriu. Segurou e tentou puxá-la. Parecia grudada. Uma das criaturas conseguiu se soltar quase por completo, ficando apenas com as pernas presas na maca. Se jogou no chão, arrastando-se na direção de Hektor. O ser tinha o rosto parcialmente enfaixado, com o tecido encharcado de sangue. A face repleta de dentes que cresciam através da pele.

Hektor tentou puxar de novo. E de novo. Não saía do lugar. Precisaria usar força, não podia ser delicado. Segurou a chave na palma da mão, ignorando a dor aguda das agulhas que o espetavam.

Arrancou o braço do buraco ferozmente, rasgando a camisa no processo. Sua mão sangrava, com duas agulhas cravadas profundas na pele.

Os "pacientes" livravam-se de suas amarras. Hektor deixou a camisa rasgada no chão e correu até a porta, desviando de mãos, garras e bocas. O pânico se alastrava como uma doença incurável pelo corpo do rapaz.

Colocou a chave na fechadura e girou. Uma das criaturas o agarrou por trás e puxou. Hektor caiu no chão junto dela. Por sorte não tinha boca; se tivesse, teria estraçalhado a carne do jovem com os dentes. Em vez disso, o corpo era coberto por dezenas de olhos. Um outro "paciente" se libertou de suas amarras e correu na direção de Hektor – este tinha sete bocas espalhadas pelo tronco. Sem pensar duas vezes, o jovem socou um dos olhos no corpo da criatura que o agarrava, libertando-se quando ela se contraiu em um espasmo de dor. O medo fervilhava na corrente sanguínea.

Jogou-se contra a porta. Girou a chave uma segunda vez.

A passagem abriu e ele se esgueirou para fora, fechando-a atrás de si e depois trancando-a. Tremia e sangrava, mas estava vivo. Arrancou as agulhas da mão, enjoado. Receava que a ferida pudesse infeccionar. Grandes gotas de sangue pingaram no chão.

— Você tá bem? — perguntou Lydia, encostando no ombro do rapaz.

Ele a envolveu em seus braços, com ternura. O corpo quente contra o dela, a respiração pesada aquecendo o pescoço.

— Obrigado — agradeceu Hektor, com a voz embargada. — Eu não teria conseguido se não fosse por você...

Ela não sentia que havia feito algo além de dar algumas palavras de incentivo, porém decidiu não falar nada. Ele a apertou mais, e ela percebeu que o jovem soluçava. Estava chorando.

Lydia retribuiu o abraço.

Atrás deles, as criaturas golpeavam a porta, tentando sair. Gemidos incessantes de desespero ecoavam nos ouvidos dos jovens. Mas, por baixo da cacofonia dolorosa, notaram algo.

Não muito longe dali, ressoava uma melodia familiar.

Capítulo 13

Era a mesma melodia. Soava mais elaborada, porém era inconfundível para Erick a semelhança com a da caixinha de música de Luana. Amarrar-se na pilastra não funcionou, e muito menos cobrir o rosto com a camisa – que Erick vestiu novamente. O som doloroso ecoava pela grande sala de música, a acústica impecável. Instrumentos empoeirados pareciam memórias de vidas passadas, deixados à mercê do tempo indefinido da mansão. Violinos, saxofones, violões, flautas, e, no centro de tudo, um suntuoso piano de cauda, preto, envernizado.

Ninguém tocava sua melodia; as teclas afundavam por vontade própria.

A música continuava soando, como se o instrumento tivesse se esquecido de como parar, de como deixar o silêncio o envolver. Erick não quis chegar perto. O piano emanava uma atmosfera sufocante. O som parecia invadir o fundo da cabeça como uma faca cega.O jovem caminhou em direção à porta, decidido a deixar o piano intocado. Sentia que algo de ruim aconteceria com ele no momento em que encostasse no objeto.

A porta estava trancada.

— Maravilha! — Suspirou, falando alto para que o som da própria voz pudesse sobrepujar a música.

Voltou-se para o cômodo, buscando por alguma outra saída ou passagem secreta como da última vez. Talvez uma chave. Tateou as paredes, procurou atrás da harpa, debaixo do violão, dentro do saxofone. Enquanto fazia tudo isso, o piano continuava a tocar. Tentava não pensar muito nele, afirmando para si que não se passava de um instrumento automático. O som, porém, dizia o contrário.

A música o fazia pensar em dias passados. Não queria se aproximar, mas precisava. Talvez a salvação dele estivesse escondida nele.

Erick voltou para uma tarde chuvosa que tentava se esquecer. A tempestade rugindo, deixando-o encharcado – o mundo ao redor era um borrão de relâmpagos, vento e reclamações; pessoas corriam para se abrigar da tempestade súbita, carros passavam em poças e jogavam água suja em cima dele. Nunca um dia tinha dado tão errado.

Talvez fosse a memória mais feliz que possuía.

Estava debaixo do toldo de uma loja fechada, tremendo de frio, os dentes batendo. E ao seu lado estava Lydia, com os braços cruzados diante de si, os cabelos molhados cobrindo o rosto. Era um dos últimos encontros que tiveram. Decidiram sair juntos, mas não olharam a previsão, e acabaram ficando ilhados durante a chuva. Estava frustrada e irritada, mas estava linda como sempre. Ele roubou-lhe um beijo, prolongando-se nos lábios da garota. Quando olhou para ela novamente, Lydia sorria. A visão daquela cena esquentou o corpo do jovem, e ele sentiu como se mergulhasse em uma calmaria que nunca experimentara antes.

Foi naquele momento que percebeu que a amava. Foi naquele momento que percebeu que precisava se afastar.

Tentou abrir a tampa do instrumento, em vão; parecia colada. Olhou embaixo dele, nos cantos, deu batidinhas na madeira para ver se tinha algo oco. Por fim, inspecionou as teclas, que mexiam sozinhas. Erick tocou uma nota. O som ecoou, reverberando pelas paredes.

Depois silêncio. A música parou – um fim súbito, não como as cordas de um piano parando de vibrar, mas sim como se o silêncio se fizesse presente e sufocasse a nota de súbito. O cômodo foi tomado por uma paz que não conhecia há séculos. O alívio, porém, foi breve. A melodia retornou.

Havia algo de errado dessa vez. A música estava alterada, distorcida. Uma cacofonia crescente. O volume foi aumentando até Erick ter que tapar os ouvidos de tão ensurdecedor. O que vinha do piano deixou de ser música e tornou-se puro barulho e caos, envolvendo o jovem em notas torpes e vibrações enlouquecidas.

"Cerpisoadirdaqiu", pensou, percebendo que nem mesmo os próprios pensamentos conseguia ouvir com clareza. Disparou até a porta, tentando abri-la novamente, em desespero. O som aumentava, fazendo o jovem ter arrepios. Gritou, enquanto esmurrava a porta, tentando sair.

Um ruído do outro lado. Era uma voz? Prestou mais atenção.

— Erick, é você? — perguntou alguém. — Tá tudo bem aí?

— Hektor! — gritou o jovem. Sentia as cordas vocais vibrarem, porém mal conseguia ouvir o som da própria voz. — Não! Socorro! Abre a porta!

A maçaneta girou, Hektor forçou um pouco, porém não abriu. Estava trancada.

— Erick, sou eu — falou Lydia, junto a Hektor. O garoto colocou o rosto contra a madeira para ouvi-la melhor. – Tem alguma coisa aí com você?!

— Eu tô sozinho, mas o barulho tá insuportável!

— Vê se tem alguma chave por aí — sugeriu Hektor, lembrando-se da enfermaria.

— Já fiz isso! — respondeu o jovem. — Não tem chave, não tem saída. Eu tô preso!

— Então deve ser outra coisa — comentou Lydia. Porém Erick não conseguia pensar; toda vez que algum pensamento começava a se formar, ele era sufocado pela melodia. — Qual é a dessa música?

— Tem um piano aqui... ele tá tocando esse inferno sem parar!

— Mas tem algo de errado, Erick — argumentou Hektor. — Essa é a música da caixinha da Luana, não é? Algo aconteceu pra ela estar soando tão estranha?

— Eu fui mexer na merda desse piano — respondeu Erick —, apertei uma tecla e depois a música ficou assim.

Hektor ficou em silêncio por alguns instantes, pensando no que aquilo significava.

— Então talvez você deva tocar a melodia original de novo — deduziu Hektor. — Quem sabe se você fizer isso, volte ao normal.

— Essa é uma boa ideia, só tem um porém: — grunhiu Erick — *Eu não sei tocar piano!*

— Isso não tem problema, a gente dá um jeito — declarou Hektor, decidido. — Eu sei tocar, posso guiar você nisso.

Erick arrastou-se até o instrumento, esperando por orientação. Cada passo era doloroso, e estar perto dele fazia sua cabeça girar.

— A primeira nota que você precisa tocar é o mi — gritou Hektor, para que o outro conseguisse ouvir. — Depois ré sustenido, mi de novo só que uma oitava acima e outra vez ré sustenido!

— Não sei que parte do "não sei tocar piano" você não entendeu! — cuspiu Erick.

— Mi é a terceira tecla da esquerda para a direita — bufou Hektor.

Erick apertou uma tecla, o que, ao invés de acalmar o piano, fez com que a cacofonia aumentasse de volume e acelerasse.

— Eu fiz o que você mandou e não funcionou! — gritou.

— Acho que você apertou a nota Ré, e não Mi — respondeu Hektor.

— Mas eu apertei a terceira tecla que nem você disse!

— Era a terceira tecla *sem contar as pretas*!

— E como eu ia saber disso?!

— Vai, tenta de novo!

Erick apertou outra tecla, apreensivo, e, por um segundo, a música parou, sendo a nota mi a única ecoando pela sala. O som vibrava, uma linha fina que sustentava a calmaria do cômodo toda em si. Quando ela se rompeu, a algazarra voltou.

— Toca agora a segunda tecla preta — comandou Hektor, vendo que o plano estava funcionando.

Erick seguiu a ordem, porém a algazarra aumentou de volume.

— Não deu certo!

— Então você vai ter que tocar a música completa do começo — assumiu Hektor, para o desespero do outro jovem.

Conforme os sons labirínticos da melodia continuavam, Erick sentiu imagens se esgueirando até sua mente. Intrusas na própria psiquê, coisas terríveis que ele não compreendia. Quadros sendo pintados freneticamente, uma família reunida para ouvir o recital do filho mais velho que tocava piano, gritos ensurdecedores, um silêncio inquebrável na mansão. Erick tapou os ouvidos. O som parecia ecoar dentro da sua mente.

Fechou os olhos, mas as imagens continuavam a sangrar em sua visão. Uma arma apontada para ele. Facas manchadas de vermelho no chão. A mansão, uma catedral de arte, retorcendo-se sobre ela mesma como se fosse um caleidoscópio.

Deu um passo para frente, cambaleante, como se fosse cair a qualquer momento. Sabia que não conseguiria acompanhar Hektor para tocar a melodia completa. Precisava de outra saída.

— Vai, toca de novo essa tecla, e depois toca a segunda tecla preta...

Erick pegou um violoncelo enquanto Hektor falava.

— ... e, logo em seguida, vai tocar a nona tecla branca. Conte bem para você não errar, ok? — Hektor continuou a explicar. — A gente pode demorar até você memorizar tudo, então tenha paciência e...

Ouviu Erick tocar o piano de maneira estranha e desordenada. Era como se...

— O que você tá fazendo? — perguntou Hektor.

Erick golpeava o piano com o violoncelo. Lascas de madeira voaram, cordas estouraram, teclas se soltaram. Quando o violoncelo ficou inutilizável, ele pegou o violão, e depois que o violão também quebrou, ele ergueu a harpa e jogou em cima do instrumento. Quase não sobrou nenhuma tecla, quando Erick, com muito esforço, tombou o piano de cabeça para baixo, saltou em cima dele e ficou pulando, enquanto o golpeava com qualquer objeto que tivesse em mãos.

— Você tá tentando quebrar o piano?! — indagou Lydia, incrédula.

Depois de quase cinco minutos de destruição ininterrupta, o trabalho estava feito. Espalhado em dezenas de pedaços de madeira, teclas e cordas rompidas, jazia o que um dia fora o instrumento.

— Eu não estou *tentando* quebrar o piano — corrigiu Erick, sorrindo —, eu *quebrei* o piano.

A música parou. O cômodo foi tomado por um silêncio fúnebre. Um clique metálico soou da porta, como se ela tivesse sido destrancada. Erick, porém, não foi de imediato para a saída, respirando por alguns segundos, usufruindo a catarse de trucidar o objeto.

De dentro da carcaça do piano, brotou uma página datilografada. Ele hesitou antes de pegá-la, temendo o que estaria escrito.

Os quadros que pintei por toda minha vida têm muito a ver comigo no sentido dimensional. Existem em uma jaula delimitada por forças além da compreensão, enclausurados no espaço. Enquanto isso eu, meu companheiro e todos os seres viventes estamos presos através do █████, obrigados a caminhar em frente sem parar até nosso derradeiro destino.

A mansão é a chave para destruir estas limitações, para fazer com que nós, meras pinturas, possamos sair de nossos quadros e andar livremente pelo mundo. █████ não pensa desta maneira; ele está mais interessado em tornar-se █████. E enquanto eu simpatizo com seu desejo, e o busco com fervor, meu objetivo é maior que este.

A cientista que trouxemos até a mansão para estudar o fenômeno foi de grande ajuda. Enquanto possuímos o lado esotérico em nossas mãos, nos faltava o aspecto mais tangível da realidade, algo que eu e █████ não dominávamos.

O fenômeno, pelos testes dela, já ocorre há algum tempo. O local em que estamos é propício a isso por algum motivo. Comentamos com a doutora que isso provavelmente se dava pela mansão localizar-se na intersecção de muitas linhas de poder — algo que o arquiteto desta casa estava bem ciente. Ela não acreditou em nada disso, como uma boa cética, mas não negou o que sabíamos há meses: havia algo na mansão. Uma força ainda não controlada, capaz de alterar o tecido da realidade.

A chave para o meu destino, que não estava diante de mim e sim em um lugar no caminho que já foi trilhado.

Ela nos foi muito útil pelo período em que nossa parceria durou. Eu gostaria de tê-la deixado conosco um pouco mais, para aprendermos melhor sobre a lógica material que rege este lugar, entretanto, o orgulho e altruísmo falaram mais alto. Ela queria mostrar isso ao mundo, uma descoberta que mudaria o curso da humanidade.

Antes que pudesse finalizar a frase, explicar seu plano, cortei-lhe a garganta.

Tentei ser rápido, mas ██████ terminou agonizando no chão por alguns segundos. Seus olhos confusos me encarando, até que ela parou de se mexer, e por trás de suas pupilas não havia mais nada além do vazio.

Era inevitável, ainda estávamos no começo dos sacrifícios; só fizemos o suficiente para abrir uma brecha na mansão; o suficiente para ela sentir o gosto de sangue e a magia começar a correr.

Haverá muito mais além dela.

Não podemos parar agora.

Astérion

Estava fora de ordem. No último fragmento que Erick conseguiu, o autor falava sobre aquele ser o último sacrifício, mas neste dizia que os sacrifícios estavam apenas começando. Se aquilo era um diário ou uma história, Erick não sabia dizer.

— Você ainda tá aí? — Era Lydia dessa vez.

Erick guardou o papel no bolso e saiu da sala de música. Receoso, apesar de ter apreço por Hektor e Lydia, ainda possuía suas dúvidas. Era melhor esperar.

— Vocês podem reclamar dos meus métodos — vangloriou-se Erick —, mas não dos meus re... — A cabeça foi atingida por uma dor repentina e lancinante que o jogou contra a parede. Tapou o ouvido esquerdo, que zunia. E, por baixo do som, havia a melodia que não parava de tocar. Uma visão fixou-se em sua mente, mas ele tentou esquecer-se dela. Piscou os olhos com força para espantá-la.

— Erick! — Lydia avançou até ele, segurando-o pelos ombros e analisando suas feições, para ver o que havia de errado com o garoto. — Você tá bem? O que tá sentindo? — A preocupação em sua voz era quase irritada; como ele ousava fazê-la se preocupar com ele?

O gosto de bile borbulhava na boca de Erick, e o ouvido ainda estava irritado com o zumbido, mas o som havia diminuído. O corpo estava frio e fraco, porém ele estava bem o suficiente para notar algo inusitado.

— Por que ele tá sem camisa? — Apontou para Hektor. Os músculos aparentes do rapaz brilhavam com o suor. O braço um pouco machucado, com alguns furos, todavia o sangue já havia estancado. — Não que eu esteja reclamando, é claro. — Sorriu de um jeito malicioso.

Lydia estalou a língua com irritação, nada surpresa com o comentário. Ele estava bem. Suspirou, cansada, dizendo que era para ele parar de graça, pois ainda tinham muito caminho pela frente até encontrarem de novo o salão de entrada.

Enquanto andavam, Erick se voltava para a imagem que fora introduzida em sua mente quando saiu da sala de música. Uma pessoa em chamas, o corpo completamente carbonizado, olhos familiares fitando-o com desprezo enquanto as chamas rugiam ao redor.

Na mente do garoto, um nome voltava de novo e de novo, como se sussurrado pelas paredes sombrias da mansão.

"Astérion".

Capítulo 14

— Como assim você não quer voltar para o salão de entrada agora? — indagou Lydia, perplexa.

— Explorar essa mansão é necessário — explicou Hektor. O frio da mansão atormentava o corpo sem camisa. O sangue das feridas de agulha havia sido estancado, mas ainda manchava o braço. — Se a gente continuar voltando para o salão de entrada sempre que acontece um bater de asas, nunca vamos encontrar a saída.

— Não sei se você se esqueceu — comentou Erick, irônico —, mas alguém desapareceu depois de demorar para voltar.

— Sim — concordou Lydia, apesar de sentir agonia sempre que concordava com Erick sobre algo —, o Miguel. Estávamos todos esperando por ele quando as portas se fecharam e ele nunca mais foi visto.

— Quem disse que isso aconteceu, porque ele demorou para voltar? — perguntou Hektor. As longas sombras projetadas pela luz de velas pregavam truques na mente dele, criando a impressão de que havia pessoas se arrastando pelos cantos das paredes. — E se ele... morreu em um dos cômodos? É o que teria acontecido comigo se eu não saísse da enfermaria a tempo.

Um zumbido constante soava nos ouvidos de Erick depois da cacofonia na sala de música. Uma lembrança de que a mansão era hostil e estava ativamente tentando matá-los.

— Talvez você tenha razão — admitiu Lydia, lembrando-se da face aterrorizada de Hektor ao sair da enfermaria —, mas sendo assim, vasculhar os mesmos cômodos que estão tentando nos matar não é a melhor das ideias.

— É isso ou esperar por um bater de asas onde somos jogados para um lugar que não conseguiremos sobreviver — argumentou Hektor. O medo quase o deixara atordoado na enfermaria, e não podia permitir que isso se repetisse. Não era a mansão que controlava sua mente e sentimentos, era ele. Não deixaria o medo vencer novamente. — Eu voto para nós seguirmos o caminho oposto do que as luzes indicam. Talvez ir mais fundo nas entranhas da mansão faça a gente descobrir uma saída.

— Eu voto em voltar para o salão — disse Lydia. Compreendia o ponto do garoto, mas não estava disposta a se aventurar tanto. — A gente pode achar a saída, ou pode encontrar a morte. Prefiro não arriscar agora.

Os dois olharam para Erick, esperando pela sua decisão.

— Eu tô com a Lydia — falou, por fim. As duas opções eram igualmente ruins, porém ele estava faminto. Queria voltar o quanto antes para o salão e comer algo. Era isso o que racionalizava, mas a verdade é que o que viu na sala de música foi demais para aguentar. O zumbido em seu ouvido parecia mascarar outro som por trás, algo mais sinistro. A melodia que não parava de soar.

Lydia ficou satisfeita, enquanto Hektor suspirava desanimado.

— Eu não gosto mesmo dessa ideia — reclamou ele. Cada segundo era precioso, e fazer a mesma coisa repetidas vezes não os ajudaria a fugir. — Tem um assassino à solta, não quero ser uma vítima...

— Que assassino? — perguntou Erick, confuso. — A mansão é claramente sobrenatural; não tem nenhum assassino aqui. — Após dizer isso lembrou-se das páginas do diário de Astérion. Tentava se esquecer delas sempre que podia; fingir que eram mais um truque da mansão para confundi-lo. Mas sabia, no fundo, que isso não era verdade. Aquilo era mais real do que ele estava disposto a admitir.

— É claro que tem — afirmou Hektor, franzindo as sobrancelhas. A falta de perspectiva de Erick o assustava; não compreendia se ele estava se esforçando para não entender a situação em que se encontrava, ou se sua falta de inteligência era genuína. — Não foi um fantasma que cobriu meu rosto com um pano contendo clorofórmio e me arrastou pra cá. É a conclusão lógica. Essa mansão é realmente... inusitada... mas ainda existe alguém por trás disso.

— Olha, tudo bem, mas é que eu tô dizendo que... — Erick tentou abrir uma porta e não conseguiu. — *Tsc*. Mais uma porta trancada.

Jogou o corpo contra a madeira, tentando arrombá-la.

— O que você tá fazendo? — perguntou Lydia, com uma expressão de desgosto. O som que o jovem emitia ao se lançar contra a madeira ecoava pelo corredor, e, depois do que Hektor contou que viu na enfermaria, Lydia não queria que chamassem atenção do que quer que existisse por aqueles cômodos misteriosos.

— Cansei de ter que procurar outro caminho — explicou Erick. Gostava de solucionar seus problemas de maneira inventiva, porém o que ocorreu na sala de música o deixou frustrado demais para pensar em algo. — Vamos por aqui. Não quero nem saber.

Continuou atirando-se contra o obstáculo. Não surtiu efeito. Lydia cruzou os braços e respirou fundo, sabendo que Erick só desistiria depois que cansasse de tentar. "Parece até a porra de um cachorro correndo atrás de um carro", pensou ela.

— Você tá fazendo errado — declarou Hektor. Vero rapaz se jogar em vão contra a madeira o irritava. — Sai daí, deixa eu tentar, você vai acabar se machucando. — Era mais forte e alto que Erick, e achava que aquilo claramente era uma questão de falta de músculos e um jeito específico para que funcionasse.

O jovem ruivo se jogou contra a porta, mas mesmo assim não conseguiu abri-la. "Outro cachorro", pensou Lydia.

— "Você tá fazendo errado" — imitou Erick, com uma voz de deboche. Não admitiria, mas estava torcendo para que Hektor não conseguisse abri-la; pelo menos assim o seu ego permaneceria intacto.

— Os dois trogloditas podem parar, por favor? — pediu Lydia, tirando Hektor da frente. Encarou a porta de madeira lisa. Ele sentiu um calor convidativo vindo do outro lado. — Deixa eu...

Lydia girou a maçaneta e a passagem abriu.

— Você nem tentou abri-la! — reclamou Lydia.

— Eu tentei sim! — Erick se defendeu. — Eu juro, tava trancado.

Os outros dois o ignoraram, entrando no novo cômodo. Lydia caminhou com altivez, enquanto Hektor tentou reproduzir a mesma postura, mas também estava se culpando por não ter girado a maçaneta antes de se jogar contra a porta.

Uma sala de jantar com o teto abobadado, paredes cheias de relógios que não emitiam som e uma longa mesa com um banquete disposto. Frutas, carnes, sopas, doces, bebidas; havia de tudo. O aroma sedutor da comida preenchia o lugar com vapores cálidos. Os candelabros dispostos acima da mesa davam a impressão de ser um jantar romântico à luz de velas.

— Acho que devemos pensar antes de comer — Hektor ponderou, lutando contra a boca salivante. Encarava o banquete percebendo o vazio no próprio estômago, mas tentava não se concentrar nisso. Algo no ambiente dava um tom estranho para a situação. Era demasiado gentil da mansão dar-lhes tal conforto. Olhava para o cômodo e só conseguia imaginar em uma ratoeira para camundongos famintos —, vai que a comida está...

Erick já devorava uma coxa de peru. Olhou para o outro como se dissesse "eu não ligo se está envenenado, pelo menos vou morrer de barriga cheia". Hektor arregalou os olhos, em choque. Começou a imaginar o rapaz de cabelos loiros, contorcendo-se no chão, espumando pela boca.

— Fica tranquilo — acalmou Lydia, colocando uma mão no ombro do rapaz ruivo —, as comidas dessa mansão ou estão podres ou são boas para consumo.

Ela parecia ter razão: Erick continuava comendo sem problemas, agora tomando um gole de um refrescante suco de maçã que havia na mesa. O estômago de Hektor roncou. Ainda hesitante, ele sentou-se à mesa para descansar as pernas fatigadas da caminhada incessante pela mansão.

— Você já achou um banquete como esse? — perguntou o jovem sem camisa, encarando a comida disposta diante dele. Ainda estava fumegante, como se tivesse sido preparada há pouco tempo.

— Como esse, não — esclareceu ela, deslizando os dedos pela prataria fina disposta à mesa —, mas já achei lugares com comida. Nada que desse para trazer para o salão de entrada, mas ainda assim. — Arrancou uma vistosa uva de um cacho e comeu.

Erick bebeu vinho direto da garrafa, de olhos fechados. Goladas profundas, em parte para saciar a sede, em parte para se embriagar e esquecer onde se encontrava. Esquecer do zumbido em seu ouvido.

— Eu tava precisando tanto disso — declarou ele, bebendo mais.

— Não gosto desse lugar — confessou Hektor, baixinho. Os relógios pareciam grandes olhos que os encaravam das paredes. O cheiro aconchegante intoxicava as narinas do rapaz, que sentia um impulso de comer algo, mas temia o que pudesse acontecer. — Acho que é melhor a gente ir logo.

— Antes disso, come algo — incentivou Lydia, empurrando para ele um prato cheio de batatas assadas, com uma crosta dourada e crocante. — Você tá machucado e não sabemos quando vamos conseguir sair da mansão. O mínimo que podemos fazer é ter certeza de que teremos energia para continuar lidando com... seja lá o que ela jogar nas nossas costas.

Hektor não conseguiu argumentar contra a lógica, então, mesmo a contragosto, aceitou ficar e comer alguma coisa. Depois de três taças de vinho, sentia-se muito mais à vontade.

Uma profunda sensação de conforto preencheu o corpo dos três, enquanto eles desfrutavam de boa comida, boa bebida e, principalmente, boa companhia.

Esqueceram-se de onde estavam e do perigo que corriam. Durante o banquete, as únicas coisas que importavam eram as delícias e os deleites daquela noite sem fim.

O tempo dentro da sala de jantar era incerto: sentiam como se tivessem passado dias, depois semanas, depois meses, em um prazer interminável. Prazer este que ia desde saciar sua fome e sede, até algo quase sexual. Lançavam olhares significativos uns para os outros, enquanto diziam comentários sugestivos. Talvez o álcool estivesse mexendo com a cabeça deles, mas não se preocupavam com isso; aquele sentimento era bom demais para ser ignorado. E mesmo assim, não encostaram nos corpos uns dos outros. Este seria o prato principal – e eles ainda estavam na entrada.

Mas os olhares que trocavam – a ligação inegável que sentiam – intoxicavam até a última molécula de suas almas. Compartilhavam um momento secreto, e dentro de seus peitos crescia um carinho imenso.

— Ei — falou Hektor, com a voz trôpega —, sei que não é o lugar mais aconchegante do mundo, mas assim, esse banquete à luz de velas — soluçou — não faz parecer que é um jantar romântico?

— Ééé — Erick concordou, abraçado a uma garrafa de champagne. — Então, meus amores, como está a noite hoje?

— Divina, querido. — Lydia entrou na brincadeira, levantando uma taça de vinho. — O que faremos depois daqui, jovens cavalheiros?

— Estive pensando — Hektor disse, ajeitando a postura — em talvez irmos a um teatro, que tal?

Erick levantou-se da cadeira, subiu na mesa e foi engatinhando até Hektor, de forma felina.

— Que tal pularmos a peça e irmos os três para minha casa, hein? — sugeriu Erick, chegando cada vez mais perto. Colocou uma das mãos no tórax desnudo do rapaz. Poderia parecer para Hektor que isso era efeito do álcool, mas a verdade é que Erick faria isso mesmo sóbrio. Não havia forma melhor de tirar a cabeça do estresse que o assolava do que fazer sexo e dar risadas. — Não podemos perder tempo, não é?

Lydia observava tudo com um sorriso de canto de boca, muito entretida com o desenrolar da situação. Erick não tinha nada na cabeça além de desejo, e queria saciá-lo ali mesmo, então aproximou o rosto do outro jovem na intenção de beijá-lo. Hektor estava quase deixando isso acontecer, sendo tomado por luxúria, querendo fingir que estava tudo bem, nem que fosse por um breve momento. Fechou os olhos, sentindo o momento inevitável do beijo chegar, quando algo urgente cruzou sua mente – algo que Erick havia dito.

— *Perder tempo!* — exclamou Hektor, levantando-se da cadeira, deixando os outros dois confusos. — Há quanto tempo estamos aqui?!

Olhou os relógios espalhados pela sala de jantar e percebeu que eles eram tão silenciosos porque não estavam funcionando; nenhum deles possuía ponteiros.

— Eu… — Lydia tentou lembrar-se, mas não conseguiu. — Ah, merda…

— O que foi, gente? — perguntou Erick, com a voz açucarada. Ainda submerso em fantasias de prazeres e delícias. — Relaxem! Vamos nos diver…

Lydia deu um tapa no rosto do jovem.

— Pensa, Erick! — Exigiu ela. A comida na mesa parecia não ter diminuído, mesmo eles tendo se banqueteado por tanto tempo. — Esse não é um cômodo comum. Ele tá mexendo com as nossas cabeças!

O rapaz acariciou o rosto, focando no ardor da bochecha e na clareza que ele trazia.

— A gente precisa sair daqui — concordou ele, decidido. Não reconhecia o próprio padrão de pensamento, muito mais entorpecido do que se estivesse apenas bêbado. Havia algo de profundamente errado com aquele lugar. — A gente precisa sair daqui agora.

Com faces preocupadas, os três afastaram-se do banquete. Caminharam em direção à porta, porém em algum momento no caminho distraíram-se novamente. A onda de prazer e aconchego começou a envolvê-los e antes que percebessem, estavam de volta à mesa.

— Que merda é essa?! — exclamou Hektor, depois de recobrar a razão.

— Acho que você tava certo — falou Lydia, esfregando o rosto, como se para tirar a confusão mental. — A mansão *quer* que a gente perca tempo. Parece até que tem alguém por trás disso tudo.

— Falando nisso... — Erick disse, timidamente. Lembrou-se de algo que estava escondendo dos dois.

— O que você fez agora? — Suspirou a garota, fechando os olhos de frustração.

Ele tirou a página do diário de Astérion do bolso e jogou na mesa.

— Eu encontrei outra dessa no último bater de asas, mas estragou quando caí na piscina — disse Erick, enquanto eles liam. — Falava algo sobre sacrifícios ou coisa do gênero. Se existe um culpado, ele é Astérion.

Lydia esmurrou a carta contra a mesa, indignada, fazendo os talheres tilintarem e uma taça de vinho se derramar na madeira.

— Você poderia ter mostrado isso *antes* da gente comer o jantar misterioso, não acha? — Esbravejou ela. — Se soubéssemos que tinha alguém por trás disso, não teríamos nem entrado no cômodo!

— Ah, sim — respondeu Erick, zombeteiro —, porque comer um banquete oferecido por uma mansão mal-assombrada é *completamente* razoável.

— Parem vocês dois — ordenou Hektor. Lydia e Erick ficaram em silêncio, encarando-se, furiosos. Hektor não entendia por que ambos pareciam se odiar tanto, mas supôs que era um tipo de resposta aos perigos da mansão. Nem todos possuíam o seu nível de autocontrole. — Não adianta discutir agora. A gente precisa sair daqui.

Com mais urgência, tentaram novamente fugir do cômodo dessa vez correndo até a porta. E correndo eles voltaram para a mesa, com comida, bebida e conversa regada a carícias. De uma forma paradoxal, o prazer não era de todo agradável. Como sob efeito de algum tipo de droga, sentiam-se compelidos a ficarem felizes. O banquete que nunca terminava continuava intacto, dando a impressão de que eles acabaram de começar, convidando-os a ficar mais um pouco de tempo ali, no calor aconchegante. Mesmo sem um perigo iminente claro como nos outros cômodos, Hektor se sentia aterrorizado sempre que voltava a si. A enfermaria o ferira em seus traumas, mas o banquete violava a santidade da única coisa que ele tinha orgulho: seu autocontrole.

— A gente tem que parar com isso — declarou Lydia, sentada no colo de Erick. Uma mão repousada no ombro do rapaz, a outra segurando os cabelos loiros com ternura.

— Pela primeira vez, eu acho que está tudo bem ficar — confessou Erick, com um sorriso bobo, sentindo o corpo da garota contra o seu. A mente ainda com um leve torpor. Ela levantou-se bruscamente e se afastou.

Pegou uma faca e estava pronta para golpear a própria mão.

Os outros dois gritaram em protesto, tirando a lâmina de perto da jovem.

— O que você pensa que tá fazendo? — inquiriu Hektor, encarando-a horrorizado. Imaginava que talvez o cômodo estivesse a obrigando a fazer aquilo.

— Talvez a dor faça nossa mente ficar mais clara — explicou ela, determinada. Um pouco de dor era um pequeno preço a se pagar, e ela não tinha medo de se machucar. — E deixe a gente sair daqui.

— Ou talvez você abra um buraco no meio da sua mão! — retrucou Erick, um pouco admirado com a atitude, mas muito horrorizado com as consequências que aquilo traria. Não suportaria ver Lydia machucada. — Esse é o tipo de ideia ruim que *eu* teria.

— Sem falar que não estamos podendo nos dar ao luxo de ter mais uma pessoa ferida aqui — concordou Hektor, de forma analítica. Decisões arriscadas como aquela iriam mais atrapalhar do que ajudar. — A gente tem que achar outro jeito.

Hektor tinha um plano.

Arrastaram a pesada mesa para perto da porta, com esforço conjunto. Tentaram fugir outra vez e falharam, mas agora a mesa estava mais próxima. Se diminuíssem a distância o suficiente, poderiam correr até o final e sair do cômodo. Só seria necessário tempo e esforço.

Sete tentativas fracassadas. A mesa era mais pesada do que eles imaginavam, feita de madeira antiga e maciça. Correr era desgastante, e eles sempre perdiam momentos preciosos com as mentes turvadas pelo banquete. Suavam em profusão, os músculos doíam e o cansaço se abatia neles sem piedade. Voltavam ao torpor do banquete, com bocas cheias de comida suculenta e olhares sugestivos. Porém, a cada mordida, os alimentos ficavam mais insípidos, como se fossem massas texturizadas. As bebidas perdiam o efeito, parecendo não água, mas um outro líquido insosso e infinitamente mais vil.

Na oitava tentativa, sentindo os músculos gritarem de dor e suas mentes cansadas de manter o foco em não se distrair com o banquete, conseguiram sair do cômodo. Jogaram-se para fora da sala de jantar, ofegantes.

— Seria um momento ruim — perguntou Erick, zonzo — para dizer que eu queria muito um pedaço de torta agora?

O zumbido no ouvido de Erick aumentou, e ele gemeu, atordoado. Hektor foi até o jovem, e estava prestes a perguntar o que havia acontecido, quando sentiu a mão de Lydia apertar seu braço. Encarou o rosto da garota, que estava cheio de urgência, como se dissesse que eles precisavam sair dali, e rápido. Ela não desviava os olhos do cômodo do banquete. Hektor virou-se para descobrir o que ela estava vendo.

A mesa de volta ao lugar, com toda a comida e bebida reposta, sem nenhum sinal de que eles tocaram em algum alimento. O cheiro convidativo estava mais forte e a fome em suas barrigas continuava a mesma.

Com o ouvido zumbindo e a clareza que aquela dor lhe proporcionava, Erick segurou os dois e os guiou para longe do cômodo.

A porta do banquete continuou aberta, convidando-os a entrar novamente, para dar uma última mordida.

Capítulo 15

Yuri mancava, apoiando-se em Diego.

O pé direito sem tênis estava em carne viva. Um rastro de sangue se arrastava por onde passavam. Yuri, febril, proferia lamentos de dor por todo o caminho; a voz angustiada ecoando pelo ambiente.

— Você vai ficar bem, amigo, acredite em mim — tranquilizou Diego, sem confiar nas próprias palavras. Segurava firme o outro jovem, que parecia cada vez mais fraco. — A gente já tá quase lá.

O corredor não era longo, porém cada passo era torturante.

A agonia de Yuri não se resumia somente à dor física, mas também psicológica; ficar preso dentro da mansão alimentava o seu medo de lugares apertados. A primeira vez em que esteve em uma situação assim, ele tinha 6 anos de idade.

Os pais o deixaram sozinho com uma tia, que não estava prestando atenção nele de verdade, dando-lhe a oportunidade de fugir escondido. Ao pegar o elevador do prédio, algo de errado ocorreu, as portas se fecharam e ele ficou preso no caixão de metal por quase uma hora. Quando o encontraram, o menino estava em prantos, molhado com a própria urina e com uma nova fobia que o atormentaria pelo resto da vida.

— Eu não aguento mais. — A voz de Yuri falhava, carregada de sofrimento. — Eu só quero ir pra casa.

Quando chegaram ao salão, encontraram-se no andar superior, ao lado do relógio de pêndulo. Lua, que observava o quadro no topo da escada, sobressaltou-se ao ver o ferimento de Yuri. Os cortes da própria garota estavam feios; seria melhor ir a um hospital e fazer uma sutura, mas ela não tinha esse luxo. Pelo menos haviam parado de sangrar.

— O que aconteceu com ele? — perguntou, preocupada. Recobrou a razão, pelo menos em parte. Luana ainda carregava consigo a caixinha de música aonde quer que fosse.

— O pé dele ficou preso em um buraco que surgiu do nada — explicou Diego, colocando o amigo sentado no chão, contra a parede. — Um buraco com muitas lâminas.

A adrenalina no corpo de Yuri diminuía, o que fez com que a dor se intensificasse. O jovem urrou.

— Lua, pega o jarro com água, por favor — pediu Diego, enquanto rasgava um pedaço da calça de Yuri, para enfaixar o pé ferido de maneira precária. — A gente precisa lavar isso aqui logo.

Ela desceu as escadas correndo, deixou a caixinha de música em cima do sofá, junto do sobretudo que Hektor emprestou-lhe enquanto dormia, e foi até o jarro. Antes disso, porém, girou a chave algumas vezes, fazendo a bailarina dançar, e enchendo o cômodo com uma música sombria; tentava usar a melodia para afastar os perigos da mansão. Não foi o suficiente.

Uma porta se abriu no andar inferior.

— Ei, ei, Yuri — Diego chamou, encostando no rosto do jovem, que parecia estar querendo dormir. — Não pega no sono. Lua, a água!

— Ah, é você — falou Lua, no andar inferior. Diego não viu com quem ela conversava. — Você tá diferente. Olha, não importa, o Yuri tá ferido e...

Som de alguém se engasgando.

A porta se fechou novamente.

Alguém subia as escadas de maneira errática.

— Fica acordado, Yuri — ordenou Diego, dando tapinhas no rosto do jovem.

Quando Yuri abriu os olhos e viu quem subia as escadas, gritou com o horror da cena. Cheiro de sangue no ar. A dor de seu pé quase esquecida no turbilhão de adrenalina e medo

Luana vinha cambaleante, o corpo quase todo debruçado no corrimão, arrastando os passos. Os olhos fixos nos dois jovens, suplicando por ajuda em silêncio. Não falava nada; não conseguiria mesmo se tentasse.

Sua garganta aberta sangrava em profusão, manchando de vermelho a jaqueta, a camisa de banda e o chão por onde andava.

Quando Lua chegou no andar superior, Diego correu até ela e a agarrou bem no momento em que as pernas da garota cederam. Yuri gritava em frenesi, a voz misturando-se à música macabra da caixinha. Tentou arrastar-se para longe da cena, mal tendo controle sobre o seu próprio corpo vacilante.

Diego desceu a garota com cuidado, mantendo o contato visual com a jovem assustada. Tremia, tentando desesperadamente estancar o sangramento. Pensou em falar alguma palavra de conforto, mas a voz morreu na garganta. Não conseguia pensar com clareza ou compreender o horror que se alojava no fundo dos olhos dela.

Luana abriu a boca. Cuspiu sangue ao invés de palavras. Contorceu a face pela dor, e segurou a camisa de Diego com força.

Yuri, afastando-se, encarava a direção de onde achava que o assassino surgiria, esperando que ele fosse aparecer a qualquer momento para atacá-lo também. O barulho viscoso de Luana engasgando no próprio sangue atormentava os ouvidos, e o cheiro metálico nauseava o estômago já perturbado. Pensou ter visto a silhueta de alguém ao longe, entre as pilastras de ônix, como se as sombras bruxuleantes das velas tivessem se distorcido de modo a lembrar vagamente uma forma humana. Piscou com força, e a imagem se dissipou. Neste ponto ele conjecturava se o responsável por aquela atrocidade era mesmo uma pessoa ou algo que não compreendia.

Virou a cabeça bem devagar, forçando-se a encarar Luana. Os engasgos espasmódicos tornavam-se cada vez mais esparsos. A face da garota empalidecia, e suas feições antes contraídas pareciam relaxar languidamente.

Ela soltou Diego, a mão desfalecida batendo no chão.

E a caixinha de música parou de tocar.

CAPÍTULO 16

Lydia não estava bêbada e isso a frustrava. Apesar de ter ingerido álcool o suficiente para entrar em coma, não surtiu efeito algum em seu corpo. Na verdade, a surda dor no estômago mostrava que também sentia fome, mesmo tendo se banqueteado por horas. A sala de jantar poderia ter sido apenas um sonho muito longo. Caminhavam por um corredor imundo, os calçados deixando marcas distintas na sujeira espessa abaixo dos pés. A tinta das paredes descascava, grudando pó e fragmentos da cor vermelha nas roupas. A falta de insetos e pequenos animais como ratos era alarmante, pois significava que nenhuma forma de vida conseguia sobreviver naquele lugar. Erick imaginou que eles eram baratas que rastejavam por um mundo que não compreendiam.

Revezavam-se para abrir as portas do corredor, procurando um lugar com maior iluminação – o caminho para o salão de entrada. Era a vez de Lydia. Girou a maçaneta de bronze de uma porta branca com padrões de flores silvestres esculpidas na madeira. O cômodo que se abriu era pequeno, mas com uma limpeza que destoava de todos os ambientes que tinham visto na mansão até ali. Suspirou aliviada, entrando no lugar mesmo ele não tendo uma saída.

Era um banheiro de azulejos pretos, pia de mármore branco e um box sem cortinas ou divisões, que dispunha de um chuveiro simples de metal polido. Após abrir a torneira, Hektor sorriu, pois a água que jorrou dela era límpida.

— A gente bem que poderia usar essa água para lavar o rosto — sugeriu ele, aliviado. Porém, sua maior prioridade era voltar ao salão de entrada rápido —, talvez até beber um pouco dela e… o que você tá fazendo?

Lydia tirava a roupa sem pensar duas vezes.

— Eu não tomo um banho que preste há dias — explicou ela, com irritação, arrancando o *cropped* e logo em seguida o sutiã. — E depois do fiasco na sala de jantar, eu fiquei toda suada. Não vou deixar passar essa oportunidade!

— Olha, acho que talvez isso seja uma má ideia — afirmou Hektor, cauteloso. Esforçava-se para não gaguejar, virando o rosto ruborizado, evitando olhar Lydia. — Não temos tempo a perder, precisamos encontrar o salão novamente.

— Eu não vou demorar — disse Lydia, agora completamente nua. Colocou a mão na cintura. — Para de graça, Hektor, não é como se fosse a primeira vez que você viu uma mulher pelada. E, Erick, tira esse sorriso bobo do rosto.

Erick exibia um largo sorriso, sem ter a mesma vergonha de Hektor; na verdade, divertia-se muitíssimo com a situação.

— Mas, sabe — atreveu-se ele —, eu também estou suado e queria um banho. Só que talvez levasse muito tempo se fôssemos nos lavar um de cada vez e...

— Não fica de rodeios e entra logo no chuveiro — interrompeu Lydia, deixando a água cair em seu rosto e cabelos. — Não é água quente, mas é água limpa.

— Meu Deus, vocês estão fazendo isso mesmo? — Hektor arregalou os olhos ao ver que Erick também tirava as roupas.

— Eu não sou alguém que deixa passar esse tipo de oportunidade — explicou Erick, com um sorriso afiado, entrando no chuveiro.

A água era congelante, de uma frieza limpa que clareava a mente, animava os ânimos. E, ainda assim, o corpo de Erick estava quente demais para ser acalmado; por um momento ele achou que poderia estar com febre. Depois de ver os olhos amendoados de Lydia, a água deslizando docemente pela sua pele, e seus lábios macios, entendeu o motivo. Ela também o encarava de volta, sorvendo cada detalhe de seu rosto – e de seu corpo.

— Você devia vir também — falou ela para Hektor, que ainda estava do lado de fora do banheiro. — Ainda está um pouco machucado, é bom você ficar o mais limpo possível...

Os corpos de Erick e Lydia estavam muito perto, às vezes encostando-se. Hektor olhou para os dois, soltou uma risada tímida e quente.

— Vocês são malucos... — disse, cobrindo a boca para esconder o sorriso.

E, sem falar mais nada, tirou as roupas e foi para o chuveiro.

O box era pequeno demais para os três, o que significava que Hektor tinha que manter uma concentração muito forte na água fria para que o corpo não acabasse evidenciando o que estava pensando. Deixou os jatos jorrarem pelo seu cabelo ruivo. Ele jogou-o para trás inclinando a cabeça. Lydia deslizou os olhos discretamente pela sua pele, quando notou a tatuagem que o cabelo dele escondia.

Era uma grande serpente preta que não ficava restrita somente ao pescoço; descia, espalhava-se e se enrolava pelas costas, braço e tórax.

— Gostei da tatuagem... — falou Lydia, encostando nas costas de Hektor e roçando os dedos com ternura pelas escamas escuras da serpente desenhada.

— Obrigado... — disse ele, olhando para trás, com um sorriso de canto de boca. A chama do candelabro crepitava em suas pupilas negras envoltas em azul.

Os três sentiam que poderiam entrar em combustão espontânea a qualquer momento.

O tempo que passaram na sala de jantar foi longo, mas não o suficiente para consumar seus desejos. As mentes atordoadas com a experiência que tiveram, os corpos famintos por algo além de comida.

Erick também passou a mão pelas costas de Hektor, sem fingir que sua intenção não era sentir os músculos do jovem. Ao tocar a ponta dos dedos na tatuagem, percebeu que Hektor possuía uma cicatriz. Bem maior e mais profunda que a de Lydia, começando na ponta da cauda da serpente, nas costas, escalando pelo ombro e indo até as presas, no pescoço.

O rosto de Lydia estava suave, tranquilo, sentindo a textura da cicatriz de Hektor, dizendo, com seu toque delicado, que entendia como ele se sentia, mesmo sem saber de sua origem. Hektor recebeu o conforto, sem falar nada, fechando os olhos.

Seus corpos quentes se encostavam enquanto os três fingiam não perceber a intimidade crescente, o que sentiam e como era evidente para qualquer um que olhasse.

Ainda com uma mão em Hektor, Erick deslizou a outra pelo corpo de Lydia, segurando em sua cintura e puxando-a para perto. A garota conteve um leve gemido surpreso quando percebeu os dedos do rapaz nela.

Hektor sentiu o rosto de Erick com a mão, indo pelos cabelos platinados, passando pelo nariz, e, por fim, acariciando os lábios. Erick permitiu-se abrir a boca e passar a língua por um dos dedos de Hektor.

O desejo aumentou, uma corda tensionada que iria explodir a qualquer momento. Os corações martelando no peito, com a expectativa do que sabiam estar por vir.

Entreolharam-se, o hálito quente roçando na pele, os rostos tão, tão perto. Os toques ficaram frequentes e não ligavam mais para esconder suas intenções. Deslizavam as mãos nos corpos uns dos outros.

No fundo de suas mentes estava a preocupação de que precisavam voltar logo para o salão.

Tentaram segurar-se o máximo que podiam.

Até que não conseguiram mais.

A volta para o salão foi quieta. Os três possuíam seus próprios silêncios: Erick o silêncio gratificante de quem estava satisfeito; Lydia o silêncio culpado de quem se relacionou novamente com alguém que prometeu não se relacionar; Hektor o silêncio temeroso de quem tinha dúvidas. Dúvidas sobre o que fez. Dúvidas sobre a natureza de seus sentimentos; não sabia se o que acabara de acontecer era resultado dos próprios desejos ou dos desejos que a sala de jantar plantou em seu âmago. Não sabia se a paixão e carinho que sentia por Lydia e Erick eram genuínos ou mera ilusão.

Erick tentou puxar algum assunto com eles, mas ambos foram evasivos em suas respostas, o que fez o jovem acreditar que estavam envergonhados. Deu de ombros. "Meu carisma vai acalmá-los, eventualmente", pensou.

Uma porta se destacava das outras, iluminada por dezenas de velas que brilhavam com um ar fúnebre. Do outro lado, o som abafado de lamentações indistintas. A atmosfera ficou pesada com a inquietação crescente. Lydia abriu a porta para o salão de entrada.

Tales confortava Rebeca, que chorava abraçada nele, acariciando os cabelos loiros da garota, com cuidado. Diego andava de um lado para o outro, ansioso, com os braços cruzados. Yuri, sentado ao lado de uma pilastra, com as mãos na cabeça, respirava pesadamente. O pé direito do jovem estava enfaixado por tiras de sua calça jeans, o tecido empapado em sangue.

A expressão de Mel era tranquila. Ela estava de frente para o sofá, acariciando as bochechas de Luana com as costas da mão.

Lydia tapou a boca, segurando um grito. Hektor virou o rosto, tentando controlar o ritmo da própria respiração, evitando pensar no cheiro metálico que empesteava o lugar. Erick, porém, ainda não havia percebido o corte na garganta de Lua.

— O que aconteceu com ela? — perguntou o jovem, chegando mais perto e só então vendo a verdade. Suor frio brotou pelo corpo.

— Ela está morta, Erick — declarou Diego, com a camisa manchada do sangue da jovem. — E um de nós é o assassino.

Capítulo 17

Mel continuava a acariciar o rosto da amiga morta, cantarolando baixo uma música de ninar. A mesma que Luana tanto gostava.

— E vocês não viram quem foi? — perguntou Lydia, exasperada. Diego fez que não.

— Só a encontramos depois que ela subiu as escadas — proferiu ele, seco. Estava cansado de responder às mesmas perguntas. Tentara fazer tudo o que estava em seu alcance, porém sentia uma culpa aterradora por não ter sido capaz de salvar a garota.

— Mas quem garante que foi um dos reféns? Por que vocês acham isso? — perguntou Erick, confuso. — Talvez uma das... *coisas* na mansão tenha achado ela aqui dentro.

Os soluços de Rebeca pontuavam a conversa como o tique-taque de um relógio doloroso. A companhia de Lua era um dos poucos confortos que a jovem possuía naquele lugar.

— Não foi isso — negou Yuri com firmeza. Os olhos semicerrados. Suava em profusão. Recusava-se a tirar o jeans enfaixado do pé para lavar a ferida; dizia que limpar com água suja era tão perigoso quanto não limpar. — Antes de morrer, ela falou com alguém que conhecia. Nós ouvimos.

— Vocês lembram que a Lua disse que a mansão é da família dela? — sugeriu Hektor, pegando o sobretudo dobrado ao lado do cadáver, solenemente. Enquanto olhava com culpa a face estática da jovem, vestiu-o. Se não houvesse demorado tanto no chuveiro, poderia ter salvado-a? — Talvez tenha sido algum parente?

— Pela reação dela, não foi isso — retrucou Diego. — Ela falou como se não estivesse surpresa de ver o culpado. Só disse que a pessoa parecia diferente. Tem um intruso entre nós.

— E o que isso deveria significar? — perguntou Lydia, incisiva. Diego deu de ombros.

Erick sentiu a página do diário de Astérion no bolso, pensando em mostrar para todos – talvez fosse bom estarem cientes sobre aquilo, especialmente depois da morte de Lua. Seus olhos cruzaram com os de Hektor, que fez que não com a cabeça.

— Segundo essa teoria, quem de nós seria o assassino? — perguntou Hektor, encarando Erick. Queria que o rapaz percebesse que, se um deles fosse o culpado, então manter em segredo uma informação privilegiada seria essencial. Não podia contar para mais ninguém sobre as páginas do diário.

— Yuri e eu estávamos juntos quando ela foi morta — explicou Diego. — Depois vieram Tales e Rebeca, Mel em seguida, e então vocês três por último... — Diego não precisou falar o que pensava, a insinuação era clara.

— Posso garantir a inocência de Erick e Lydia; ficamos juntos basicamente o tempo todo — defendeu-se Hektor.

— "Basicamente"? — inquiriu Yuri. Tinha dúvidas sobre o caráter dos três; não confiava em nada do que eles diziam. Percebeu os olhares de Erick e Hektor, escondendo algo do resto. E sabia que Lydia guardava um segredo desde o momento em que a viu pela primeira vez.

— Quem me garante que *vocês* não são os culpados? — Esbravejou Lydia. — Essa história tá conveniente demais.

— Se eu fosse o culpado — argumentou Yuri —, então por que iria fazer essa merda aqui no meu pé?

— Não sei, talvez para desviar suspeitas? — questionou Lydia. — Agora, sugerir que um de nós três é o assassino já é demais.

— Ninguém acusou vocês — retrucou Diego, calmo.

— Não precisaram. — Lydia cerrou os punhos.

— Vocês demoraram um século — disse Yuri. — O que estavam fazendo, que levaram tanto tempo?

— A gente... — Erick começou a falar.

— Ficamos presos em uma sala que fazia a gente perder a noção do tempo — interrompeu Lydia, sabendo que Erick iria contar algo que não deveria.

— Conveniente... — comentou Yuri.

— O que vocês querem, hein? — bradou Lydia. — Que a gente comece um julgamento aqui e agora e execute quem achamos ser o culpado, é isso?

— Não — respondeu Diego, tentando amenizar o caos da situação —, mas não podemos descartar a possibilidade de o assassino estar entre nós.

— Eu acho que vocês estão pulando para conclusões precipitadas — interviu Hektor, recusando-se a participar das acusações. — A mansão é *claramente* sobrenatural e vocês acham que o culpado é um de nós? Talvez Luana só teve o azar de um monstro que imita nossa aparência aparecer pra ela.

— Não acho que tenha sido isso — respondeu Tales, incerto, ainda segurando Rebeca nos braços. — Foi dentro do salão de entrada que aconteceu o assassinato. Aqui não acontecem anomalias...

— E quem disse que é assim que funciona? — intrometeu-se Erick. O ouvido ainda zumbia por causa do piano. — Não é como se esse lugar tivesse regras.

— Tudo tem regras — murmurou Rebeca, limpando as lágrimas com as costas das mãos. — A gente só não entendeu ainda quais são as dessa mansão.

— Sem falar que, se fosse um monstro — comentou Diego —, então por que ele não matou eu e o Yuri?

Ninguém respondeu. A tensão entre os sobreviventes era quase palpável no silêncio, no bruxulear das velas, nas borboletas negras que voavam pelo quadro. Trocavam olhares hesitantes no salão, a sutil confiança entre eles se quebrava.

Erick encarou novamente o corpo de Lua. O estômago embrulhou e ele respirou fundo. Sua mente, como sempre fazia em situações de grande estresse, buscou alguma forma de não levar a sério o que estava acontecendo.

— Bem — comentou ele, com um meio sorriso —, pelo menos a gente não precisa se preocupar com o racionamento de comida, já que temos uma boca a menos para alimentar.

Olhares horrorizados.

Hektor marchou diretamente até ele e o acertou no rosto com um tapa. O sorriso do jovem não mudou – estava acostumado a esse tipo de reação das pessoas. Hektor segurou-o pela camisa, fitando-o no fundo dos olhos, e disse com seriedade:

— Uma pessoa morreu hoje, Erick. Não é hora de brincadeiras, tenha respeito.

As palavras de Hektor eram moralmente corretas, mas só estava repetindo o que sabia ser o certo a se dizer. No fundo, concordava com Erick; era uma pessoa a menos para dividir os recursos. Jamais admitiria isso. Pelo menos enquanto suspeitassem que ele poderia ser um assassino.

— E daí que ela morreu? — perguntou Erick, sentindo o rosto queimar com o tapa, o que só o irritava mais. — Todo mundo morre!

— A morte é uma parte natural da vida; aceitá-la é o único caminho para a tranquilidade plena — comentou Mel, calmamente. Não parecia nem um pouco perturbada de estar no mesmo cômodo que um cadáver.

— Viu? — Erick apontou para Mel. — Ela entende.

— Não é como se vocês dois fossem as pessoas mais sãs aqui do salão — zombou Lydia. Por algum motivo, Mel sempre parecia concordar com os raciocínios duvidosos de Erick.

— Talvez a morte seja até um objetivo nobre a ser buscado — continuou Mel.

— Vamos com calma, também — respondeu Erick.

— Chega, vocês dois — comandou Hektor, afastando-se de Erick. Os cabelos vermelhos balançavam a cada passo firme. — Temos que descobrir quem é o culpado, se houver um. Não adianta filosofar sobre a morte, nem irritar os outros para começar uma briga. — Fitou Erick.

— É claro que vamos brigar — respondeu Yuri —, não sabemos nada uns sobre os outros, somos completos estranhos! — Ajeitou o pé em uma posição que não doesse tanto. — Por exemplo, qual é a história da cicatriz aí? — Apontou para a tatuagem de serpente de Lydia, que cobria uma cicatriz.

— Nada demais — desconversou ela, tentando manter-se calma —, só caí quando criança e decidi cobrir.

Yuri sorriu maliciosamente.

— Eu sei que não é isso — disse ele. — Você vive acariciando essa tatuagem, ela tem algum sentimento pra você. Qual é a verdade?

Lydia não falava sobre aquele assunto. A última vez que contou a história foi para Erick, entre lágrimas. Cobriu a cicatriz no corpo, mas a ferida na alma ainda estava aberta.

— É rude fazer esse tipo de pergunta, Yuri — repreendeu Hektor, com o rosto severo. — Sem falar que, por que esse assunto seria relevante?

— Toda informação sobre os outros é relevante — explicou ele. — Especialmente agora que um de nós pode ser o assassino. Não podemos mais ter segredos. Então conta pra gente, Lydia, qual é a da tatuagem?

— Se eu fosse você — ameaçou Erick —, eu deixava as perguntas de lado.

— E você também, Erick? — A atenção de Yuri se voltou para o jovem. — Qual é a sua relação com Lydia? Eu vejo vocês de conversinha pelos cantos desde que cheguei aqui. O que estão escondendo?

— Olha aqui, seu merda — explodiu Erick —, se você não parar de graça, eu arranco esse seu pé todo fodido e enfio ele no meio do seu cu.

— Não precisamos ser agressivos, foi só uma curiosidade genuína — respondeu ele, com um sorriso cínico. — Culpa da faculdade de jornalismo. Eu tenho que saber da história dos outros, é quase um impulso.

Tales suspirou.

— Por que logo a Luana teve que morrer? — perguntou ele, introspectivo.

— O que quer dizer com isso? — questionou Rebeca, levantando o rosto do casaco do rapaz.

— Talvez ela soubesse da verdade sobre o mistério da mansão Navalier...

Os outros o encararam, esperando que se explicasse. Hektor respirou fundo, pois já sabia do que se tratava.

— Vocês não conhecem a história da mansão? — indagou Tales, surpreso. — É tipo uma das lendas sem solução mais famosas da internet...

Vendo que os outros não sabiam do que estava falando, explicou para eles o que conhecia do assunto.

A história começava com uma família abastada – alguns diziam ser de aristocratas, outros que eram comerciantes em ascensão. O patriarca da família, Pierre Navalier, considerava-se um grande artista e polímata, aventurando-se em pintura, escultura, música... e alquimia.

O homem mandou construir uma mansão que irradiasse inspiração e fosse grande o suficiente para abarcar todas as suas obras de arte. Um desejo inocente na superfície, porém o arquiteto que criou o projeto tirou a própria vida logo depois de a obra ter sido finalizada. Dizia que havia criado uma abominação da natureza, algo que não deveria existir. Para o polímata, porém, era perfeito. Uma catedral da arte.

Pierre passava a maior parte do tempo imerso nos quadros e esculturas. As pessoas ao redor, tanto a família quanto os criados, preocupavam-se com a saúde mental do homem. Ele parecia possesso ao criar as obras de arte. Algumas eram proféticas, representando coisas que ainda não aconteceram, como se visse o futuro.

Dizia que a mansão era muito mais que uma casa agora. Era um labirinto. Um portal. Uma chave.

Trancou-se por uma semana no escritório, sem ver ou falar com ninguém. Quando saiu do exílio autoimposto, parecia estar completamente são e de bom humor.

Organizou um banquete para a família e alguns amigos próximos.

Durante a refeição, enquanto todos riam e conversavam alegremente, Pierre Navalier sacou uma faca que escondia em seu paletó e cortou a garganta da própria esposa.

O choque do acontecido fez as pessoas hesitarem o suficiente para que não tivessem tempo de fugir. Uma a uma elas caíram, incluindo os próprios filhos de Pierre. O único sobrevivente foi um médico amigo do pintor, que conseguiu escapar para fora do cômodo durante o ataque sanguinário do anfitrião.

Quando a polícia chegou ao local, encontrou a porta da frente trancada por dentro e todas as janelas fechadas no trinco. Pierre Navalier não tinha como fugir. No entanto, mesmo após revirar cada centímetro do lugar, nunca acharam o pintor. Era como se ele tivesse virado fumaça e desaparecido. Uma sombra em meio aos corredores escuros.

Familiares de Pierre supostamente abafaram o caso, com medo de que o ocorrido manchasse a reputação do nome Navalier.

Ninguém sabia onde ficava o lugar, mas se fosse real, os boatos convergiam para o mesmo ponto:

Pierre Navalier ainda habitava aquela mansão.

Capítulo 18

"Astérion ou Pierre?", perguntava-se Erick. "São a mesma pessoa ou temos que lidar com dois assassinos?".

Gostaria de conversar sobre isso com Hektor e Lydia, mas sabia que não deveria, não enquanto os outros no salão pudessem ouvir. Mostrara a página do diário aos dois; confiava neles, especialmente em Lydia. Sentia que a conexão que compartilhavam havia se fortalecido após os últimos eventos. Hektor, por sua vez, transmitia a tranquilidade e o autocontrole que faltavam em Erick. Porém, os outros no salão ainda eram desconhecidos. Até onde sabia, o assassino poderia estar entre eles.

Quando os ânimos se acalmaram, os sobreviventes cobriram o cadáver de Luana com uma das cortinas vermelhas. Queriam dar a ela algum resquício de dignidade já que não podiam concedê-la um enterro propriamente dito. Apesar da tentativa improvisada de honrar a garota, lidar com o corpo assassinado era uma tarefa mórbida para o qual nenhum deles estava preparado para enfrentar. Os olhos brilhantes, que antes percorriam o salão, agora estavam estáticos, o corpo enrijecido e gelado, encharcado com o próprio sangue. Evitavam encarar o que sobrara da jovem, enojados com a iminente possibilidade da carne entrar em putrefação diante de seus olhos.

Yuri temia que aquele pudesse ser o seu futuro. O pé direito era uma massa de dor aguda que o impedia de descansar. Se encontrasse o assassino, seria incapaz de fugir. Não dormia nem comia, ficando em constante estado de alerta. Grandes gotas de suor frio brotavam em seu rosto. Preocupava-se tanto em não ser a próxima vítima que negligenciava o estado cada vez pior de seu ferimento.

Depois da história que Tales contou, as suspeitas no salão ficaram mais brandas; talvez o assassino não fosse um deles, e sim este Pierre, ou outra pessoa da família Navalier. Hektor não estava tão certo disso, apesar de manter o pensamento em segredo. Conhecia bem a lenda de Pierre Navalier; quem sabe até melhor que Tales. Talvez o assassino verdadeiro também conhecesse e estivesse se aproveitando da história para atingir os próprios objetivos.

Quando olhava para Erick e Lydia, o coração do jovem disparava. Temia o que isso poderia significar, principalmente por não estar certo da origem destes sentimentos. Lembrava-se do banquete e de como a magia da mansão interferira em seu julgamento – "Um feitiço de glamour ou adoçamento", conjecturava, aflito. Pensava que talvez o assassino estivesse brincando com suas emoções, para torná-lo mais vulnerável a suas armadilhas macabras. O cadáver de Lua era um lembrete sórdido do que aconteceria se ele não se permanecesse alerta. Forçava-se a manter a cabeça fria e a fazer as perguntas dolorosas que tinham implicações que ele não gostava de imaginar.

"Yuri está certo", concluiu Hektor, "eu encontrei Erick na sala de música, mas... onde ele estava antes disso?"

Erick dormia agarrado a uma faca, tendo sonhos inquietos. Antes de adormecer, imaginou-se lutando contra o assassino, e tendo somente aquela pequena lâmina como proteção. Sofria com o mesmo pesadelo que se repetia mais vezes do que ele era capaz de contar.

Estava diante de um lago de sangue. Era noite, a lua e as estrelas brilhavam fantasmagóricas. Flutuando mortas no líquido viscoso do lago havia nove borboletas brancas. A intensidade da cor era tão ímpar que quase cintilavam na escuridão.

E, voando acima delas, uma única borboleta preta.

Sua existência parecia contrariar o ciclo natural das coisas, mesmo que Erick não soubesse bem o motivo para tal sentimento.

No reflexo do lago, havia um outro mundo, semelhante, porém diferente. Na imagem refletida, era dia. Nuvens pairavam pelo céu claro, e um sol gentil acariciava o mundo. Porém, as nove borboletas alvas ainda estavam mortas.

A borboleta preta não tinha reflexo algum.

O sonho permaneceu o mesmo pelo que pareceram horas. Todas as noites, a mesma cena estática, como uma pintura. Ele ainda podia pensar durante o pesadelo, porém seu corpo mantinha-se paralisado diante da cena estranhamente perturbadora.

Erick acordou com o bater de asas. Abriu os olhos em desespero, esquecendo-se por um momento de onde estava. A sinfonia macabra soou como centenas de cavaleiros marchando até a batalha.

Com a visão turva, antes de ser levado pela mansão, ele vislumbrou uma última vez o corpo de Luana coberto com o manto vermelho. Com o sonho ainda se agarrando nas bordas de sua mente, imaginou que a garota era uma borboleta branca, flutuando em um lago de sangue.

O cômodo era a mistura de uma biblioteca e um museu.

Erick se viu entre imensas prateleiras que se erguiam até a luz das velas não conseguir atingi-las mais – torres de madeira preenchidas com centenas, milhares de livros com capa de couro. Se havia um teto, ele nunca saberia; ao olhar para cima, só enxergava escuridão.

Espalhadas pelos corredores, entre as prateleiras, dezenas de estátuas esperavam estáticas. Representavam homens, mulheres e crianças de todas as épocas e classes sociais. Só havia uma constante entre todas elas:

Nenhuma das esculturas mostrava o rosto.

Cobrindo as faces, elas possuíam uma grande borboleta que mascarava qualquer vestígio de feição que pudesse evidenciar suas emoções. Não sabia se estavam tristes, felizes, com raiva ou com dor.

Uma mistura de horror e admiração tomou conta de Erick. A mansão era como uma galeria de arte que brincava com o limite entre o belo e o atroz. Estátuas primorosamente esculpidas com uma perfeição que beirava a insanidade, a anatomia impecável contrastando com os singelos detalhes das asas de mármore das borboletas.

Pensou em sua vida fora daquele lugar, e em como gostaria de aprimorar suas habilidades na área de escultura. Orgulhava-se de seu talento como pintor, porém Lydia sempre caçoava quando mostrava uma de suas "abominações de argila", como ela chamava. Por um momento, Erick desejou ter mais tempo para compreender as sutilezas da técnica do artista. Mas a luz difusa das velas esparsas e a urgência da situação em que se encontrava o impediam de ter tal luxo.

Caminhou por entre as prateleiras, tentando não encostar nas esculturas, procurando uma saída. Os corredores de livros não tinham fim. Os passos apressados ecoavam pelo vazio.

Sempre que Erick olhava para trás, achava que as estátuas estavam em uma posição diferente. Vislumbrava de canto de olho vultos que não sabia dizer se pertenciam às velas bruxuleantes ou às criaturas de mármore.

Acelerou o ritmo, virando-se com frequência. Em certo momento, viu nitidamente uma das esculturas – uma mulher nua com cabelos desgrenhados – inclinar-se para frente e logo em seguida interromper o ato de forma brusca. Agora tinha certeza: elas estavam se movendo. Correu. As batidas dos pés no chão quadriculado reverberando por todo o ambiente.

As estátuas correram também.

A cada movimento, quebravam o piso. O som de seu caminhar era como o de pedregulhos rachando. Erick não mais olhava para trás, temendo que se o fizesse, poderia cair, indefeso. Um grito involuntário escapou das entranhas quando dedos frios de pedra roçaram a bochecha do jovem, rasgando o rosto com um pequeno corte brusco. Em pouco tempo, dezenas de esculturas de mármore o perseguiam. Um exército branco caçando-o por entre as prateleiras. Quando virava uma curva, sentia-os mais próximos; se fosse um pouco mais lento, sabia que as estátuas separariam a carne de seus ossos.

Mãos o agarraram por trás e taparam sua boca. Ele começou a se debater, com lágrimas nos olhos, achando que era o fim.

— Calma, Erick... — sussurrou uma voz familiar. — Sou eu, o Tales. Você precisa ficar quieto, ou as esculturas te pegam!

Erick respirou fundo, acalmando o fôlego. As estátuas pararam, ficando imóveis mais uma vez.

— Eu acho que elas são atraídas pelo som... — murmurou Tales, soltando o jovem. — Se a gente fizer pouco barulho, devemos estar seguros.

Outra pessoa se aproximou dos dois.

— Achei vocês — sussurrou Mel, alegremente.

Mantendo as vozes baixas, para não acordar as estátuas, conversaram sobre um plano de ação. Erick queria fugir de uma vez, procurar por uma saída, uma porta, qualquer coisa. Tales, por outro lado, achava inteligente vasculhar os livros em busca de pistas; precisava desvendar o mistério da mansão, descobrir se uma de suas teorias estava correta. Quando Erick se virou para Mel, indo perguntar qual era a opinião dela, ele viu a garota acariciando a borboleta de uma estátua.

— Você tá maluca? — murmurou ele, indo até ela. — Por que tá mexendo na estátua?

— Porque ela é bonita — explicou a jovem, sem desviar os olhos da escultura. Erick não discordava; todas aquelas estátuas eram obras singulares, tanto em beleza, quanto em pavor.

— Mel, não sei se você reparou — disse ele, pausadamente —, mas é *bem provável* que a gente morra nesse lugar.

Ela deu de ombros.

— É possível que a gente morra em qualquer lugar, a qualquer momento — explicou ela, gentil. Não havia malícia em sua voz. — A morte não é uma surpresa na vida de ninguém. Desde que alguém nasce nós já sabemos que aquela pessoa vai morrer um dia. Você vai morrer. Eu vou morrer. Não tem como fugir disso.

— Olha, eu não... — respirou fundo. — Tales, você pode vir aqui convencer ela a ficar longe da estátua?

O jovem não ouviu. Lia próximo à chama de uma vela, para conseguir alguma iluminação. Erick aproximou-se dele.

— Não faz sentido... — disse Tales, absorto no livro. Tirou outro da prateleira. — Nenhum deles fala coisa com coisa.

O livro não possuía uma única linha com significado. Tales não sabia se era uma outra língua, um código, ou se aquilo simplesmente não tinha motivo de existir.

Ahsclg zl Ahslz zvbilzzl sly hxblshz wánpuhz tpzalypvzhz, wbklzzl klzjviypy v xbl lzahch hjvualjlukv jvt lslz, v xbl lyh hxblsl sbnhy, l xblt lyh v jbswhkv. Xblt zhil hzzpt lsl zhilyph xbl v hzzhzzpuv lzahch thpz wlyav kv xbl pthnpuhch.

— Não adianta. — Ele abriu outro exemplar, e outro, e outro. — Eu não sei ler nenhum desses livros...

— Eu não acredito que você tá pensando nisso agora — comentou Erick, indignado. — Cara, eu quase morri ali atrás! — Apontou para as estátuas.

— Se não descobrirmos o segredo... — argumentou Tales, sem desviar a atenção do livro — nunca vamos sair daqui. — Levantou os olhos para encarar Erick, com uma expressão que era um misto de curiosidade e pânico. — Você não percebeu que as coisas aqui fazem sentido até demais? — Erick devolveu a afirmação com uma expressão confusa. — Estamos em uma biblioteca que não podemos fazer barulho... é como se a mansão se moldasse de acordo com nossas expectativas... Talvez nossas mentes tenham um papel fundamental na criação desses pesadelos.

Em pensamento, o jovem fazia conexões entre diversos assuntos – algo que acontecia frequentemente com ele –, criando teias de suposições que só faziam sentido para si. Percebia ligações entre coisas que ninguém mais conseguia ver, fluindo de teoria em teoria, sem parar por um instante.

Acreditava que o bater de asas jogava-os dentro de um raio de ação, um espaço delimitado. O que explicava o motivo de, mesmo em um lugar tão amplo, eles sempre serem capazes de acabar se encontrando em algum cômodo. As velas eram uma sinalização, uma boa forma de ressaltar o possível centro do fenômeno – o salão de entrada –, mas também os colocava perpetuamente em um ambiente previsível. Um lugar propício para o assassino atacar.

As únicas três pessoas em quem Tales confiava eram Rebeca – que esteve com ele durante o último bater de asas –, Diego e Yuri – que viram a morte de Luana. Fora isso, todos os outros eram possíveis culpados.

— E as criaturas? — perguntou Erick, arrancando Tales dos próprios pensamentos. — O que acha que elas são? — O jovem pensou nas estátuas e nos pacientes amarrados que Hektor contara que havia encontrado.

— Criações da mansão, acredito... — respondeu Tales, com a cabeça enfiada em um livro. — Projeções que tomaram vida através do medo...

— Então elas não existem?

— Se não eram reais antes, agora são...

— Mas se essas... *coisas* não passam de criações da mansão, elas não são reais. Não de verdade — presumiu Erick, considerando se a teoria de Tales era verdadeira. Ficou frustrado ao pensar que poderia morrer por causa de algo que não existia.

— E *nós* somos reais? — rebateu Tales. O pensamento fervilhando em sua cabeça. — Talvez não passamos de fenômenos que surgiram na mansão, criações de outra pessoa.

Erick olhou para as estátuas, imaginando ser ele mesmo a obra de um artista.

— Ei — chamou Mel, do outro lado de uma prateleira. — Achei uma coisa, venham cá.

A porta não ficava em uma parede, mas no chão. Ao abri-la, depararam-se com um corredor, de ponta cabeça. As leis da física estavam sendo quebradas mais uma vez, o que deixava Tales intrigado e ansioso.

— Essa deve ser a saída — comentou Erick, apreensivo. Não sabia se cair ali seria uma boa ideia.

— Será seguro? — Preocupou-se Tales.

— Eu vou descobrir isso é agora — respondeu Erick, preparando-se para pular. Era melhor arriscar do que ficar ali com as estátuas.

Antes de dar o salto, notou não muito longe dali um livro jogado no chão, que ele não havia tirado do lugar. De dentro das páginas, saía um discreto papel dobrado. Caminhou até o livro.

— O que você tá fazendo? — perguntou Tales, inquieto. — Você não queria sair logo daqui?

— Eu acho que vi algo, esperem aqui — comandou Erick, colocando o livro de volta na prateleira, mas pegando para si o papel que havia dentro dele. Afastou-se um pouco dos dois e leu o conteúdo da folha.

A única coisa pior que um jornalista e um detetive são dois civis desocupados que fariam de tudo para solucionar um mistério.

Mesmo tendo sido neutralizado, o jornalista conseguiu espalhar informações o suficiente para que a polícia começasse a investigar o que ██████ e eu estávamos fazendo. Já não bastassem os Guardiões do Fim em nosso pé, com sua filosofia vazia e moralismo hipócrita.

O problema da seita conosco não era o fato de estarmos sacrificando pessoas inocentes — isso eles também faziam. O problema era nossa ambição. Tentar controlar o tempo e a morte? Isso era sacrilégio. Sua querida morte era sagrada, o fim derradeiro de toda criatura, um destino do qual ninguém deveria escapar.

Eu pensaria normalmente que os dois desocupados que auxiliaram o infeliz detetive faziam parte deles, mas depois de invadirmos a casa de ambos e levá-los conosco para a mansão, percebi que eram apenas pessoas de bom coração. Curiosas. Queriam ajudar. De certa forma, desejavam até um pouco de fama, caso os desaparecimentos fossem solucionados graças a eles; ainda assim, no fundo tinham boas intenções.

Seus gritos ecoaram pelo salão. Não houve prazer nisso. Eu não sinto prazer em matar; não sou nenhum tipo de monstro. Tenho certeza de que ██████ também não é. Fazemos o que precisamos fazer. Nada mais.

O ar mudou quando matamos os dois. Devo admitir que foi agradável. A mansão começou a se mexer.

O nosso querido detetive chegou tarde demais. Nós o ameaçamos, dissemos que iríamos matar a filha pequena dele caso não viesse até a mansão sozinho e que tínhamos homens vigiando a filha para o caso de ele tentar fazer alguma gracinha. Um blefe, porém, funcionou.

Quando ele chegou até a porta de entrada, nós o arrastamos para dentro e, da maneira mais rápida que conseguimos, abrimos sua garganta, vendo o sangue jorrar no tapete já vermelho.

Estávamos ficando melhores naquilo. Seguíamos os passos conforme estudamos, e também através dos vislumbres que a mansão nos dava do caminho a ser seguido.

Deixamos os corpos no chão. Olhei para ██████ ofegante, porém feliz. Nove sacrifícios para a imortalidade não me parecia uma barganha tão ruim, principalmente agora que tínhamos o ritual completo à nossa disposição.

Logo nada mais vai nos parar. Nem mesmo a morte natural.

E o tempo será o próximo a cair.

Astérion

Erick ouviu um barulho e levantou os olhos do papel. Ficou sem ar com a visão do que estava à sua frente. Sentia os pés grudados no chão, a voz presa na garganta. Por um momento, achou que se tratava de mais uma escultura, porém o rosto descoberto demonstrava que não. Aquilo era um homem.

Longos cabelos grisalhos desgrenhados. O rosto cadavérico com vincos profundos debaixo dos olhos era emoldurado por uma barba espessa e desalinhada. O corpo ossudo coberto por uma camisa rasgada com manchas indistintas denotava a escassez pela qual ele estava passando. Possuía um olho verde e outro azul. Erick pensou que algo em sua fisionomia lembrava Saturno na pintura de Goya. O desconhecido o encarava com um desespero obstinado no olhar. Com muito esforço, o jovem murmurou uma palavra. Uma pergunta, e ao mesmo tempo um temor:

— ...Astérion?

A feição do estranho se contorceu em uma máscara de fúria. Sua reação inusitada fez Erick recuar. Sentia uma intenção assassina emanando do homem. Sem perceber, o rapaz tropeçou em um livro que estava jogado no chão e caiu. Como um predador que encontrou o momento perfeito para atacar a sua vítima, o desconhecido pulou em cima de Erick. Antes que o jovem pudesse reagir, o agressor segurou seu pescoço com força surpreendente.

Erick tirou do bolso a faca que carregava consigo para se proteger. Tentou acertar o desconhecido, mas foi lento demais. O homem jogou a faca longe com um tapa, e a lâmina tilintou pelo chão. As estátuas se moveram sutilmente com o som.

Socou o rosto do homem, porém ele parecia não esboçar reação alguma aos seus golpes. Não importava o quanto ele o atingisse, as mãos firmes do estranho em seu pescoço continuavam a apertar.

Percebeu que precisava de uma arma, algo que fizesse seus golpes serem mais potentes. Estendeu o braço para pegar um dos livros na prateleira, mas só conseguia roçar a ponta dos dedos nas capas de couro. Sua pulseira de miçangas arrastava-se ruidosamente pelo assoalho de madeira. O homem grunhiu, enquanto o estrangulava. O som fez um calafrio percorrer o corpo de Erick, que sentia o mundo ficar escuro nas bordas. Pensou em pedir ajuda para Mel e Tales, porém eles não o viam. E mesmo se conseguisse falar, sabia que qualquer som que fizesse resultaria em dezenas de esculturas vindo em sua direção para matá-lo.

Esticou o braço o máximo que podia, conseguindo derrubar um dos livros e puxá-lo com a ponta dos dedos. Agarrou o objeto firmemente e acertou o homem na cabeça. O desconhecido recuou, cambaleante.

O jovem tossiu, segurando a garganta, achando ter se livrado do pior, quando notou o objeto que o homem empunhava.

A faca brilhava contra a luz das velas, nas mãos de quem Erick achava ser o assassino. Ele pulou em cima do garoto, que bateu a cabeça contra o piso. Um flash de dor explodiu na cabeça. Por reflexo, Erick conseguiu impedir o ataque, segurando as mãos do agressor, que tremiam de raiva.

Os cabelos grisalhos roçavam no rosto do rapaz. Saliva quente pingava em sua pele, saindo da boca ensandecida daquele que o atacava. Dois olhos de cores divergentes observavam-no enquanto o homem jogava todo o peso na faca, tentando afundar a lâmina na garganta de Erick. Sentiu a morte muito próxima. A ponta da faca roçando contra sua pele. Não aguentaria por muito tempo. Sem alternativa, o jovem tinha uma única saída.

Ele gritou.

O agressor estava tão imerso tentando matar o rapaz, que não percebeu quando seus algozes chegaram. Dezenas de estátuas arrancaram-no de cima de Erick, com mãos duras e frias.

Erick correu, tentando fazer o mínimo de barulho possível, passando por Tales e Mel, sem dizer nada além de:

— Corram!

E pulou na porta aberta no chão, caindo no corredor. Mel o seguiu logo depois. Tales, por outro lado, foi até onde estava acontecendo o alvoroço e viu o que as esculturas fizeram com o estranho.

Uma miríade de mãos segurando tão firme no corpo do homem, que alguns ossos se quebraram. Gritos ecoaram pela biblioteca, o que só fez com que mais estátuas fossem atraídas até o local. Como se feito de algodão, as estátuas despedaçaram-no por completo, jogando nacos de carne e ossos por todo canto, manchando o mármore branco do vermelho sanguíneo.

A cabeça do homem rolou até os pés de Tales, que chorou enquanto pulava para sua liberdade, caindo pela porta no chão. Chorava não por causa da grande violência da cena, ou por temer pela própria vida.

Tales chorava, pois reconhecia os olhos do homem morto. Eram os mesmos olhos do amigo que achava ter perdido, e que agora se foi para sempre.

Miguel possuía heterocromia.

Capítulo 19

— Mas ele tentou me matar! — berrou Erick, no salão de entrada.

— Eu já disse, *não era* o assassino — retrucou Tales, irritado com a acusação. — Ele era o Miguel!

— E daí? — perguntou Erick. — Aquele velho estranho colocou uma faca na minha garganta!

— Velho? — indagou Lydia, confusa. — Como assim "velho"?

— O cara que me atacou na biblioteca tinha uns cinquenta anos — explicou Erick.

— Isso não é possível — falou Diego, sentado na escada. — Miguel tinha mais ou menos nossa idade quando desapareceu.

— Era ele! — esbravejou Tales. Conhecia Miguel; a amizade dos dois floresceu rápido durante o tempo na mansão; ambos tinham os mesmos interesses, frequentavam os mesmos fóruns, teorizavam juntos. Era surpreendente nunca terem se conhecido.

— Mesmo se fosse — comentou Erick —, por que ele tentaria me atacar?

Tales não tinha uma resposta para isso. Abriu a boca, mas não saiu som algum.

— Como pode ter tanta certeza de que era ele? — A voz de Yuri soou fraca e quebradiça. Recostado em uma pilastra, o pé enfaixado pulsava de dor.

— Os olhos… — respondeu Tales. — O homem que as estátuas mataram tinha heterocromia igual Miguel.

— Mas isso não é o suficiente para dizer com certeza que era ele — retrucou Hektor, de braços cruzados. Estava sombrio, afastado dos outros. Desconfiava de todos. — Sem falar que não tem como ser o Miguel, já que o homem era tão mais velho.

— A não ser que… — Rebeca começou a falar, porém se censurou.

— A não ser que…? — incentivou Lydia, impaciente.

Rebeca respirou fundo.

— A não ser que o tempo aqui não seja igual para todo mundo — afirmou. — Toda vez que nos afastamos do salão de entrada, nossa noção de tempo deixa de fazer sentido. Eu não consegui descobrir com exatidão se ele passa mais rápido ou mais devagar; todos os experimentos que fiz usando o relógio de bolso que encontrei, pareciam dar resultados diferentes. O que sei é que o tempo fica *instável*. Por isso Miguel pode ter envelhecido; talvez estivesse vagando pelos cômodos por *muito mais tempo* do que a gente pode imaginar!

— O que quer dizer que estamos em algum tipo de máquina do tempo. É isso? — perguntou Hektor, incrédulo.

— Não exatamente uma máquina do tempo — corrigiu Rebeca —, mas um tipo de... labirinto do tempo. Aqui deve ser a interseção de todos os *tempos*, de certa forma. Um labirinto que pode te levar para qualquer época que você desejar, se souber como atravessá-lo! — Estava tão animada com sua possível nova descoberta que, por um breve instante, parecia não ligar para o corpo morto de Lua, a uma curta distância dela. — *Dentro desta casa* é como se fosse um lugar além do tempo, e do espaço. Talvez lá fora não tenha passado nem um segundo desde que a gente chegou. Talvez tenham se passado anos, ou quem sabe a gente *voltou* para uma época antes de qualquer um de nós sermos sequestrados!

— Tudo bem, mas... — Hektor ia falar algo, porém foi interrompido.

— Toda vez que ocorre o bater de asas, os cômodos se repetem, criando um tipo de... fractal — disse Rebeca, com olhos brilhantes —, uma anomalia no espaço também! E o salão de entrada é o olho do furacão, o único lugar onde estamos a salvo desses fenômenos. Acho que as velas são para sinalizar isso. Não sei se foram colocadas aqui por pessoas, ou se a própria mansão as criou, mas mostram o caminho até o centro de tudo. *Aqui*, no salão de entrada.

O prazer de uma nova descoberta corria pelas veias de Rebeca como se fosse uma droga. Aquela adrenalina era tudo pelo que vivia, o que mais desejava. A avó havia sido diagnosticada com Alzheimer e ela observou a mulher que a criou – a pessoa que mais admirava – esquecer de si mesma. Desde então, seu maior medo tornou-se não ser capaz de ter essa sensação novamente, de perder a própria cabeça. Não se importava com Miguel e com o possível envelhecimento; isso era irrelevante se ela pudesse manter a mente que tanto prezava.

— Ok, obrigado — respondeu Erick, tentando fazer Rebeca concluir o raciocínio —, mas o que isso significa para nós?

— Isso significa — respondeu Lydia, antes que Rebeca recuperasse o fôlego e continuasse o monólogo — que se aquela pessoa realmente era o Miguel, ele envelheceu aqui dentro. Não adianta esperar que algo aconteça; temos que achar uma maneira de sair daqui, ou ficaremos presos para sempre na mansão.

Amontoados no andar superior, os sobreviventes dormiam. Agrupavam-se próximos uns dos outros para aproveitar o calor corporal; um pequeno conforto no frio constante do salão de entrada. Lydia queria falar com Hektor, tentava acordá-lo para conversar sobre Astérion e a mansão que não fazia sentido. Ele fingia dormir, evitando-a. O jovem, sempre tão centrado, ficou abalado com a forma que deixou seus impulsos tomarem conta de si durante o banho com Lydia e Erick; buscava agora pensar da maneira mais fria possível, e para isso precisava manter-se longe dos dois. "Ainda não sei quem é o culpado", pensava ele, "talvez eles dois estejam envolvidos de alguma forma". Eventualmente, pegaram no sono. Houve silêncio no salão.

Diego, porém, não estava com eles. Sentava-se rodeado por velas na parede oposta ao sofá onde o corpo de Lua repousava. Olhava para ela fixamente, sem piscar por longos períodos de tempo.

— Também não consegue dormir? — perguntou Erick, sentando-se ao lado do jovem. Diego assentiu com a cabeça.

Observaram o cadáver como quem observa uma fogueira ou o nascer do sol. As chamas das velas pintavam o salão com sombras tremeluzentes.

— Me diga, você que roubou a comida, não foi? — Diego sondou. Não estava irritado, somente curioso.

— Sim — respondeu Erick, sem rodeios. O medo de uma discussão parecia ridículo naquele momento.

— Sabia — bufou Diego. — Mas já é tarde demais para me preocupar com isso...

O vermelho da cortina confundia-se com o sangue da garota morta no sofá. A conversa dos dois, ao invés de cortar o silêncio do salão, acentuava-o mais ainda. Um contraponto que evidenciava a grandiosidade do vazio que existia ali.

— Acredito que Miguel a matou — confessou Diego, falando baixo, como se não quisesse acordar Lua. — Uma das últimas coisas que ela falou foi que *alguém* parecia diferente. Se o Miguel estava envelhecido, então...

— Você acha que a gente tá seguro agora que ele morreu? — perguntou Erick. Diego hesitou por um momento e depois fez que não.

Um braço de Lua escapava da cortina, pendendo para baixo, pingando uma poça escarlate no chão. Metade do rosto da garota estava descoberto, com um solitário olho leitoso encarando os dois jovens ainda vivos.

— O que você planeja fazer se conseguirmos sair daqui? — perguntou Diego, com uma expressão distante. Apesar de tudo, não conseguia continuar desconfiando de Erick; ele era familiar demais.

— Eu não sei — respondeu Erick, sorrindo de canto de boca —, provavelmente encher a cara e marcar sessões de terapia para o resto da minha vida. — A piada arrancou um riso tímido de Diego.

— Acho que vou tentar virar investigador — comentou Diego. — Gostaria de ajudar os outros, descobrir quem está por trás do tipo de coisa que a gente está vivendo, evitar que mais pessoas sofram...

— Ah, que ótimo — ironizou Erick —, vai deixar de ser milico pra virar polícia. Muda muita coisa.

— Você lembra meus irmãos caçulas — suspirou Diego. — Sempre com piadinhas o tempo todo. Gostaria de ter esse bom humor. — Em nenhum momento deixou de fitar o cadáver. — Não sei como você consegue.

— Não é bem assim... — murmurou ele. O olho morto de Lua encarava Erick. — Mas se quiser, eu te ensino a ser como eu. Você só precisa fazer piada com tudo, mesmo nos piores momentos; especialmente nos piores momentos. Quando estiver triste, com raiva, com medo... uma hora o mundo começa a parecer menos assustador, as dores a diminuir, o medo a ser menos intenso... — Luana não se movia. — Ou pelo menos é isso o que eu espero que aconteça comigo um dia.

Diego tentava se convencer de que Lua dormia como os outros no andar superior, mas a poça de sangue embaixo do cadáver o impedia de se iludir.

— Ela falava que queria ser professora, sabia? — disse Diego, pensativo. — A família não aprovava porque ela queria ser professora do fundamental, mas a Lua gostava de crianças e odiava a família, então...

A voz do garoto falhou no final da frase.

— Eu não fazia ideia — respondeu Erick, encarando a jovem. — Sendo sincero, ela parecia uma pessoa bem mesquinha e egoísta, para mim. — Voltava aos velhos hábitos, vendo os outros e achando que sabia tudo sobre eles, mesmo depois de mortos.

— Você não a conhecia — retrucou Diego, ríspido. — Não tem o direito de falar assim.

— Ela pode vir reclamar, se isso a tiver ofendido — cuspiu ele. Às vezes era cruel e não sabia bem o motivo; sentia como se machucar as pessoas ao redor fizesse parte de sua natureza.

— Você realmente não se importa com ninguém além de si mesmo, não é? — Diego bufou.

— Isso é mentira. É claro que me importo com os outros.

— Ah, é? — Duvidou Diego. — Então me diga: se durante o próximo bater de asas você encontrasse a saída, simplesmente iria embora?

— E você não?!

— Claro que não. Eu tentaria me lembrar do caminho, voltaria para o salão de entrada e chamaria vocês!

— Isso é burro — respondeu Erick —, a melhor coisa a se fazer nesse caso é sair e chamar por ajuda, o resto a polícia resolve.

— Ah, então *agora* você confia na polícia — debochou Diego. Os olhos faiscavam pela audácia do outro. — Olha, Erick, você pode dizer para si essas desculpas, mas nós dois sabemos que você fugiria porque é um covarde que não se importa com ninguém além de si mesmo.

Erick levantou-se. Não queria passar suas raras horas de tranquilidade ouvindo alguém reclamar sobre como vivia a vida.

— Você tem que começar a enxergar as pessoas como mais do que meros objetos a serem usados e descartados! — Brigou Diego. — Entre se sacrificar para salvar algum de nós e colocar fogo nesse lugar por completo com todo mundo dentro, eu tenho certeza que você escolheria a segunda opção.

— Você está errado — respondeu Erick, sarcástico —, eu escolheria fazer as duas coisas.

Subiu as escadas, virando o rosto para olhar discretamente o corpo de Luana. Sentia raiva dela, mesmo que isso fosse injusto; mas a morte da garota deu um tom muito mais sombrio para a situação já perigosa em que se encontravam. Aquilo havia ficado real demais.

Tentou não admitir que parecia que os olhos julgadores do cadáver o seguiam até o segundo andar.

Capítulo 20

Hektor não falou com ninguém até o bater de asas começar. O relógio badalou meia-noite. Ouviu os aplausos, como se uma plateia ansiasse pelo próximo ato.

A visão turvou, e ele se deixou levar.

Acordou com o rosto em um piso frio de ardósia. Ergueu-se, cambaleante, apoiando-se em algo. Era macio, gelado e arenoso. Terra.

Acordara em uma estufa, com centenas de plantas por todo lugar: lírios, rosas, cactos, violetas, samambaias. Iam até onde os olhos podiam ver, como em uma densa floresta. O teto é abobadado e de vidro. Do outro lado, era possível ver uma réplica da estufa, de cabeça para baixo – não um espelho, mas um outro ambiente completamente único –, como se Hektor estivesse preso na boca de uma enorme criatura verde; a própria mãe terra o engolindo.

A quase completa escuridão só era cortada por pequenas velas dispostas no chão de maneira espaçada e pela solitária chama de um castiçal que bruxuleava perto. Tomou-o em suas mãos trêmulas, evitando que o fogo encostasse nas plantas e em seus longos cabelos. Ao contrário do resto da mansão, o lugar era abafado, quente e úmido. O cheiro de poeira e mofo substituído pelo odor característico de terra molhada.

Andou pelos caminhos sinuosos da estufa, um labirinto verde, procurando pela saída. Não importava o quanto se deslocasse, nunca chegava perto das extremidades. Virava à esquerda e à direita sem ir a lugar algum. Em dado momento, decidiu traçar uma linha reta, acreditando que eventualmente chegaria até o limite dela, mas a parede ficava cada vez mais distante.

Notou o som de passos se aproximando. Deixou o castiçal no chão e empunhou a pequena faca que carregava no bolso. Uma luz deslizava, aparecendo e desaparecendo entre as folhas. Alguém segurava uma vela.

Agachou-se contra as plantas, caminhando lentamente para não fazer barulho, como um caçador à espreita. Não seria pego desprevenido por quem quer que fosse.

Passos se aproximando. Alguém virava a curva. Hektor saltou do esconderijo, colocando a lâmina contra o pescoço da pessoa.

— Que isso, Hektor? — disse Erick, malicioso, com a faca encostando na garganta. — Não sabia que você gostava de usar facas pra deixar as coisas mais interessantes, mas não tem problema, eu topo tudo.

— Porra, Erick, piada até agora? Eu quase te matei! — respondeu Hektor, irritado.

— Tem certeza? — retrucou o rapaz, que, em um movimento rápido afastou-se da lâmina e chutou a perna de Hektor, tirando dele o ponto de apoio e fazendo-o cair no chão.

Erick riu e estendeu a mão para o outro se levantar. Hektor não aceitou a ajuda, erguendo-se ele mesmo. Não guardou a faca, observando Erick, desconfiado.

— O que planeja fazer com isso, aí? — perguntou Erick. Metade do rosto iluminado pela luz do castiçal, metade mergulhado nas sombras.

Insetos zumbiam ao redor deles. Pela escuridão, era difícil distinguir quais eram as espécies e tamanhos. A existência de outras formas de vida na mansão era novidade para os jovens, mas eles concentravam suas atenções um no outro.

— Me proteger — respondeu Hektor, seco. Erick deu um passo à frente, Hektor recuou.

— E por que parece que você está com medo de mim? — Sua voz se arrastava por entre as plantas, como um grande predador.

— Quem me garante que você não é o assassino? — indagou Hektor, segurando firme a faca. A mandíbula tensionada com o estresse. — Quem garante que você não vai atacar assim que eu te der as costas?

— Hektor, por favor — Erick revirou os olhos. — Você já me deu muito mais que suas costas, sejamos razoáveis.

A resposta pegou o jovem desprevenido. Ficou boquiaberto, em silêncio, até que uma risada saiu de sua boca, logo tornando-se uma gargalhada.

O som atraiu companhia indesejada.

Um rugido grave. Hektor olhou para o lado e viu um movimento ao longe. Um animal. Os olhos flamejantes na escuridão lembraram Hektor de dois faróis de caminhão, no meio da estrada à noite.

A criatura começou a correr, cobrindo espaço em uma velocidade assustadora. Hektor não soube como reagir. Erick assoprou a vela do próprio castiçal, deixou-o cair, e arrastou Hektor para o meio das plantas, jogando-se junto à terra.

O animal diminuiu o passo, andando lentamente por onde eles estavam, sem notá-los entre as folhas. O zumbido dos insetos ficou mais intenso. Sentiam o corpo pinicar, como se múltiplas e diminutas criaturas se arrastassem sobre a pele.

Queriam se coçar, mas tinham medo de que o movimento denunciasse suas localizações. Erick tapou a boca de Hektor, que respirava com dificuldade, e depois cobriu a própria boca ao perceber que fazia o mesmo.

A criatura tinha a forma de um quadrúpede semelhante a um tigre. O corpo era feito completamente por galhos e raízes que se contorciam e enrolavam. A bocarra aberta era pura escuridão, com exceção dos afiados galhos – presas. No rosto, dois olhos como escaravelhos brilhantes iluminavam o chão à frente. Procurava os jovens que se escondiam em algum lugar perto dali. Não sentia fome, porém seu desejo de matar era a única coisa que a guiava.

Os dois rapazes não mexeram um único músculo enquanto viam o animal-planta afastar-se. Esperaram por longos minutos, mesmo depois da criatura desaparecer à distância, com medo de que ela voltasse. Quando tempo suficiente tinha se passado, arrastaram-se para fora do esconderijo.

Andavam agachados, sussurrando para fazer o mínimo de barulho possível. Agora, além de descobrir como sair da estufa, também precisavam lidar com o monstro verde.

Tentaram virar em uma única direção pelo caminho, mas acabaram andando em círculos. Depois, atravessaram as plantas em uma linha reta; porém, como sempre, as paredes não se aproximavam. Foi só quando decidiram andar – não em direção aos extremos da estufa, e sim até o centro – que viram algum resultado. Não sabiam se funcionaria, entretanto, saíram da estagnação. O que parecia ser o núcleo da estufa aproximava-se.

Uma memória cruzou a mente de Erick. Lembrou-se de quando saíra com Lydia para fazer uma trilha em uma floresta próxima da cidade. Os insetos também os atormentavam naquele dia, mas eram bem menos assustadores. Ao fim da trilha havia uma cachoeira, a recompensa pelo esforço árduo dos dois. Pensou nas águas refrescantes, no clima ensolarado, nas risadas que eles faziam ecoar pela floresta. Queria voltar ali com ela novamente. Quem sabe trazer Hektor junto.

O progresso através da estufa era dolorosamente lento, e tinham que se esconder de tempos em tempos, quando notavam a presença da criatura por perto. Ela era anunciada quando o sussurro dos insetos ficava intenso, como se eles estivessem orbitando a criatura peçonhenta.

Saíram do esconderijo pela quinta vez, quando perceberam que o animal-planta estava longe. Erick se espreguiçou e disse, displicente:

— É por isso que sempre preferi cachorros.

— Tudo tem hora, Erick — repreendeu Hektor, voltando a caminhar. — Nós estamos correndo perigo, não é momento para piadinhas.

— A gente tá correndo perigo sempre — retrucou ele. — Com essa sua cara de *bad boy* e tatuagem de cobra no pescoço ninguém diz que é assim tão certinho.

— Não é "ser certinho", é "ter senso de autopreservação" — corrigiu Hektor, e concluiu, melancólico: — E não é como se eu pudesse escolher não ter feito a tatuagem. Ela tá ali para cobrir a cicatriz do...

Um silêncio familiar para Erick.

— Não precisa falar, se não quiser — disse, prontamente. Erick conhecia Lydia, que também possuía uma história difícil de ser contada. Até ele sabia respeitar alguns limites, por mais arbitrários que fossem.

Hektor respirou fundo, então pensou: "Talvez eu morra aqui mesmo, não tem motivo para esconder".

— Foi um acidente de carro — explicou. — Viajava com meus pais à noite; não lembro para onde íamos, eu era muito pequeno. Um caminhoneiro deve ter dormido ao volante, ou talvez meu pai que dormiu. Não importa agora, não é? O resultado foi o mesmo. Meus pais morreram de imediato, eu fiquei gravemente ferido, mas vivo.

— Então você é órfão? Que merda...

— Não exatamente. O cirurgião que salvou minha vida me adotou. Eu fui muito sortudo.

— Desculpa, cara, mas perder a família toda em um acidente de carro não é bem o que eu chamo de sorte — Erick falou, colocando a mão na frente de Hektor para sinalizar que ele parasse de se mexer por um momento. Achou que tinha ouvido algo. Depois de perceber que a criatura não se aproximava, continuou: — Mas deve ter sido bom crescer com um médico.

— Não — respondeu Hektor, seca e prontamente. — Meu pai adotivo é um ótimo cirurgião, mas... — Deu uma pausa antes de falar a próxima parte — ele vive cercado de morte.

Erick não compreendeu o que aquilo significava, então Hektor prosseguiu:

— A morte de alguém é muito mais pesada do que a vida. Você sente quando há uma fatalidade. E mesmo que meu pai adotivo tente esconder, você consegue ver nos olhos da pessoa que ela presenciou a morte de perto várias vezes. Mesmo sorrindo, mesmo fazendo piadas, mesmo conversando sobre trivialidades.

E, encarando Erick profundamente, sussurrou:

— Igualzinho você e eu agora, tentando nos esquecer do cadáver da Lua.

Chegaram ao centro da estufa. Uma clareira com o chão de pedriscos brancos. Velas rodeando o círculo, e, bem no meio, uma porta de madeira que parecia dar para lugar nenhum. Os dois sabiam, porém, que aquela era a saída.

Erick ia erguer-se para avançar até a porta, em busca de liberdade, quando Hektor o segurou e fez sinal de silêncio com a mão. Depois apontou para algo que se movimentava entre as folhas, não muito longe dali.

Ele escutou seus arautos antes de vê-la. O zunido constante de insetos que infestavam o ar do local. O mundo ao redor parecia tomar um tom mais hostil com aquele som, como se a estufa estivesse tentando engoli-los.

A criatura-planta aproximou-se da porta, rondando a única saída que eles possuíam.

Capítulo 21

Yuri não conseguia andar. Soluçava silenciosamente no chão de madeira, lágrimas quentes escorrendo pelo rosto, misturando-se ao suor gélido. Tentou mancar, arrastar-se, apoiar-se nos móveis, mas a dor dilacerava o corpo e mente.

Sabia que era questão de tempo até morrer, se não juntasse forças para levantar e procurar o salão de entrada. Estava fraco e cansado. A mansão o sufocava, como se estivesse sendo enterrado vivo.

Alguém se aproximava.

O mundo pareceu se fechar ao redor dele, querendo engoli-lo. Pensou que aqueles poderiam ser seus últimos momentos.

— Yuri? — Quase um suspiro. Uma voz familiar. — O que tá fazendo aí no chão?

Rebeca carregava um candelabro com duas velas que iluminavam o vestido amarelo e os cabelos claros. O alívio percorreu o espírito do rapaz, mas foi um conforto breve, que logo ficou soterrado embaixo do agudo sofrimento que sua ferida lhe proporcionava.

— Não consigo andar sozinho — confessou ele. Até o ato de falar era difícil. — Você tem como dar uma força?

Ela fez que sim, e ajudou o garoto a se erguer, colocando o braço dele em volta do ombro. Yuri grunhiu, abafando um grito que crescia dentro da garganta. Cada vez que fechava os olhos para tentar se concentrar em algo além do próprio sofrimento, a imagem de Lua se esgueirava em sua mente. Os olhos frenéticos, agonizantes, um corte profundo na garganta, que se abria derramando sangue imparável. Tentou não pensar em como aquele poderia ser seu destino.

Os dois caminharam por cômodos repetidos e corredores sem fim. O tecido que enfaixava o pé de Yuri se desprendeu, mostrando a ferida. O jovem não quis colocá-lo de volta, apesar dos pedidos de Rebeca; ele dizia estar bem. A garota sabia que isso não era verdade. A ferida parecia infeccionada. Precisava de um médico, e logo. Yuri não duraria muito tempo se continuasse assim.

Vasculharam o caminho correto, procurando o lugar com maior número de velas. Ao abrir uma porta, depararam-se com um cômodo estreito. Não era iluminado, ficando na penumbra lançada pelo lado de fora. Era um corredor que, ao final, tinha uma cadeira, mesa, e algumas latas de sardinha.

— Perfeito — comentou Rebeca, aliviada —, aqui você vai ter um pouco de comida e um lugar para sentar.

— Não quero. Prefiro continuar andando, achar logo o salão de entrada.

— Você não está bem — argumentou ela, preocupação evidente em sua voz. — Quando foi a última vez que comeu? Por favor, você precisa fazer isso...

Ele aceitou a contragosto. A dor mascarava a fome, mas estava voraz. Tropeçaram pelo longo corredor até a cadeira, onde Yuri sentou-se, aliviado. Rebeca abriu uma lata de sardinha com a faca que carregava e entregou-a para ele, que devorou seu conteúdo. A garota sabia que normalmente era necessário levá-las até o salão de entrada para dividir com os outros, porém acreditava que o jovem morreria se não comesse algo.

Dividiram uma simples refeição, em silêncio. A dor pungente no pé de Yuri o arrancava qualquer prazer que poderia ter de tal ato. Quando terminou, pediu para Rebeca ajudá-lo a levantar da cadeira e sair do cômodo.

Enquanto caminhavam pelo longo corredor, um pensamento constante assombrava a mente do jovem:

— Esse lugar está diminuindo? — A voz soava preocupada. Sentia as paredes sólidas se debruçarem sobre eles.

— Não, claro que não — confortou Rebeca, olhando para as paredes. — Está do mesmo tamanho.

Yuri suava frio.

— Não, não, não, esse lugar está diminuindo sim! — gritou. A dor no pé desapareceu, dando lugar ao pavor disforme que o acompanhava desde criança.

O jovem ficou agitado, dificultando que Rebeca o carregasse. A garota pensou em reclamar, mas antes que pudesse fazer isso, percebeu algo.

De maneira gradual, a cada passo que davam, o cômodo diminuía. As paredes se aproximavam, o teto abaixava, e o chão se erguia.

Aumentaram o ritmo da caminhada. Pontadas de sofrimento afiado acertavam o pé de Yuri e percorriam todo o corpo do rapaz. Os gemidos dele eram como cânticos que suplicavam por misericórdia. O corpo amolecido pesava em cima de Rebeca, que precisava fazer esforço redobrado para atravessarem o corredor.

O ambiente se fechava ao redor deles, forçando-os um contra o outro. A parede áspera arranhava a pele de Rebeca, que se esforçava para não diminuir o passo. A saída estava há poucos metros, era preciso aguentar só um pouco mais. Porém a mansão não deixaria isso acontecer. As paredes se apertavam contra eles, e o teto descia sobre suas cabeças. Rebeca aguentou o máximo que foi capaz, contando uma mentira em sua mente, dizendo que os dois conseguiriam sair dali com vida.

Mas a realidade se abateu sobre ela. O medo a consumiu.

Primeiro foi de maneira incerta: levantou o braço do rapaz, e deixou-se envolver por ele novamente. Ele a encarou com pavor, entendendo de imediato o que ela fazia. Depois, Rebeca se desvencilhou por completo de Yuri, que despencou no chão com um grito atormentado.

Ela escapou por pouco, pulando para fora do corredor. Arfava, o corpo trêmulo. Foi só quando ouviu os gritos do rapaz que percebeu o que havia feito.

— Não! — suplicou Yuri, com o rosto contorcido em pavor. — Rebeca, não me deixa aqui! Por favor, me salva! — Balbuciava as palavras, com dor e desespero. Estava sozinho. Não queria morrer assim.

A garota tentou desviar o rosto, mas não conseguiu. Assistiu toda a cena com olhos arregalados. As extremidades de Yuri agora eram apertadas pelo cômodo. A culpa também comprimia Rebeca, que sentia o coração explodir no peito, lágrimas involuntárias vertendo dos olhos aliviados por estar segura.

O cômodo que seria seu caixão se fechou impiedoso em volta do rapaz agonizante. A pressão colossal de uma montanha o esmagava por todos os lados. Ossos triturados junto de carne e músculos. Gritos ecoaram, sangrentos, escapando da garganta do jovem. O lamento de Yuri durou alguns segundos, enquanto seu caixão se fechava sobre ele. Todo o espaço do local reduzido a proporções diminutas.

O choro cessou de súbito. O cômodo virou um pequeno cubo. E, no fundo, algo asqueroso. Massa atroz, carne e sangue. Distorcido e irreconhecível.

Aquilo que um dia foi Yuri.

Capítulo 22

Erick congelou vendo o bicho-planta rondar a porta. A criatura procurava-os, focada no único objetivo de matá-los.

Não se tratava de um predador comum, não buscava se alimentar. O ato de tirar uma vida era todo o sustento que conhecia e precisava.

— O que a gente faz? — murmurou Erick o mais baixo que conseguiu, no pé do ouvido de Hektor.

— A gente espera ela se afastar — respondeu Hektor, quase encostando os lábios no rosto do outro jovem —, corremos até a porta e torcemos para ela estar aberta.

Um plano simples, se não fosse pela insistência do monstro em se posicionar justamente próximo àquela saída. Os garotos aguardaram angustiados, o calor da estufa e a picada dos insetos incomodando seus corpos suados. Depois do que pareceram dias, a criatura se afastou o suficiente, saindo de vista, para que decidissem dar continuidade ao planejado.

Ambos esgueiraram-se para fora do esconderijo, pisando com cuidado nas pedras brancas, para fazer o mínimo de barulho possível. Metade do caminho havia sido atravessado, quando Erick avistou, não muito longe, entre arbustos, uma folha de papel com algo datilografado nela.

Desviou do curso.

— O que você tá fazendo?! — murmurou Hektor, confuso. — Volta aqui!

— Vai na frente — comandou Erick, obstinado a pegar o que achava ser mais uma página do diário de Astérion. Acreditava que se desvendasse o quebra-cabeças que aquelas folhas traziam, poderia fugir da mansão.

Erick entrou nos arbustos e pegou a página. Hektor hesitou, dividido entre juntar-se ao jovem ou continuar esgueirando-se até a porta. Optou pela segunda opção.

Estava tão perto da saída que quase sentia o metal gelado da maçaneta nas mãos, quando notou um farfalhar entre as folhas. A criatura havia retornado.

Hektor jogou-se nas plantas outra vez, torcendo para que o animal não o tivesse visto. Olhos flamejantes dispararam na direção do rapaz. Mesmo não sendo visto, o barulho de sua corrida o denunciara. O monstro aproximava-se lentamente, como um grande felino que avistou sua presa, saboreando cada passo.

Erick viu tudo acontecer, agachado em seu próprio esconderijo, segurando a respiração. O animal-planta ia certeiro até Hektor. Se corresse, o monstro o alcançaria; se ficasse, seria descoberto. Se Erick chamasse sua atenção, dando algum tempo dos dois correrem até a porta, com sorte, ambos sobreviveriam.

Ou Erick poderia esperar Hektor ser devorado e então correr até a saída.

O rosto do tigre se aproximou do arbusto em que Hektor se escondia, como se já soubesse onde ele estava, porém quisesse amedrontá-lo até o último segundo de vida. O jovem segurava com força uma pequena faca, decidido que, caso fosse morrer, morreria lutando.

Os dois escaravelhos flamejantes no rosto da criatura apontavam em direção a Hektor. O ser abriu a bocarra, mostrando fileiras de estacas de madeira afiadas. O hálito tinha cheiro de enxofre.

Hektor ergueu a faca e...

— Corre! — gritou Erick, emergindo do esconderijo, disparando em direção à porta. Dizia para si mesmo que não estava salvando o amigo, mas sim fazendo com que o monstro tivesse que perseguir duas pessoas ao invés de uma, e isso poderia ser uma vantagem.

A criatura virou-se e disparou até ele. Sem pensar duas vezes, Hektor saiu do arbusto e também avançou até a saída. Ele chegou primeiro que Erick, abriu a passagem e entrou, segurando a porta para o amigo fugir.

Erick jogou-se para dentro do novo cômodo, e Hektor fechou-a atrás deles, porém o tigre foi mais rápido, colocando uma pata para dentro. Garras mortais golpeavam o ar em busca de carne.

Hektor segurava a porta com esforço, empurrando-a para tentar fechar. Erick sacou a faca que carregava consigo e apunhalou a pata do monstro diversas vezes, mesmo não parecendo fazer efeito. Após dezenas de golpes, a criatura desistiu, recolhendo-se e Hektor conseguiu fechar a passagem.

Ambos em choque, respiravam pesadamente, ainda com a sensação de que precisavam correr para salvar suas vidas. Não tinham percebido até ali o quão perto estavam do salão de entrada.

Um corredor iluminado por centenas de velas, uma porta dupla no final, com um leão esculpido na madeira. A mesma do salão de entrada. Erick andou em direção a ela. Hektor o impediu.

— Tem algo que precisamos fazer — disse ele. — Se continuarmos sempre indo em direção ao salão, nunca vamos sair daqui.

Erick ficou em silêncio. Em outras circunstâncias, discordaria da ideia, especialmente depois de quase morrer, mas não ali. Segurava nas mãos suadas uma página do diário de Astérion. Também queria descobrir a verdade, e sentia que estavam ficando sem tempo. Olhou para Hektor e assentiu com a cabeça.

Enquanto se afastavam da luz, com um solitário castiçal para iluminar o caminho escuro, Erick leu em voz alta a página que encontrou:

Fotografias podem capturar o momento de algo: um dia no parque com a família, um evento inesquecível que você compareceu, o sorriso inusitado de alguém sério.

Mas quadros capturam a alma.

Veja bem, toda pintura é um autorretrato. O artista se coloca naquilo que ele representa, não importa o que seja. Ele se delata em cada pincelada, em cada curva, em cada cor, forma e textura.

Uma fotografia pode registrar o momento, mas somente a pintura eterniza a alma.

Venho me debruçando mais e mais nessa arte. Um passatempo agradável para aproveitar as horas infinitas que posso ter nestes cômodos intermináveis.

E depois de tantos autorretratos com os quais cobri as paredes dessa mansão, venho percebendo coisas interessantes.

No começo, eu fazia obras baseadas em meu passado, as coisas que vi, vivi, ou imaginei. Porém, com o tempo, elas vêm tomando vida própria. Não sei mais por que pinto isso ou aquilo, minha mão simplesmente se movimenta sobre a tela em branco, em um estupor febril, até que eu finalize meu projeto. Uma visão vívida e dolorosa na mente, queimando minhas retinas até que eu a traga à vida com a tinta.

Estou começando a pintar o que a mansão está me mostrando.

Pedaços do futuro, do passado, de coisas que poderiam acontecer e daquelas que jamais irão. Pessoas que conheço, e outras que não conheço, mas que são familiares.

Quando estou aqui é como se o livro do mundo se abrisse para mim e eu pudesse ler cada linha na ordem que quisesse; todos os seus segredos antes tão ocultos agora à minha disposição.

Minhas pinturas estão tomando vida própria, e com isso venho concatenando um plano há um tempo. Um plano para consertar tudo. Agora que sei o que está por vir, poderei escrever minha história dessa vez.

Mais sangue deverá ser derramado, sim, mas é um preço pequeno a se pagar.

Afinal de contas, não há tinta melhor para se pintar o futuro.

Astérion

Os caminhos na escuridão eram tortuosos. Hektor e Erick andavam por ambientes que pareciam absurdos demais para que alguém morasse neles; alguns eram demasiadamente grandes, outros muito diminutos. Em certo momento, perceberam que os cômodos se repetiam sem parar, com pequenas diferenças. Em certo momento, perceberam que os cômodos se repetiam sem parar, com minúsculas diferenças. Em certo momento, perceberam que os cômodos se repetiam sem parar, com quase imperceptíveis diferenças.

Hektor começava a pensar em voltar para o salão de entrada, quando chegaram a um lugar diferente dos outros. Ou talvez familiar demais.

Semelhante ao salão de entrada, mas engolido pela escuridão. O tapete carcomido, rasgado e mais empoeirado que nunca, o chão lascado, sujo, com poças d'água salpicadas pelo ambiente.

O quadro no topo da escada era outro.

— Ah, merda — falou Erick, encarando a pintura.

— O que foi?

— Eu já vi esse quadro antes…

Hektor o fitou, apreensivo. Erick tomou fôlego, e então se explicou:

— Eu sonho com ele quase todas as noites.

Capítulo 23

Estava tudo lá. As nove borboletas brancas mortas, o lago de sangue, a borboleta preta sobrevoando a cena. Tudo como Erick se lembrava tão vividamente de seus sonhos. Sentiu o ar ficar mais denso, cada golfada congelante inundando os pulmões. Suor frio brotava de sua tez empalidecida. Um pesadelo trazido à vida diante de seus olhos com tinta e tela. Quis correr, mas os pés pareciam grudados no chão.

— O que você quer dizer com isso? — indagou Hektor, sério. Ouviu um ruído ao longe, não sabia se era a madeira estalando, ou algum perigo desconhecido.

— É um sonho que tenho recorrentemente — Erick explicou, com a voz baixa, reflexiva. Desviou o olhar do quadro e apertou os olhos, tentando esquecer da imagem que já havia sido queimada em suas retinas. — Essa cena, essa exata cena com as borboletas.

— Você tem certeza disso? — questionou, incisivo. O rosto delineado pela fraca luz da vela era marcado por firmes sombras, deixando sua expressão indecifrável. — Não tem como ser alguma coisa similar, algo que só se *parece* com o sonho que você teve? A mansão deve estar mexendo com a sua cabeça.

Erick fez que não.

— Eu tenho certeza. Essa é exatamente a mesma coisa que tenho sonhado todas as noites — disse, convicto. Hektor fechou os olhos, suspirou fundo, e colocou uma das mãos na cintura, esgotado. — Por que eu sonho com isso? Por que Pierre pintaria esse quadro? Será que ele sonhava com a mesma coisa? Não faz sentido…

— Eu… — Hektor hesitou ao falar. Erick seria o assassino ou era tão burro a ponto de dizer uma coisa suspeita dessas? E se fosse o assassino, isso só faria ele parecer mais culpado, não tinha motivo para fazer aquilo. Ou talvez essa linha de raciocínio fosse exatamente o que esperava que Hektor tivesse. Sua cabeça doía.

Hektor estalou a língua e decidiu que, se Erick fosse o culpado, entraria no jogo dele, pelo menos por hora. Contaria o que sabia.

— Eu também conheço esse quadro — Hektor respirou fundo. — Pierre Navalier é um esotérico famoso…

— O quê?! Como é que você sabe disso? — inquiriu, sentindo-se traído. — Por que nunca contou pra gente?!

— Eu… olha, Erick, o Tales não é o único aqui que tinha acesso à internet. — Hektor explicou, impaciente. — Não é como se fosse um segredo obscuro; ele é famoso. Tem lendas de que Pierre deixou pra trás uma receita para virar imortal.

— Você ainda não respondeu por que não contou isso pra ninguém — alfinetou, Erick.

— Eu tô contando agora, ok? — respondeu Hektor, frustrado. — Esse quadro aí é quase idêntico a um que tenho em casa.

— Aaah, pronto. Você acabou de virar a pessoa mais suspeita daqui – Erick acusou, batendo palmas sarcásticas.

— Mais suspeito do que você que sonhou com o quadro perdido que dizem conter a chave para controlar a vida e o tempo? — defendeu-se Hektor.

— Olha aqui, pode não parecer, mas eu sou universitário — retrucou Erick. — Faço Belas Artes, posso ter visto algo sobre esse quadro um dia e ele ficou na minha cabeça.

— Como sei se isso é verdade? Eu não te conheço, Erick.

— E nem eu a você.

Os dois ficaram em um impasse. A confiança cultivada até ali começou a ruir. Longas e profundas rachaduras na parede adornavam o salão vazio. A borboleta no quadro parecia se mover com o bruxuleio das velas.

— Existem dois quadros. — Hektor quebrou o silêncio, desviando os olhos de Erick e encarando o lago de sangue pintado de forma grosseira na tela. Resolveu compartilhar o que sabia, como uma oferta de trégua. Afinal, não havia mais motivos para manter o segredo, fosse Erick suspeito ou não. — Dizem que se você possuir os dois, consegue desvendar o código de Pierre… ele não conseguiu ficar imortal, mas supostamente teria descoberto a receita.

— Ah, então ele descobriu a receita para imortalidade e morreu — Erick ironizou. — Por que não usou em si? — Hektor deu de ombros, sem encará-lo.

— Não sei, nunca decifrei o segredo. É dito que para isso você precisa dos dois quadros. Um deles está na minha casa, comprei em um leilão online. O outro… — A borboleta preta pairava altiva na pintura — está aqui, bem na nossa frente.

Poças turvas e escuras espalhavam-se pelo chão, como espelhos negros que refletiam os dois rapazes parados no cômodo silencioso. Erick andava de um lado para o outro, ponderando as informações, evitando pisar na água suja. O ambiente úmido e empoeirado irritava as narinas a cada respiração.

— O quadro que tenho é diferente — Hektor continuou. — Está de noite nessa pintura, mas parece ser dia quando olhamos a imagem refletida no lago. No exemplar que está em minha casa, é o contrário; e o reflexo mostra a noite. Como se as obras fossem o oposto uma da outra. Na minha, são nove borboletas brancas flutuando em um lago de sangue, em um dia ensolarado. Não há nenhuma borboleta preta na imagem, a não ser no reflexo na água. — A obra de Pierre era cativante de uma maneira doentia. Como se o autor sangrasse a alma em cada pincelada crua sobre a tela.

Tinha algo profundamente errado com aquele quadro, e Hektor sabia disso. Lembrou-se de noites insones, quando ia até a biblioteca de casa e encarava a pintura irmã por horas. Parecia um portal para uma dimensão de mistérios e horrores intermináveis.

Erick sentia o efeito hipnotizante do quadro, focando os olhos no vermelho vivo do lago de sangue, que contrastava com a brancura espectral das borboletas mortas. Sentia a alma ser sugada pela escuridão absoluta da borboleta preta, que sobrevoava a cena macabra. Estava prestes a comentar algo com Hektor, quando, distraído, pisou em uma poça d'água. Olhou para baixo e encontrou algo curioso.

Um objeto submerso no líquido escuro, que ele tirou de lá com cautela, sujando as pontas dos dedos com a água fétida. O documento plastificado ainda preservava as informações impressas, mesmo molhado.

— Você vai querer ver isso — declarou, tirando Hektor de sua introspecção. Ele aproximou-se e analisou o conteúdo do objeto retangular, nas mãos do garoto.

Era a identidade de Mel. Tinha o rosto dela, o cabelo dela, os olhos dela. Porém, havia algo diferente. Não tinha o nome que conheciam. Melissa não era seu nome real.

Seu nome real era Agatha.

CAPÍTULO 24

Rebeca entrou correndo no salão, em prantos. A maioria já estava lá dentro. Apesar de perguntarem para ela o que aconteceu, o sangue respingado no vestido amarelo já dizia tudo o que precisavam saber. Só restava descobrir quem havia morrido. Quando Hektor e Erick chegaram, só faltava uma pessoa: Yuri.

Sabiam que ele não voltaria.

Lydia fitou os dois jovens e teve o impulso de abraçá-los, aliviada por estarem vivos, mas conteve-se.

Rebeca soluçava, sentada na escada abraçando os joelhos. Culpava-se pela morte de Yuri. Ainda ouvia os gritos do jovem pedindo por ajuda. Implorando para que ela não o deixasse sozinho. Se fechasse os olhos, conseguiria ver o corpo esmagado do rapaz: ossos explodindo para fora da carne, órgãos espalhados pelo chão, o rosto irreconhecível, aberto como a casca de um ovo, um dos olhos saltando para fora da órbita.

Em silêncio, formaram uma meia-lua ao redor da garota. Diego e Tales tentavam confortá-la. Medo e angústia estampados no rosto de todos – exceto uma pessoa.

— Não fiquem tristes. — A voz de Mel sempre suave. — A morte é uma parte natural da vida, não temos o que temer…

Uma raiva incandescente ferveu o sangue de Hektor.

— É você, não é?! — esbravejou ele, marchando ameaçador em direção a ela. — É você a culpada disso tudo! Confessa!

O rosto da garota não se alterou, continuando com a serenidade de sempre. Olhos grandes e vazios encarando Hektor, distantes, como se vissem algo muito ao longe. Ela nada disse, mas Diego se levantou de súbito e interveio:

— Que porra é essa, Hektor? — perguntou, exaltado, afastando o rapaz de perto de Melissa. — Ficou maluco?!

— Fala pra eles, Mel — Hektor exigiu, sem ligar para Diego. — Diz quem você é de verdade.

— Do que ele tá falando, Melissa? — perguntou Lydia, apreensiva, cruzando os braços.

— Eu não... — Mel ia falar algo, quando Erick a interrompeu.

— Não adianta — declarou ele, sério. — Eu e Hektor, nós achamos isso aqui enquanto explorávamos a mansão. — Tirou do bolso o papel plastificado.

— Tá... e o que seria isso? — perguntou Tales, com os olhos vermelhos de tanto chorar.

— A identidade de Melissa — respondeu Erick, segurando a agitação que borbulhava em seu estômago. — Ou melhor: Agatha.

Jogou o documento no chão. Tales o pegou e verificou o que estava escrito.

— Você mentiu para nós — falou Hektor, enquanto os outros analisavam o documento, com expressões confusas. — Você *não é* quem diz ser. Quem é você de verdade?

— Eu sou Melissa — falou ela, com o mesmo sorriso agradável de sempre.

— *Chega!* — Rebeca vociferou e apontou para Melissa a faca que carregava consigo. Ainda abalada com a morte de Yuri, procurava alguém para culpar além de si mesma. — Responde agora: foi você que colocou a gente aqui?

Primeiro parecia que Mel estava levando a sério o que estava sendo dito. Todos apreensivos, a tensão sufocando o ar. Ela, de olhos vidrados em Rebeca, com a expressão neutra, até que desabrochou um sorriso em seus lábios e começou a rir melodicamente. Escondeu de forma parcial a boca com os dedos, envergonhada, fazendo um gesto para que esperassem ela acabar de rir. Sua gargalhada ecoava, dando a impressão de vir de diversas direções. A reação inusitada pegou-os de surpresa; ninguém soube como reagir.

— Qual é a graça? — perguntou Tales, horrorizado. — Yuri tá morto, Mel. O Miguel e a Lua também... Foi você quem nos trouxe até aqui para morrer?

— Desculpa, gente — disse ela, ainda rindo. Olhos lacrimejando. — É que a cara de vocês tá muito engraçada.

Esperaram em silêncio até que respondesse.

— É, tudo bem — disse a garota, olhando para baixo e jogando as mãos para cima, na altura do rosto —, vocês me pegaram. — E os fitou novamente. — Meu nome não foi sempre Melissa. Eu mudei depois que entrei para minha... "comunidade filosófica e espiritual para engrandecimento da sociedade e do indivíduo".

— E o que é essa "comunidade", Melissa? — perguntou Lydia, esfregando a cicatriz que havia por baixo da tatuagem de serpente, como sempre fazia quando estava estressada.

— Ela é...

— Ela é uma seita, não é? — perguntou Tales. Estava mais pálido do que de costume. — São fanáticos religiosos, não são? Forçaram você a mudar de nome para te afastar da sua família, sumir com você do mapa, e depois nos colocaram aqui para um ritual bizarro.

— Esse termo é muito pejorativo, que horror! — falou Melissa, ultrajada. Nunca gostou quando chamavam a comunidade de "seita". — Mas, sim, tem gente que nos chama disso. Não sei se meus irmãos e irmãs têm envolvimento com o que estamos passando. E, não, Tales, ninguém me forçou a nada! — Abanou a mão como se jogasse o pensamento para longe. — Eu escolhi mudar de nome por livre e espontânea vontade. Era o melhor para mim! Estar junto de pessoas com a mesma mentalidade, a mesma vibração. Abandonar minha vida de antes e começar tudo do zero.

— E por que nos escondeu isso? — perguntou Diego, aproximando-se. Temia o rumo que a conversa estava tomando. As revelações da jovem o alarmavam.

Mel deu de ombros.

— Não achei que precisava contar — explicou, tranquila, sorrindo. — Minha vida pessoal não diz respeito a vo...

— Pessoas *morreram*, Melissa. — As palavras de Rebeca eram cheias de raiva contida. — Isso tem *graça* pra você? Você não sente nada?

— Graça? Não, claro que não! — Porém os lábios não paravam de sorrir. — Mas também não é trágico, muito menos triste. É algo natural, morrer. Até belo. Ninguém deveria ter medo de morrer...

Erick lembrou-se de algo que estava escrito em uma das páginas do diário. Um grupo.

— Guardiões do Fim... — sussurrou para si mesmo. Ninguém ouviu, exceto Melissa. Olhos azuis profundos brilhando nas chamas das velas. Seu sorriso se alargou.

— Melissa — Erick indagou, agora mais alto —, o que vocês cultuam?

Ela não respondeu de início. Ao invés disso, encarou o rapaz como uma professora encara uma criança inteligente que fez a pergunta certa. Depois caminhou languidamente pelo salão. As muitas chamas iluminando e escurecendo partes diferentes dela a cada passo. No chão, dezenas de sombras como espinhos projetadas pela jovem. Como uma estrela negra, com Melissa no centro. Parou, virou-se para os outros e disse:

— Nós cultuamos a morte.

Deleitava-se com a confusão dos sobreviventes, suas expressões atordoadas.

— É, nós cultuamos a morte — repetiu. — A grande mãe, o destino final, aquela que a tudo consome, o fim derradeiro. Não é nada grotesco, nada que você deva temer. Vocês deviam aceitar a inevitabilidade da morte de vocês, especialmente agora.

— Isso foi uma ameaça? — perguntou Lydia, indignada.

— Foi uma dica — respondeu Melissa, com a cabeça erguida. — Até onde eu sei, todos nós vamos morrer.

— Você falou antes que não sabia do envolvimento dessa sua... seita com o nosso sequestro — disse Hektor, tentando controlar a raiva. — Mas você não pareceu se importar com a implicação de que vocês *matam* pessoas. Por que isso? Vocês matam pessoas, Melissa?

Ela não respondeu, somente sorriu de maneira enigmática.

— Você *não vai* me matar — declarou Rebeca, com lágrimas nos olhos, mostrando os dentes como um animal indefeso que corre perigo. Lembrou-se de Yuri pedindo socorro. — Eu não vou morrer aqui!

— Você vai, Rebeca! — A exclamação de Mel soava como uma amiga incentivando a outra a saírem juntas. — Eu também! Não tem problema, isso é normal! A gente não vai sair dessa mansão, e tá tudo bem!

— Não, não está — repreendeu Lydia. Calma. Calma até demais. O mar que recua, preparando-se para um tsunami. — Vocês nos prenderam aqui. Vocês estão nos matando. E, como se não bastasse, colocaram um infiltrado entre nós.

— Talvez nem sejam eles que estão por trás disso tudo, mas não importa de verdade, não é? — declarou Melissa. Os sobreviventes haviam se separado, caminhando em círculos ao redor dela, como lobos. Criava-se um desejo assassino entre eles. Vingança ou autopreservação, não sabiam definir. — Vocês são covardes! Vocês todos! Miguel era covarde. Luana era covarde. Yuri era covarde. O único jeito de viver é aceitando que não importa o que você faça, você *vai* morrer. A única diferença é que nós vamos morrer *aqui*.

Rebeca avançou, segurando a faca. Diego ficou entre as duas, tentando impedir um desastre.

— Calma! Calma! — pediu ele. — Eu não sei se a Mel tem algum envolvimento, mas nós *não somos assassinos*. Guarda a faca, Rebeca...

Mel bufou.

— Eu não tenho medo da morte, Diego — explicou a garota de cabelo rosa, encostando a mão no ombro do jovem. Escondia algo nas costas. — Você também não deveria ter. Venha cá, eu vou te entregar o maior presente que alguém poderia dar.

Em um movimento rápido, apunhalou o jovem com a faca que segurava atrás de si. Acertou-o embaixo da clavícula. Arrancou a lâmina, espirrando sangue no próprio rosto, prestes a dar outro golpe.

Todos avançaram como relâmpagos para cima dela, puxando Diego para longe e brandindo as facas que carregavam consigo.

Erick pensava em Vincenzo Camuccini, um pintor italiano que viveu por volta de 1800. Era um artista neoclássico que se especializou em representar figuras históricas e religiosas em suas obras. A pintura que passou pela mente de Erick foi "A Morte de Júlio César". O quadro retratava o momento em que senadores estavam prestes a assassinar César, que se jogava no chão, indefeso.

Aconteceu rápido demais. Um fervor momentâneo e violento que tomou seus corpos. Melissa não gritou; na verdade, Erick tinha quase certeza de que ela riu nos momentos finais. Zombando de sua covardia até o último instante, com uma risada melódica.

Não lembrava quantas facadas deu. A lâmina suja de sangue, pegajosa, quente e escorregadia. O rosto salpicado de vermelho, a boca semiaberta, ofegante. Sentia um gosto metálico das gotas de sangue que espirraram no rosto.

Ao redor estavam seus cúmplices. À sua frente, jazia Mel.

Deitada sobre o tapete carmesim, uma grossa poça de sangue se formando embaixo dela. Os cabelos rosa, afundados no vermelho, grudando no chão.

Diego gemia de dor não muito longe, com uma mão tapando o próprio ferimento, encarando fixamente a jovem ensanguentada.

Rebeca estava montada em cima dela. Segurava uma faca, fincada contra o peito da antiga amiga. O vestido amarelo com a base manchada de sangue. Os cabelos loiros grudavam no rosto com o suor.

Mel, uma última vez, esboçou um doce sorriso e abriu a boca. Tentou falar algo, mas não tinha fôlego. Os olhos azuis gentis repousaram nos de Rebeca. Por fim, estendeu sua mão delicada e tocou candidamente no rosto da amiga, sorrindo, como se dissesse "está tudo bem".

Deixou a mão cair, fazendo um baque seco quando atingiu o chão.

Ela morreu de olhos abertos.

CAPÍTULO 25

— O que vocês fizeram?! — esbravejou Diego. A camisa enrolada ao redor do tórax, cobrindo a ferida e tentando conter o sangue. O líquido vertia, escorrendo pelo corpo do jovem. Quanto mais ele falava, mais sangrava.

Hektor o encarou, furioso.

— "O que nós fizemos"? — indagou, com nojo. — Nós salvamos a sua vida!

O corpo de Mel ainda estava quente. Não o cobriram com uma cortina como fizeram com o cadáver de Lua.

— Vocês não me salvaram — corrigiu Diego. Uma pontada de dor irradiou da ferida. A facada não foi profunda a ponto de pegar em algo vital. — Poderiam ter amarrado a Mel, ou algo assim. A garota não tava bem, deu pra perceber isso. Vocês são monstros! *Olhem só para ela!* — Apontou para o cadáver da garota. O corpo coberto por feridas de apunhaladas. Eram tantas que nem sequer conseguiam contar. Talheres espalhados pelo chão, afundados em sangue. — Acham mesmo que *isso* foi necessário?!

— Ela era parte do grupo que nos prendeu aqui — argumentou Lydia. Cruzando os braços, evitando olhar o corpo de Mel. Erick lembrou-se dos Guardiões do Fim, e teve dúvidas sobre o que Lydia falou.

Rebeca murmurou algo.

— Fala pra fora! — explodiu Lydia.

— Como pode ter certeza? — respondeu a jovem. Tentou tirar ao máximo o sangue de seus cabelos, mas um fio ou outro ainda brilhava carmesim. — Nem a Mel sabia se eles eram mesmo os culpados! Caralho, e se a gente só matou ela por engano? Tiramos a vida de uma pessoa inocente?

— Ela não era inocente — retrucou Lydia, categórica. Queria afastar de si o pensamento de que talvez Rebeca estivesse certa. — Ela fazia parte de uma seita assassina!

— A gente não sabe disso. — Diego apertou os lábios, reprimindo um grito de dor e medo. Ainda estava incrédulo pelo que havia acontecido. — A Melissa era uma pessoa perturbada, mas não era...

— O quê? — indagou Hektor, olhando para a camisa enfaixada ao redor de Diego. — Ela não era uma assassina? Ela não era perigosa? Você mais do que ninguém deveria saber que isso não é verdade.

— Ela não precisava ter matado ninguém para ser culpada — acrescentou Lydia. — Se fazia parte do mesmo grupo de pessoas que nos trancou aqui, significa que estava disposta a nos assassinar uma hora ou outra.

— Mas a gente não sabe nada sobre eles... — Tales ponderou, tentando fazer os outros entenderem algo que era óbvio aos seus olhos. — Quem eram? Qual era o nome do grupo? No que acreditavam *de verdade*? Até onde sabemos, é capaz de Melissa ter começado a delirar por causa da *insanidade* desse lugar, e nunca existiu "comunidade espiritual" nenhuma! Pierre Navalier ainda pode ser o culpado.

Erick pensou nos Guardiões do Fim. Em como Mel realmente fazia parte de uma seita assassina, que, mesmo se não tivessem envolvimento com o sequestro, ainda tinham as mãos sujas de sangue.

— Eu sei de algo a respeito da Mel — confessou ele, dando um passo à frente. Ia explicar sobre as páginas de Astérion, o provável assassino alquimista que estavam enfrentando. — Ela não era quem dizia ser, ela...

— Escondeu de nós a verdadeira identidade — interrompeu Hektor, pegando do chão o documento de Melissa. Ele sabia dos Guardiões do Fim; Erick contou sobre eles enquanto exploravam a mansão. Agora mais do que nunca, não confiava nos outros no salão. Se Astérion era um dos sobreviventes, se o culpado estava entre eles, não deixaria Erick denunciar que sabiam algo referente aquilo. — Não era quem dizia ser.

— Isso não é o suficiente para matar uma pessoa — reclamou Tales. A voz quebradiça, os olhos raivosos ainda vermelhos com as lágrimas. Não aceitava o que acabara de acontecer.

— Escuta aqui — disse Lydia, aproximando-se de Tales de maneira agressiva —, se você queria morrer pra ela, ótimo! Mas eu não arriscaria a minha vida só porque você ficou com pena de matar uma maluca que tava com um papo de cultuar a morte.

— Você parece animada demais por matar alguém, Lydia — respondeu Rebeca, com desprezo. — Talvez a gente tenha executado *a pessoa errada*.

O rosto de Lydia se contorceu de raiva. Não era a primeira vez que a acusavam de ser uma assassina.

Estava presente quando o irmão morreu.

Naquela época, Lydia Mendes morava com a mãe. Ainda era uma criança, porém, sendo irmã mais velha, tinha que cuidar do caçula a todo momento.

Ela e o irmão atravessavam um rio que havia perto de casa. Caminhavam equilibrando-se por um tronco velho, algo que faziam com frequência. Naquele dia, porém, tinha algo de diferente.

Lydia não conseguia lembrar se chovia ou se o rio estava mais raivoso que o normal – as memórias do acontecimento eram traiçoeiras. O que sabia, porém, é que escorregou e caiu no rio, machucando o punho. A correnteza puxou seu corpo. Conseguiu se agarrar a uma pedra perto dali, mas os dedos começaram a se desprender; se soltasse, sabia que a morte era certa. O irmão veio ajudar. Ela segurou a pequena mão do menino, que a puxava para cima.

Lydia não viu o que aconteceu. Talvez por culpa da água e do sangue, a mão do irmão escapou dela, e, ao se jogar para frente para segurar a irmã novamente, ele se desequilibrou e caiu na correnteza.

Ela conseguiu reunir forças o suficiente para puxar o próprio corpo para cima, agarrando-se às pedras. Não viu o irmão quando emergiu das águas. Chamou pelo seu nome. Ninguém respondeu. Estava sozinha, com uma ferida aberta que nunca se curaria – não de verdade.

Só encontraram o corpo do menino no dia seguinte. A água, o tempo e as rochas deformando-o suficientemente para que o funeral tivesse que ser de caixão fechado. Desde então, a mãe de Lydia nunca mais olhou para ela da mesma forma. Sempre fria, sempre distante. Uma vez – a última vez em que se falaram –, depois de uma briga, a mãe afirmou que queria que a filha tivesse morrido. Chegou a insinuar que a jovem deixou o irmão se afogar de propósito.

Sem falar nada, Lydia arrumou suas coisas e foi morar com o pai, na Baía dos Namorados.

— Escuta aqui, sua filha da puta — Lydia começou —, você não parecia reclamar do que estávamos fazendo quando tava com a faca enfiada no peito dela.

— Aquilo foi culpa de vocês! — Tales gritou, olhando para Hektor e Erick, quando percebeu os olhos lacrimejantes de Rebeca. — Se não tivessem mostrado a identidade, não teríamos matado a Mel.

— E você queria que a gente fizesse o quê? — Hektor arregalou os olhos e falou de forma pausada e severa. Um trovão ecoando ao longe. — Não mostrasse a identidade dela? Fingisse que nada aconteceu?

— Eu não sei o que vocês deveriam ter feito — respondeu Tales, com a voz esganiçada, olhando para o nada —, mas não deviam deixar que isso acontecesse...

— Olha para as suas mãos, garoto — Lydia cuspiu as palavras com desprezo —, ainda tem sangue debaixo das unhas. Você é tão culpado quanto nós.

Diego colocou as mãos na cabeça, como se para impedir que ela explodisse.

— O que a gente faz agora? — perguntou ele, soluçando. — Alguém morreu! Mesmo se sairmos daqui, vocês serão presos...

— Ninguém aqui vai ser preso! — protestou Erick. — Se a Melissa cultuava a morte, então eu acho que...

Erick ia dizer que achava que fizeram um favor matando-a. Porém, ao olhar o corpo da jovem, com o tronco dilacerado de tantos golpes de faca, não conseguiu proferir o comentário ácido. As palavras ficaram trancadas na garganta, as forças esvaindo-se de seu corpo. Sentia-se vazio por dentro vendo Mel inerte. Havia feito a coisa certa ou se tornara um assassino por nada?

— NÃO ENTENDERAM AINDA? — Diego levantou-se bruscamente, sangrando mais do que devia. — VOCÊS MATARAM UMA PESSOA! — Olhava para todos, com olhos desesperados.

— Sim! — Hektor gritou de volta. — E daí? A gente tá no mesmo barco. Você também, Diego. Culpado ou não, precisa aceitar isso. — A ameaça era clara: se eles fossem presos pelo assassinato da jovem, Diego iria junto como cúmplice. — É, a gente matou a Melissa. Não temos mais porra nenhuma a fazer sobre isso.

— Como vocês podem olhar para o assassinato de alguém de forma tão fria? — Rebeca perguntou, enojada.

Lydia avançou para cima da garota, mas Erick a conteve.

— A gente quer viver — Lydia retrucou, severa. — Não podíamos arriscar. Você tomou a mesma decisão que nós. Aceita isso de uma vez.

— A gente precisa ficar calmo — decidiu Erick, em um lapso de clareza. Ainda tremia ao lembrar do sangue quente de Mel grudando na roupa. — Ninguém aqui gostou do que fez. Só vimos que era necessário e agimos. Agora temos que sobreviver a essa mansão. — Pensou em Astérion.

— Não dá pra ficar calmo, Erick — respondeu Diego, solene. — Não depois do que aconteceu...

As velas projetavam mais sombras do que luz no salão de entrada. Os sobreviventes afastaram-se, cada um ficando em um canto. Lydia queria saber o que havia acontecido quando Erick e Hektor estavam fora; reconhecia pela forma deles falarem que os jovens sabiam mais do que estavam dando a entender. Teve cautela, porém, de não conversar com Erick; Yuri tinha suspeitas nos dois – quando estava vivo –, e ela temia que alguém mais pudesse perceber o envolvimento que tinham.

A garota foi até Hektor perguntar o que ele sabia. O rapaz tentou caminhar para longe. Lydia segurou no braço dele e perguntou:

— O que deu em você?

Ele a fitou friamente.

— Se eu fosse você — aconselhou —, não confiaria em ninguém. — Tirou a mão dela do braço. — Eu não confio. — Era doloroso falar daquele jeito com Lydia; ainda sentia coisas por ela, mas justamente por isso decidiu ficar longe. Pessoas estavam morrendo, não podia permitir que o coração interferisse na própria sobrevivência.

Ela observou enquanto o jovem se afastava, sem entender o que ele queria dizer. Mesmo depois de tudo, ainda acreditava que um deles poderia ser o culpado?

O número crescente de mortos era alarmante. Os sobreviventes temiam que pudessem ser os próximos. Era questão de tempo até todos tornarem-se cadáveres. Erick encarou Melissa até a mansão se mover novamente, não tirando os olhos de seu sorriso macabro nem por um segundo.

Hektor esperou pelo *bater de asas* longe de todos e em silêncio. Não conseguiu dormir; tinha medo do que aconteceria se o fizesse.

Afinal de contas, estava rodeado por assassinos.

Capítulo 26

A ponte suspensa estendia-se muito além do alcance da diminuta vela. Erick temia que a cera escorresse e queimasse a pele, porém não tinha outra opção; se não a carregasse, seria impossível enxergar o caminho à frente.

Cordas gastas e tábuas frágeis de madeira apodrecida eram a única companhia que o jovem possuía. Uma escuridão insondável o envolvia de todas as direções, como se estivesse suspenso em um infinito sem começo ou fim. Tentava não olhar para baixo, como se a mera visão do abismo fosse suficiente para fazê-lo cair. A ponte balançava a cada passo, rangendo de maneira alarmante, prestes a quebrar a qualquer momento. Ia de um lado para o outro, fazendo Erick tremer; o que só intensificava ainda mais o balanço descompassado. Tentou forçar um sorriso para afastar o medo, como sempre fazia, porém, a visão serena de Mel enquanto perdia a vida sangrou em sua mente. Seu coração e a ponte tremeram em conjunto.

Dava passos tímidos pelas tábuas, tomando cuidado para manter a sutileza nos movimentos. Via suas incertezas refletidas na escuridão. Mesmo se voltasse para o salão de entrada, aquele ainda era um ambiente seguro? Será que foi algum dia? Suprimia a culpa, tentando evitar a lembrança de Mel, e do que havia participado. Ainda evitando olhar para baixo, sentiu como se centenas de rostos o julgassem das profundezas.

Não muito longe, o rapaz avistou uma folha de papel com algo datilografado. Porém, ela não ficava em um lugar comum: estava presa na ponta de um delicado fio que vinha da escuridão acima dele. Ao ver aquilo, Erick pensou em um anzol com uma isca presa. E ele era o peixe.

Ficou parado embaixo do objeto, considerando se morderia a isca ou não. Mesmo se aquilo não fosse uma armadilha, ainda poderia ter um resultado desastroso, pois para pegar o papel o jovem teria que dar um pequeno pulo; algo que seria capaz de balançar a ponte e fazê-lo cair para a morte.

Considerou que a aposta valia a pena: sem mais informações sobre a mansão, provavelmente morreria de qualquer forma. Não tinha escolha senão participar dos desafios perversos que aquele lugar o impunha.

Respirou fundo e pulou. Arrancou a folha do pequeno fio que a segurava e caiu novamente na ponte. Seu medo, entretanto, foi válido. Ela balançou de um lado para o outro, fazendo o jovem quase despencar. Ele se jogou nas tábuas velhas, abraçando-as e torcendo para que aquilo estabilizasse o movimento. O uivo do vento em seus ouvidos era como o de mil vozes caçoando de seu medo. Cerrou os olhos com força, trocando uma escuridão por outra. Sentiu vontade de tocar sua pulseira de miçangas, o único conforto que conseguia conjurar naquele momento.

O balanço foi diminuindo gradativamente. No começo um frenesi violento, até que se tornou uma lenta dança sombria, e parou por completo. Quando as coisas se acalmaram, deitado na madeira e com ambas as mãos pendendo para o abismo: uma segurando a vela, e outra a folha de papel, decidiu que aquele era um momento tão bom quanto qualquer outro para ler o conteúdo da página.

Foram os Guardiões do Fim que trouxeram o jornalista até nós. Eu sei disso agora. Arranquei a verdade da garganta ensanguentada da líder da seita.

Ser imortal — ou pelo menos, atemporal — não me dá poderes extraordinários. Mas a mansão me sussurra em sonhos segredos que ninguém imagina. Nem mesmo ██████ parece ter uma conexão tão forte quanto eu. Aaah, eu sinto pulsar em minhas veias! É como fogo, só que vivo, forte, imparável! Quanto mais permaneço dentro destas paredes, mais me sinto parte da mansão, de seus corredores sem fim, de seu labirinto. O labirinto é meu lar, e é minha força. Ele me acolhe, e me confessa muitas coisas.

Entrei sozinho na sede da seita dos Guardiões do Fim. As paredes não me pararam. Existem muitas entradas e saídas de lugares, quando você sabe o caminho.

Eles não esperavam por mim.

Digo para mim mesmo que era necessário, que se eu deixasse eles vivos, poderiam queimar a mansão, e aí todo ~~meu esforço~~ nosso esforço teria sido em vão. Eu não poderia salvar ████. Então eu os matei. Matei todos. Não faziam parte do ritual das nove vidas, o labirinto já havia sido aberto, o tempo já deixou de importar, só precisávamos aprender como caminhar pelos corredores e teríamos o passado, presente e futuro em nossas mãos.

Eu os matei... porque eu quis.

Mas não é pelo motivo que pensei que seria. Continuo não tendo prazer no que faço. A sensação que tenho é... quase uma pulsão. No começo eu não compreendia; achava que tinha algo de errado comigo, porém agora minha mente está clareando. Preciso matar estas pessoas, mas é por um motivo bem simples.

Eu já as matei antes.

Ou irei matar. Ou estou matando. Não importa, são só palavras. Não era uma escolha, era eu agindo da única forma que poderia. Pelo menos a única forma que poderia agir nesta existência. Não tenho como fugir da vida que já foi escrita para mim.

Meu fim já foi decidido há muito tempo.

Astérion

"Se Astérion matou todos da seita", Erick pensou, "então como Mel ainda fazia parte dela?".

Prestava atenção no diário, não percebendo que a cera da vela derretia, queimando sua mão. Assustou-se com a dor repentina e deixou o objeto cair para o vazio abaixo. A vela se afastou até se tornar um minúsculo pontinho, e depois se perder para sempre.

A escuridão o engoliu por completo.

Mais uma vez Erick agarrou-se à ponte, tentando ficar calmo. Sabia de onde tinha vindo, e em que direção seguir. Era só continuar caminhando, devagar e com cuidado.

Olhou para o vazio e sentiu vertigem tomar conta do corpo. Com isso veio o medo. O vazio abaixo dele era quase magnético, especialmente no escuro sem fim. A ponte começou a balançar, sacudindo o jovem. Ele agarrava-se às cordas e tábuas sob ele. O balançar ficou mais rápido, e Erick pensava que poderia cair a qualquer instante.

Trincou os dentes, sufocando um grito na garganta. Sem a distração da visão, os sons da ponte ficavam evidentes; em especial o estalar das cordas, que pareciam prestes a se partir e despencar Erick na escuridão insaciável.

Concentrou-se o máximo que conseguia em ficar calmo. Se Tales tivesse razão, aquilo poderia salvar sua vida. Imaginou o rosto de Lydia. As ondas ao fundo, o calor da areia sob os pés. Com o tempo, o movimento da ponte foi diminuindo de ritmo, até que parou por completo.

Mesmo assim, Erick ficou quase uma hora agarrado às cordas, tentando não pensar em cair e não enlouquecer com a escuridão completa. Temia que, quando se levantasse, sentiria medo e a corda voltaria a sacudir.

A ponte balançou de leve. Alguém se aproximava. Levantou-se só o suficiente para olhar para trás e encontrar Lydia vindo em sua direção, segurando um castiçal.

— O que você tá fazendo aí? — inquiriu ela, de forma ríspida.

— Não é nada, só estava com sono e achei que aqui seria um lugar *muito* confortável para me deitar — zombou ele, tentando afastar de si o medo que o assolava.

Lydia, por outro lado, não estava com humor para ouvir as piadinhas de Erick. Fitou-o como se pudesse colocar fogo nele só com o olhar. Para evitar maiores problemas, o jovem se corrigiu:

— A ponte tava balançando — disse ele, ficando de pé. As pernas ainda bambas. — E depois eu tentei não ficar assustado. Tales disse que a mansão reage ao nosso medo e pode transformar uma situação ruim em algo mortal. Acho que ele tava certo.

— Talvez sim, talvez não. — A jovem não desprezava as teorias do garoto, mas não sabia definir quais delas tinham algum fundo de verdade e quais eram delírios. — O Tales acha muitas coisas. — Notou o papel que Erick carregava. — O que é isso?

Erick observou o papel que carregava na mão. Um pensamento intrusivo invadiu sua cabeça: podia confiar em Lydia? A parte consciente dele dizia que sim, é claro; era a pessoa em quem mais confiava ali. Seus instintos, porém, falavam outra coisa. Encarou a face semi-iluminada da garota: metade na luz, metade na escuridão. Ela o fitava com uma expressão insondável.

— Como você chegou até aqui? — Hesitou Erick. Ele acordara de costas para uma parede lisa de cimento; à sua frente estava a ponte e uma pequena vela brilhando na escuridão. Uma noite infinita que se estendia por todas as direções.

— Pela porta — respondeu, sem dar detalhes. A forma abrupta de sua voz ajudou a alimentar as dúvidas crescentes de Erick.

— Não tinha porta nenhuma quando eu acordei… — O coração pulsava, desordenado. Sentia medo ao olhar para aqueles olhos que conhecia tão bem.

— Tinha quando eu cheguei aqui — afirmou ela, suavizando a expressão. Gesticulou, como se jogasse para longe as dúvidas que afligiam Erick. — A mansão é estranha, deve ter criado uma passagem de uma hora para outra.

A resposta não era de todo satisfatória, mas a natureza imprevisível da mansão fazia com que fosse, no mínimo, razoável.

— Mas então, não vai dizer? — Lydia insistiu, impaciente. Colocou uma mão na cintura, esperando alguma resposta de Erick. — O que é isso na sua mão?

Se forçou a confiar na jovem, engolindo suas incertezas. Era Lydia, ele a conhecia bem... não é?

Entregou a página do diário de Astérion. Ela examinou o que estava escrito.

— Então era esse o grupo que Mel fazia parte, né? — perguntou ela, por fim. Erick assentiu. — Você acha que ela teve algum envolvimento com o que tá acontecendo com a gente?

Ele hesitou por um instante.

— Não... — disse, pensativo. Sabia que ao falar aquilo, estava admitindo que assassinaram uma pessoa inocente. Mas inocente até onde? Não tinha certeza se poderia se dar ao luxo de ter dúvidas naquele momento. Fez o que era necessário. — Ainda acho que o culpado é esse Astérion... Ele deve estar escondido em algum canto da mansão.Lydia não respondeu. Parecia imersa em pensamentos, a própria culpa que devia estar assombrando-a. Ambos caminharam sem nada dizer, até que o silêncio ficou insuportável para Erick. Precisava de um alívio, algo que o fizesse tirar a mente, nem que por um breve momento, da situação em que estavam. Da culpa que sentia.

— Como vai o trabalho? — perguntou, tentando trazer alguma normalidade à situação.

Lydia primeiro o encarou, desprezando uma conversa tão trivial num lugar como aquele.

— Eu me demiti — respondeu ela, evasiva. Virou o rosto ao responder, temendo que Erick notasse algo em sua expressão.

— Ah, que ótimo, você já tava querendo isso há muito tempo, né?

— Uhum. — Não queria conversar sobre aquilo.

— Conseguiu juntar dinheiro o suficiente pra se mudar da cidade? — Insistiu ele, tentando demonstrar interesse.

— Nem.

— Entendi... — Erick pensou que talvez pular da ponte para o abismo sem fim não fosse uma ideia tão ruim. — Olha, Lydia, eu quero pedir desculpas.

Arrependeu-se no momento em que as palavras saíram da boca. A jovem respirou fundo e perguntou do que ele estava falando.

— Você sabe, por... ter terminado com você — disse ele, o rosto vermelho de vergonha. Lydia não respondeu. — Eu sinto muito, é só que... eu tava começando a sentir muita coisa por você, e não gosto de ficar preso a alguém, mas também acho que isso é porque tenho vontade de fugir sempre que percebo que uma pessoa é importante pra mim, porque não quero a perder e por isso acabo fugindo antes que ela...

— Eu não quero saber seus motivos, Erick — Lydia interrompeu. — Não é nada demais, a gente só... não funcionou, é isso. Não tem o que se desculpar.

— É algo demais sim! Eu tenho que me desculpar. Você foi a primeira pessoa por quem eu... sabe... você é bem *intensa*.

— Ah, então a culpa é minha agora? — perguntou Lydia, revirando os olhos.

— Não, não é isso! É só que eu estava começando a... depois de um ano de namoro eu tava começando a amar você.

— E pra demonstrar isso você decidiu *terminar*?

— É...

Lydia parou de andar, olhou para trás e contorceu a face em uma expressão de desprezo e raiva tão intensa que Erick precisou desviar os olhos. Ela respirou fundo, tocou a ponta do indicador com o polegar, como se segurasse um grão de areia invisível. Disse de forma pontuada:

— Para o seu bem, eu sugiro que a gente não fale mais sobre isso. — A ponte balançava suave com os movimentos deles. Se Erick caísse ali, nunca mais seria visto.

— Ok — concordou ele, prontamente.

Voltaram a caminhar. Não conseguiam ver o final da ponte, que parecia se estender para sempre. Voltar não era uma opção: precisavam continuar em frente. Lydia lembrou-se de algo.

— Preciso que você tome cuidado com Hektor — disse ela. — Eu não confio nele.

— O quê? Por quê?

— Porra, Erick, eu namorei você, sei reconhecer um babaca de longe — explicou Lydia. — Ele é traiçoeiro, uma cobra.

— Ah, eu sei bem de qual cobra você está falando, eu também vi ela — disse Erick, com um sorriso sacana.

— Tenta não ser uma puta por cinco minutos — exigiu Lydia, com raiva.

O jovem pensou que essa era uma tarefa bem mais difícil do que ela imaginava.

— Eu tô falando sério — continuou. — Ele tá estranho. Parece esconder algo.

Encontraram o fim da ponte. O castiçal de Lydia iluminou uma estreita porta de madeira por onde a garota entrou. Logo atrás dela, Erick vinha caminhando pelas últimas tábuas da ponte.

Ele sorriu de forma traiçoeira:

— Mas e você, Lydia? — perguntou ele. Desde que chegou na mansão sentia que a garota evitava contar algo muito importante. — O que *você* está escondendo?

Ela o encarou com raiva contida, guardando segredos que temia revelar. Erick deu um passo diminuindo a distância dela, prestes a inquirir mais diretamente, quando percebeu que pisou onde não deveria. A tábua sob seu pé direito estalou com alarde e cedeu sob seu peso. Recuava, quando a última madeira que o sustentava acima da ponte se rompeu. A escuridão se fechou em volta dele.

E então, Erick caiu.

Capítulo 27

Diego discutia acaloradamente. A proposta era absurda, ia contra todos os princípios dele. Se antes achava ser a única pessoa razoável da mansão, agora tinha certeza.

— Não toque mais nesse assunto — exigiu, marchando para longe. Sentia pontadas de dor na ferida que Mel o infligiu. A angústia só não era maior que a memória da atrocidade que foi incapaz de impedir.

Confiava na pessoa com quem conversou, mesmo depois de ter ouvido algo tão atroz. Portanto, não percebeu o perigo que corria até que foi tarde demais.

Uma apunhalada pelas costas. Inicialmente não compreendeu o que estava acontecendo. Sentiu uma dor paralisante se espalhar pelo corpo. A faca entrou fundo, rasgando carne e perfurando órgãos importantes. Diego caiu de joelhos, uma tentativa de grito sufocada no próprio sangue.

O medo da morte o impeliu para frente. Tentou correr, cambaleante, para sua salvação. O corredor parecia especialmente longo daquela vez. A pessoa que atentava contra sua vida deu outra facada no jovem. E mais uma. E mais uma. Pulou em cima do rapaz, que caiu no chão com um estrondo. Sangue se espalhou pelo chão.

— Socorro. — Palavras úmidas escapavam de sua boca; parecia que estava se engasgando. — Por favor, socorro...

A lâmina entrava e saía de Diego, que se contorcia no chão. Os candelabros nas paredes eram as únicas testemunhas do crime, e guardariam segredo para sempre.

Após ver que havia sido o suficiente para matar, o assassino levantou-se do corpo do jovem e se afastou. Diego agonizou por longos minutos, tentando se arrastar até a segurança, com esforço. Não muito longe, estava a porta para o salão de entrada. Se conseguisse chegar até ela, poderia pedir ajuda. Sabia, porém, o quão ferido estava; seu objetivo maior era alertá-los, dizer quem o matou; pelo menos assim eles poderiam sobreviver.

A visão de Diego ficou embaçada. A dor inundava o corpo todo como um calor constante. Sentia-se tonto e fraco. Logo os braços não possuíam mais forças para puxar o corpo. Lágrimas escorriam pelo rosto do rapaz, aterrorizado com o que acontecia, e devastado pela traição que sofreu.

A morte do rapaz não foi rápida. Ficou agonizando no chão de madeira, com uma poça de sangue se formando embaixo dele. Abria e fechava a boca, tentando respirar, sem sucesso.

O último pensamento que cruzou sua mente foi o rosto dos irmãos mais novos, o sorriso deles. Queria poder vê-los mais uma vez, dar-lhes um último abraço.

Diego morreu afogado; os pulmões inundados com o próprio sangue.

Capítulo 28

Erick tremia, segurando na ponte com uma única mão. Se não fosse o reflexo, teria caído no abismo. Olhou para baixo e imaginou se algum dia chegaria no fim, esmagando o corpo contra o chão, ou se cairia para sempre. Os dedos soltavam da corda onde se agarrava. Um calafrio percorreu a espinha.

Lydia deixou o castiçal cair, apagando a vela. No escuro, Erick sentiu a garota agarrar em seu braço e erguê-lo com dificuldade. Ele conseguiu segurar mais firme uma tábua e se puxar para cima, urrando pelo esforço. Quando se jogou para dentro da porta, o corpo tremia incontrolavelmente.

No escuro, Lydia ainda segurava em seu braço.

— Obrigado — agradeceu ele, tocando na mão da garota.

Lydia roçou os dedos pela pulseira de miçangas pretas que Erick usava, rindo levemente.

— Você ainda usa essa coisa? — perguntou ela, sorrindo.

— Nunca tiro — respondeu. A pulseira foi Lydia quem havia dado; o primeiro presente de namoro dos dois. Erick não conseguiu se desfazer dela nem mesmo depois do término. Dizia para si mesmo que era porque a pulseira era bonita, e tinha pena de jogar fora. No fundo sabia que isso era mentira. Sentia que aquele objeto era um pedaço da garota, e gostava de carregá-lo consigo, como se ela estivesse lhe fazendo companhia quando ficava solitário.

Levantaram-se. Lydia deu a mão para Erick, com a desculpa de que, no escuro, eles precisavam saber onde estava o outro. Um breve momento de intimidade, seguido por um silêncio angustiante. O ambiente em que estavam era completamente escuro – talvez o lugar com maior escuridão que encontraram na mansão até o momento. Cada passo era incerto, pois não sabiam quais perigos o cômodo poderia oferecer. A visão bloqueada pela ausência de luz fazia suas mentes buscarem por padrões que não existiam, criando rostos e figuras distorcidas no vazio. Em alguns momentos pensavam estarem sendo seguidos, como se sombras fantasmagóricas caminhassem atrás deles.

Ainda assim, o toque quente da mão um do outro era um lembrete reconfortante de que não estavam sozinhos. No silêncio impenetrável do cômodo, Lydia sentiu o peso do segredo que guardava por tanto tempo. Apertou a mão de Erick, e revelou a verdade que tanto a atormentava:

— Preciso confessar uma coisa… eu não fui sequestrada.

Antes que Erick pudesse perguntar algo, ela continuou:

— Vim por vontade própria — explicou, soturna. O jovem percebeu que a mão da garota tremia. — Não sabia que tinha gente na mansão, eu entrei por outro motivo...

— E qual seria ele?

— Fiquei curiosa — disse Lydia. — Eu fui até o… o *nosso jardim*. A porta da mansão estava entreaberta, então entrei. Sempre imaginei como seria aqui dentro, então…

— Meu Deus! Você ainda tá com celular? Ainda tem bateria? A gente pode pedir ajuda! — A mente de Erick fervilhava; se Lydia não foi sequestrada como os outros, poderia ainda ter seus pertences.

— Não. A única coisa que trouxe foi meu canivete.

Tirou a arma do bolso, fazendo um clique metálico. Estava escuro, mas Erick passou os dedos pelo metal frio. Depois a garota guardou o objeto novamente. Ele não sabia dizer o motivo, mas a sensação gélida da lâmina lhe causava náuseas. Um mau agouro. Reprimia um pensamento; estava tentando negar o que ele já sabia.

— Por que você só trouxe… isso? — perguntou, sombrio. Ela não respondeu de imediato, deixando o questionamento de Erick pairar no ar por intermináveis segundos. Caminharam em silêncio, e a cada passo o jovem sentia a pressão do ar ao redor ficar mais densa. Tinha dificuldade para respirar.

Chegaram até o final do cômodo. Acharam uma porta apalpando a parede. Ao abri-la, um pequeno feixe de luz esgueirou-se da abertura, iluminando timidamente uma parte do rosto de Lydia. A expressão dela era um misto de tristeza e vergonha, o que só fez o coração de Erick disparar mais ainda. Se antes suspeitava do que ela ia dizer, agora tinha certeza.

Estavam em um quarto com dezenas de portas, tanto nas paredes, quanto no teto – uma delas localizada bem em cima da cabeça do rapaz. Caminhos possíveis e impossíveis de serem tomados. Portas grandes, pequenas, estreitas e largas. Algumas seguiam a posição tradicional, outras estavam posicionadas de formas totalmente incongruentes. Havia portas pela metade no chão, de cabeça para baixo nas paredes, algumas pequenas demais para um ser humano passar.

— Eu... — a garota falava baixinho, com medo das próprias palavras. — Eu vim aqui para morrer.

— Você ia se... — A voz de Erick era quase um sussurro.

Ela pausou, e então fez que sim com a cabeça.

— Por quê? — Ele segurou as mãos de Lydia com ternura. Queria deixar claro que ele a compreendia, que estava ali com ela. Erick sentia como se estivesse em um pesadelo.

— Acho que... — disse ela, com a voz falhando. — Acho que só... não aguentava mais. Não via motivo para continuar. Uma hora ou outra a cidade ia me engolir como tinha feito com todo mundo, então decidi partir do meu jeito. Queria que fosse em um lugar bonito, então escolhi o jardim.

Um nó se formou na garganta de Erick. O coração disparado, a sensação de estar sem ar. Lembrou-se do dia na praia, quando terminou com ela, e teve o pensamento apavorante de que, se não fosse pela mansão, aquela poderia ter sido a última vez que eles se viram.

Sentia-se responsável pela tentativa de suicídio de Lydia. Acreditava que, se não tivesse a deixado, se estivessem juntos até agora, a garota não tentaria aquilo. Erick admitiu para si mesmo que não conseguia imaginar um mundo sem Lydia; para ele, este era o inferno.

— Eu sinto muito — disse o jovem, com um aperto no peito. Não a julgava; sabia exatamente como ela se sentia. — A culpa é minha, eu devia estar lá com você. Se a gente ainda estivesse junto...

Ela deu um passo brusco para trás e o encarou com uma expressão colérica.

— Eu digo que vou me matar e a primeira coisa que você pensa é que isso tem a ver com *você*? — inquiriu ela, mordaz, com uma voz crepitante. A reação explosiva o assustou, que percebeu tarde demais a insensibilidade de suas palavras. — Olha, Erick, eu preferia ter morrido do que ser obrigada a olhar pra essa sua cara de novo.

As palavras corrosivas ainda estavam na mente do garoto quando ela marchou pela porta entreaberta, afastando-se rapidamente. Como no dia em que terminaram, e ele pensou ter visto lágrimas brotarem naqueles ferozes olhos castanhos.

— Lydia, eu...

Erick tentava formular um pedido de desculpas, alguma forma de reparar o dano que havia causado. Não quis ofendê-la, ou dar a entender que não compreendera a profundidade de seus sentimentos. Lydia era, naquele momento, a coisa com a qual ele mais se importava no mundo.

Deu um passo em direção ao corredor por onde ela saíra, quando a porta no teto acima se abriu. Um vulto caiu na frente do rapaz e se envolveu ao redor de seu pescoço. Fechou-se e o ergueu no ar, sufocando um grito.

No começo, não soube o que estava acontecendo. Só foi entender melhor quando tentou respirar e não conseguiu. Uma dor pungente queimava sua garganta.

Estava sendo enforcado.

Capítulo 29

Erick segurou o lençol que apertava o pescoço. Os olhos quase entrando no próprio crânio enquanto tentava olhar para cima, entender o que estava acontecendo. Só conseguiu ver a porta aberta, uma escuridão insondável do outro lado, e o tecido descendo até ele.

Os pés chutavam o ar de forma alucinada enquanto o jovem tentava chamar por ajuda. A única coisa que saía da garganta eram gemidos sufocados de dor e medo. A porta por onde Lydia passou estava fechada novamente. O rapaz perdido em uma escuridão mortal.

Gosto de sangue preenchia a boca, enquanto a pressão na cabeça aumentava. Tateou o lençol, tentando arrancá-lo, porém a investida era vã; o objeto mordia a pele com força, sufocando-o. Os olhos de Erick estavam vermelhos, e a visão começou a ficar turva. Imaginou-se morrendo ali. O corpo pendurado talvez nunca fosse encontrado. Ou quem sabe Lydia voltaria para conversar com ele quando Erick não aparecesse. Acharia somente um cadáver.

Juntou as poucas forças que lhe restavam, segurou o tecido com firmeza, e puxou. O pano balançou. Seus pés estavam há poucos centímetros do chão, o lençol tremendo; quem enforcava o jovem não tinha forças o suficiente para deixá-lo completamente suspenso. Os pulmões queimavam, as têmporas latejavam, mas Erick continuou. Puxou de forma abrupta o pano diversas vezes, até que o assassino não aguentou e o soltou.

Erick caiu no chão, machucando o rosto, que bateu no piso gelado. Os dedos se enroscaram desesperados no pano ao redor do pescoço, e o arrancou com vontade. Respirou com esforço, cada golfada de ar queimando a garganta. Tateou a porta por onde Lydia havia saído e a escancarou, deixando a luz iluminar o cômodo completamente.

Tremia quando olhou para cima e encontrou a porta fechada – de onde havia surgido o lençol que o enforcou. Nenhum sinal de quem tentou matá-lo. Deslizou os dedos pelo pescoço, sentindo o machucado arder. Tossiu com força, cuspindo a saliva acumulada, piscando arduamente para limpar o lacrimejar dos olhos.

Erick pensou que poderia ser mais um truque da mansão, ou uma das criaturas que aquele lugar criava, porém usaram um lençol para tentar matá-lo; algo que parecia ser improvisado, não uma criação pensada para assassinar os sobreviventes. E havia outra coisa além disso.

Caído perto dele estava um relógio de bolso, com o visor rachado pelo impacto. O assassino deixou cair. Não sabia o motivo ainda, porém aquele relógio parecia familiar para Erick. Não era de uma criatura; aquilo pertencia a alguém que conhecia.

O jovem fugiu do lugar antes que o assassino voltasse para finalizar o trabalho. Cambaleou para fora do cômodo, ainda tonto. A urgência de escapar do algoz bombeava calor por suas veias. Sobreviveu uma vez, mas o que aconteceria se o assassino investisse novamente contra sua vida?

Temia não encontrar o caminho correto. Felizmente, Lydia deixou todas as portas por onde passou abertas. Erick tropeçou por diversas delas, até chegar na última.

Passou pela abertura, sendo recebido pela suave luz do lustre de cristal do salão de entrada.

— Socorro... — A voz de Erick era quase inaudível. Respirar doía. — Socorro! — Tentou de novo, um pouco mais alto.

Estava no andar superior. No salão, Lydia e Tales, que ainda não o tinham visto.

— O assassino — Erick gritou, ainda um pouco rouco. Os dois jovens olharam para ele — tentou me matar!

Tales encarou a marca vermelha ao redor do pescoço do rapaz, sem falar nada, portando uma expressão sombria.

— Ah, merda — reclamou ela, cobrindo a testa em frustração. — Então são no mínimo dois deles.

Erick estava prestes a perguntar o que ela queria dizer com aquilo, mas vendo a confusão do rapaz, Lydia apontou para algo ao seu lado.

Uma porta semiaberta. De dentro dela, brotava uma mão, esticada, como se tentasse alcançar o salão de entrada. Os dedos arranhando o piso, antes desesperados por viver, estavam rígidos por causa do rigor mortis. Com a mão espalmada, abriu a porta, revelando o que havia do outro lado. Encontrou o cadáver de Diego, caído em uma poça de sangue. Nove facadas, como se a pessoa que o matou estivesse desesperada para finalizar o trabalho. O corpo ainda quente. Morrera há pouco tempo.

Significava que o assassino ainda estava por perto.

CAPÍTULO 30

Hektor e Rebeca chegaram por último. Rebeca pareceu horrorizada ao ver o corpo de Diego. Hektor respirou fundo, cansado da situação em que estavam, de ver tantos cadáveres. Sobravam cada vez menos pessoas no salão.

— Vocês ainda não entenderam — disse Erick mais uma vez. A morte de Diego era uma tragédia, mas ainda corriam perigo. — Alguém tentou me matar!

— Já tentaram matar todo mundo aqui... — retrucou Tales, fitando os olhos vidrados de Diego.

— É diferente — disse Erick, impaciente —, dessa vez foi muito perto do salão de entrada! Era uma pessoa, não criatura nem armadilha.

— Mas Diego e Lua morreram no salão, ou muito perto — argumentou Rebeca, com frieza. Sem encarar Erick nos olhos, evitando que sua atenção pousasse no corpo de Diego —, então essa ideia de que aqui é um lugar seguro não é mais válida.

— Era uma pessoa — afirmou Erick. Tremia de frustração, sentindo que os outros não estavam o levando a sério. — Tentaram me enforcar com um lençol. O filho da puta ainda deixou cair um relógio de bolso! Tenho certeza de que era uma pessoa. Foi Ast... Pierre quem tentou me matar.

— Talvez Erick tenha razão — concordou Hektor, tentando reivindicar o controle da situação. — Pode ter sido um assassino. Diego não deveria ter morrido, não agora.

Todos o encararam, intrigados. Alguns, visivelmente perturbados pela afirmação.

— O que você quer dizer com isso? — indagou Lydia, desconfiada.

— Até agora só morreram pessoas durante o badalar da meia-noite — explicou ele, agachando-se ao lado do corpo de Diego e fechando os olhos do cadáver. O sobretudo preto esvoaçando com o movimento do jovem. — Mesmo que a gente tenha corrido perigo em outras ocasiões, as mortes só aconteceram durante esses bateres de asas.

— Isso é só coincidência — argumentou Rebeca, franzindo as sobrancelhas. — Ou você acha que, se não fosse de madrugada, o Yuri não teria sido esmagado até a morte?

— Eu não sei o que acho — respondeu Hektor, categórico. — Estou dizendo o que observei até aqui. — Parou, pensativo. — E agora o assassino foi atrás de duas pessoas... e somente uma delas sobreviveu.

Virou-se em direção a Erick.

— Você viu algo? Alguém? — perguntou ele, de forma inquisidora.

— Tava muito escuro, eu não consegui ver nada — explicou Erick, ainda nervoso com a situação.

— Mas por que você está vivo? — indagou Hektor. A presença de Erick o perturbava; algo sobre o rapaz não parecia certo. — É muito estranho, né? Enquanto Diego morreu a facadas, você foi enforcado, o que te deu chances de fugir. Até mudaram o método de assassinato só para você, que conveniente.

— Olha aqui, pequena sereia, sei o que você tá tentando fazer, mas vai tomar no seu cu se você estiver insinuando que eu menti — respondeu o jovem, furioso. — Ou você acha que eu amarrei um lençol no próprio pescoço e me enforquei só pra entreter vocês?

— Não, Erick — sibilou Hektor —, acho que você falou isso para se safar. Se a gente acreditasse que você foi atacado, não suspeitaríamos da sua inocência.

— Você acha que *eu* sou o assassino? — Erick perguntou. Enquanto Lydia não se impressionou pelo pulo de raciocínio de Hektor, Tales e Rebeca ficaram quietos e sombrios. — Eu *te salvei*, seu ingrato! Lá na estufa, se eu não tivesse chamado a atenção do monstro, você estaria aqui agora? Arrisquei minha vida por você!

— Será que arriscou mesmo? — inquiriu Hektor, aproximando-se do outro rapaz. — Ou será que aquilo era só um showzinho, e a criatura nunca ia te machucar? Na verdade, pelo que eu sei, talvez você nunca tenha corrido perigo algum aqui, e está só encenando!

O corpo de Diego repousava imóvel no segundo andar. Haviam o arrastado para dentro do salão; agora se tornara mais um dos cadáveres que adornavam o ambiente.

— Você enlouqueceu — cuspiu Erick. Hektor deu um passo mais perto do jovem. — Fica longe de mim! — E, olhando para Tales e Rebeca: — Vocês todos!

Erick foi para um canto do salão, o mais longe possível dos outros. Pegou uma das facas sujas com o sangue de Melissa, encarando-os de longe, como um rato acuado.

— Não pule para conclusões precipitadas, Hektor — argumentou Lydia, com uma voz suave; algo que não fazia com frequência. Temia que Erick fosse o próximo a ser executado —, ou a gente pode acabar matando mais uma pessoa inocente.

— *Mais uma*, Lydia? — As palavras de Rebeca eram cáusticas. — Parece que *só agora* que você se preocupa em matar os outros, né, quando é o seu namoradinho que tá em perigo. — Lydia abriu a boca para responder, mas Rebeca continuou:

— Ah, nem venha tentar falar nada, eu vejo o jeito que vocês ficam se encarando, não adianta mentir! Yuri também percebeu isso, e depois morreu, que coincidência.

— Você tá delirando, garota — respondeu Lydia, ignorando as acusações. — É, a gente pode ter feito merda matando a Melissa, eu admito isso. Mas não é motivo para *continuar* no erro.

— Talvez a Mel tivesse razão, e ninguém vai sair daqui vivo — retrucou Tales, com os olhos distantes. — Todos teremos o mesmo fim... se não acabarmos com o verdadeiro culpado. — Fulminou Erick com o olhar.

— E agora é assim? — perguntou Lydia, indignada. — A gente só *desiste de tudo* e mata qualquer um por quem temos suspeitas?

Hektor respirou fundo e fechou os olhos. A teoria de que algum deles era o assassino consolidava-se em sua mente, porém não era o momento de agir. Não ainda.

— Lydia tá certa — disse ele, mentindo para acalmar os outros. — Desculpe, Erick. Não queria te acusar.

As palavras de Hektor diziam uma coisa, mas os olhos diziam outra. Crepitavam com o reflexo das chamas das velas em uma intenção assassina. Erick percebeu isso, mas decidiu disfarçar.

— Está tudo bem — disse ele, com um sorriso falso —, todo mundo aqui tá exausto e com medo.

Os dois entreolharam-se com intenções veladas. Ambos jogavam um jogo de atuação, uma guerra fria que poderia estourar a qualquer momento.

— Vamos ficar bem. — Erick foi até Hektor e estendeu a mão. — Trégua? — O outro encarou-o por alguns instantes, medindo suas opções.

Hektor aceitou a oferta.

— Trégua.

Ambos se afastaram, e um silêncio carregado de suspeitas reinou no salão. Os sobreviventes se espalharam pelo lugar, cada um imerso em suas próprias teorias e conspirações.

A discussão terminou, mas Erick em nenhum momento soltou a faca que carregava.

Capítulo 31

Erick lutava uma batalha perdida contra o sono. Recostado na escultura da árvore com a serpente enrolada, os olhos do jovem piscavam cada vez mais languidamente. Em um desses momentos de torpor, não viu quando alguém sentou ao lado dele.

O rapaz despertou alarmado, segurando a faca nas mãos, afastando-se.

— Sou eu, calma — tranquilizou Lydia.

— O que você tá fazendo aqui? — murmurou Erick. — Se eles nos virem juntos podem acabar suspeitando de algo. — Olhou para Hektor, que brincava de passar os dedos por cima da chama das velas, fingindo não perceber os outros dois conversando. Não ouvia o que diziam.

— Eles já suspeitam de nós — respondeu ela. Tales e Rebeca murmuravam segredos no andar superior. Desconfiando dos outros sobreviventes. — Além do mais, faz um bom tempo que você não faz uma piadinha fora de hora, então deve estar na merda.

Erick bufou.

— Minhas piadas sempre chegam na hora certa — corrigiu ele. Ficou quieto por alguns segundos, apreciando a companhia de Lydia.

O silêncio antes opressivo tornou-se aconchegante. Lembrava-se dos dias em que paravam para ver o mar juntos, de como não precisavam de palavras naqueles momentos. Ele queria pedir desculpas pela forma que lidou com a notícia de sua tentativa de suicídio, mas não sabia como tocar no assunto.

— Como está sua mãe? — perguntou a garota, displicente. Queria fingir, pelo menos por um instante, que não estava vivendo aquele inferno.

Erick foi egocêntrico e insensível quando ela confessou o que quase havia feito, mas estavam passando por um momento muito estressante, então Lydia perdoou a falta de tato do jovem.

— Ela tá bem — respondeu Erick. Normalmente não gostava de pensar nesse assunto, mas era melhor do que falar sobre os cadáveres no salão. — Se mudou com meu padrasto pra outra cidade.

— E você não foi? Por que, ela finalmente ficou de saco cheio de você?

— Que nada — falou, com uma risada curta. — Eu só não quis ir junto, mesmo...

— *Você* recusando a oportunidade de sair da Baía dos Afogados? — Desde que Erick ensinou o nome original da cidade, ela nunca mais usou outro termo. — Por quê?

— Ah, sei lá. — Deu de ombros. — Não conseguiria conviver com meu padrasto por muito mais tempo. O cara até que é legal, mas só não dava.

— Não mete essa, Erick. Você conviveria até com o diabo se isso significasse sair daquele fim de mundo. — Erick não gostava de como ela o conhecia bem. — Qual é a verdade?

— E se eu falasse que fiquei aqui porque não queria ficar longe de você? — perguntou, com um sorriso traiçoeiro.

— Eu diria pra você ir à merda — respondeu ela, sorrindo de canto de boca.

Erick riu com a resposta tão brusca.

— Eu... não sei ao certo por que fiquei — confessou ele. — Acho que... essa cidade é tipo um mistério que ainda não desvendei, uma piada interna que não entendi. Quero ir embora daqui, sim, mas fiquei com medo.

— Medo de quê?

— Medo de que, se fugisse da cidade antes de resolver essas coisas, resolver o que ela significa para mim, nunca conseguiria sair da Baía dos Afogados de verdade. — "O que você significa para mim", pensou ele. — Eu poderia estar a milhares de quilômetros de distância, mas minha cabeça ainda estaria presa na mesma praia de sempre, sem nunca conseguir ir embora.

— Que deprimente...

— É...

O garoto ainda era atormentado por um pensamento que apunhalava sua mente. Passou os dedos com delicadeza pela marca de enforcamento no pescoço. Temia pelas palavras que estava prestes a proferir.

Erick criou coragem para perguntar:

— Você... você ia mesmo tirar a própria vida?

— Sim — disse ela, sem hesitar.

— Ainda quer fazer isso? — indagou ele, temeroso.

Lydia não respondeu de imediato. Olhou para algum ponto no vazio. Não havia pensado naquilo até aquele momento. Sorriu de canto de boca.

— Acho que não — respondeu a jovem. — Estranho como as piores situações podem fazer você mudar de ideia. Se eu consigo sobreviver a essa mansão, consigo sobreviver àquela cidade de merda. Pelo menos o suficiente até fugir dela.

Erick soltou o ar que não havia percebido estar segurando. Uma súbita tranquilidade tomou conta de seu corpo.

— Acho bom — disse ele, aliviado. Reprimia um tremor na voz. — A humanidade não tá preparada para viver em um mundo sem você.

— "A humanidade", é? — implicou a garota, com um sorriso provocativo.

— Sim, a humanidade — retrucou ele, como se estivesse falando algo de muita importância. — E, por incrível que pareça, sei que isso vai soar estranho para você, mas eu sou humano. — Gesticulou de forma teatral na última parte, dando ênfase no "humano".

— *Você*? Não diga — debochou ela.

— Eu sei, eu sei, muita gente se surpreende também quando eu falo isso.

Erick sentia falta de conversar assim com Lydia. Antigamente se falavam por horas, esquecendo o mundo e as preocupações. Naqueles momentos, estavam livres de verdade. Ele sabia que a mera existência do namoro não seria o suficiente para salvá-la das próprias ideações. Porém, se não consertaria sua vida, que pelo menos desse a ela mais conversas como aquela.

Lydia se inclinou para frente e beijou os lábios de Erick, com ternura. Os corações dos dois batendo em sincronia.

— Obrigado — ele disse, fitando os olhos amendoados dela. — Eu tava com saudades disso...

A garota acariciou o rosto de Erick, aninhou-se junto dele e tentou dormir um pouco. O calor confortável de seus corpos ajudando-os a relaxar.

— Vê se não morre — sussurrou ela, de olhos fechados.

— Você também — exigiu o jovem.

Erick deslizou a mão pelos cabelos da garota, deixando-se levar pelo cansaço. Pela primeira vez em muito tempo, não teve pesadelos.

Capítulo 32

Erick e Lydia acordaram de um sono tranquilo, abraçados – a proximidade inusitada que aquele lugar terrível trouxe aos dois era um alívio. Por um breve momento, depois que abriram os olhos, tinham se esquecido de onde estavam e de todo o horror ao redor. A sensação familiar do abraço quente conseguia suavizar a gélida solidão que os assombrava desde que chegaram.

Hektor não dormiu. O cheiro pungente dos cadáveres inundava o ambiente; um lembrete constante do mistério que precisava desvendar. Sombras difusas dançavam sobre os corpos das vítimas, debochando dos esforços constantes que o jovem fazia para manter-se vivo. O assassino ainda percorria aqueles corredores – ou pior: estava com ele no salão. O pensamento de tal possibilidade o impedia de dormir, comer, beber água ou falar com qualquer um. Esperava cada excruciante segundo pelo próximo bater de asas. Ouviu com apreensão o badalar do relógio de pêndulo. Meia-noite – um mau agouro. Isso significava que, se estivesse certo, alguém morreria daquela vez.

Hektor estava de pé no palco de um grande teatro com dimensões impossíveis. Atrás dele, uma pesada cortina de veludo vermelho ocultava uma infinitude de vazio insondável; escuridão sólida que detinha um aspecto grotesco, apesar de não possuir forma definida. A débil iluminação do teatro consistia em parcas velas dispersas pelo ambiente e um lustre de cristal quebrado. Não havia ninguém na plateia, mas Hektor sentiu-se observado. O lugar parecia uma distorção cruel de memórias agradáveis que ele tivera no passado. Antes um entusiasta de espetáculos suntuosos, agora aquela mansão o jogara para o centro do palco, diante de uma plateia invisível e do eco de seus próprios pensamentos perturbadores. Um personagem involuntário no meio de uma tragédia macabra.

A única saída que notara foi uma cortina vermelha ao longe, menor e mais estreita que a que havia atrás de si, no outro extremo do ambiente. Com sorte, ela daria para outro cômodo.

Desceu do palco, apreensivo, caminhando por entre os assentos vermelhos. Em sua mente, queimava a imagem da face de Erick, com Lydia repousando ao seu lado, ambos em aparente tranquilidade. Como poderiam estar tão confortáveis enquanto os outros eram mortos um por um? Antes, no salão, Hektor sofria, insone, pesadelos despertos, quando observou o singelo sorriso que despontava nos lábios adormecidos de Erick. Aquele ato, tão discreto, parecia uma terrível afronta aos olhos cansados do jovem. Hektor se perguntava como poderia ter confiado em alguém que zombava das mortes da forma que Erick fazia.

Imerso em pensamentos, foi pego desprevenido quando o cômodo tornou-se hostil. A gravidade do lugar mudou. O mundo girou em 90 graus, jogando Hektor para uma das extremidades do teatro.

Bateu com força contra a parede, machucando o seu ombro. Um dos assentos se desprendeu do chão e voou em sua direção. Hektor rolou para o lado e o objeto se estraçalhou a poucos centímetros de sua cabeça.

Mesmo ali, Erick ainda atormentava sua mente. Afinal de contas, por que fazia tantas piadas? Será que se divertia com o que estavam passando? Talvez porque foi ele quem os colocou ali...

Tentou caminhar até as cortinas, mas o mundo mudou de direção novamente, puxando o jovem para a esquerda.

Hektor foi arremessado de encontro aos assentos. A madeira golpeando as costas com violência, enquanto o veludo macio não passava de um pífio alívio para os murros incessantes. Gosto de sangue brotou na boca, quando se chocou contra a parede.

Deixou um gemido escapar. Cada centímetro de seu corpo latejava. Mas, ele sabia que não podia perder tempo. Ficou de pé, arrastando-se, atordoado, em direção ao que acreditava ser a saída.

E se Erick falava a verdade? E se ele tivesse se arriscado para salvar a vida de Hektor? Na primeira vez em que se viram, o jovem quase caiu em um abismo. Se não fosse por Hektor, ele estaria morto.

Foi arrancado de seus devaneios quando o teatro mudou de direção mais uma vez, jogando-o para trás. Os bastidores vazios do mundo abriram a bocarra, esperando para devorar o jovem, engolindo-o em uma eternidade escura. Vertigem socou o estômago de Hektor. Agarrou-se aos assentos, as mãos fincando-se na espuma como garras. Urrou com o esforço, os músculos quentes e doloridos, mas não poderia parar. Ele queria viver. Abaixo, havia um abismo, mas usaria as cadeiras como degraus de uma escada.

Enquanto escalava o teatro, lembrou que Erick encontrara as páginas do diário de Astérion e mostrou-as para ele. Por que faria isso se fosse o assassino? A não ser que...

A gravidade mudou. O teatro ficou novamente do modo como sempre deveria ter sido. As mãos de Hektor ainda afundavam no veludo vermelho. O mundo não girava, mas a sua mente, sim. Erick não tinha motivo para mostrar as páginas do diário, se fosse o assassino. A não ser que quisesse se livrar de suspeitas. O suposto sonho com o quadro. A reação incongruente ao deparar-se com a morte de uma pessoa. A forma com que a mansão pareceu favorecer sentimentos positivos para que ambos se aproximassem de forma abrupta. Todas essas coisas apontavam em uma única direção.

Para Hektor, estava claro:

Erick era Astérion.

O jovem cambaleou para fora do teatro, chegando ao que parecia ser uma pequena antessala com uma poltrona e uma mesinha circular. O papel de parede amarelo encardido intensificava a náusea que oprimia Hektor. Não sabia dizer se era culpa do teatro, ou de Erick. O espírito fatigado implorava por uma saída.

Repousando na pequena mesa de madeira no centro do cômodo, estava sua solução. Ela vinha na forma de um objeto prateado, envelhecido, que colocava nos ombros do rapaz uma pesada decisão.

Até onde seria capaz de ir para sobreviver? Em que estava disposto a se tornar?

O pensamento fez um sorriso quebrado surgir em seus lábios. Era uma pergunta vã, pois ele já sabia a resposta. A mansão o forçara a tomar aquela decisão antes, e ele não hesitaria em tomá-la outra vez. O assassino, que o aprisionara ali, não lhe dava tempo para ponderar o peso moral de suas ações, precisava agir rápido. Pelo menos agora, quem iria morrer era o culpado por tudo aquilo.

No meio da mesa havia um revólver.

Capítulo 33

Os olhos de Erick repetiam-se centenas de vezes ao redor. A única coisa constante nos reflexos; todo o resto de sua face havia sumido deles, como se usassem máscaras de pele.

O labirinto de espelhos parecia caçoar de suas tentativas de fuga. Corredores se transformavam em paredes reflexivas, curvas serviam apenas para revelar becos sem saída e fazê-lo voltar todo o caminho. Diminutas velas iluminavam o caminho com uma luz difusa e escassa. O ambiente ao redor um borrão disforme; milhares de mundos repetindo-se ao infinito. Mas talvez fosse melhor assim; odiava encarar aquelas coisas que se pareciam com ele, mas não eram. Os reflexos o fitavam mesmo quando ele não estava os observando, com olhos vazios.

Teve o impulso de quebrar um deles, despedaçar em mil pedaços aquela distorção macabra de si mesmo. Apalpou os bolsos em busca da faca que carregava consigo sempre, mas se deu conta de que não a segurava quando ocorreu o bater de asas; estava mais preocupado em abraçar Lydia, em um conforto mútuo.

Ao longe, houve um movimento. Começou leve, quase imperceptível, na visão periférica, porém conforme o ato persistia, ele demandava a atenção do rapaz.

Um dos reflexos se movia.

Ao final do corredor, um Erick sem boca acenava para ele, sorrindo com os olhos.

Sentiu como se caísse em um longo abismo, porém o corpo não se movia. Divertimento pareceu cruzar a face do reflexo, apreciando a cena patética. Erick deu um passo para trás, incerto de se era sábio fazer movimentos bruscos naquele momento. O reflexo parou de acenar, tomando uma expressão séria nos olhos, e socou o vidro com vigor. Erick correu.

Isso não foi o suficiente. O não-Erick quebrou o vidro que o segurava, e disparou em direção ao original. Sem se virar, o jovem conseguiu ver através dos espelhos a sua versão distorcida diminuindo a distância entre os dois com extrema facilidade. A cópia pulou em cima dele, jogando-o no chão.

Não-Erick o colocava em um mata-leão, envolvendo-o com as pernas. Olhando de soslaio, o rapaz viu os próprios olhos o encararem de volta, vazios e com uma sede assassina.

Socou a cara do não-Erick, mas a criatura não soltou. Tentou novamente, tendo o mesmo resultado. Ele colocou-se de pé, levantando o reflexo junto de si. Tateava o braço da criatura, tentando arrancá-la, o que só fazia o aperto ficar mais forte. A face vermelha, a visão escurecendo. Bateu as costas contra um dos espelhos, tentando ferir a criatura que vestia o seu rosto.

O vidro quebrou, revelando uma parede por trás. Erick lançou-se contra outro espelho, e outro, e mais um. Todos se estraçalharam com o impacto, porém a coisa não o soltou. Cacos de vidro fincados na carne de não-Erick. Espelhos destruídos que faziam outros reflexos do rapaz desaparecerem, todos tão deturpados quanto aquele que estava tentando matá-lo.

Com o que sobrou de suas forças, o jovem correu até o fim do corredor e pulou em direção ao espelho, virando-se de costas no processo. O vidro partiu-se. Em vez de revelar mais uma parede, o jovem e seu reflexo vivo foram jogados para um novo cômodo.

Não-Erick largou o original. Caindo de costas no chão, machucando-se contra mais fragmentos do espelho. Erick não saiu ileso, cortando de leve os braços com o vidro espalhado pelo chão. Segurou um caco grande e afiado, e se arrastou em direção à cópia.

O jovem pulou em cima da criatura, fincando a lâmina improvisada no tronco do reflexo. O ser não gritou – não havia boca para tal –, mas contorceu-se com a dor. O rapaz, porém, não teve piedade, apunhalando repetidas vezes não-Erick, até que a monstruosidade parasse de se mexer.

Quando o reflexo ficou inerte, foi quando Erick percebeu que a criatura não sangrava. A carne macia tinha a textura de espuma e, ao colocar os dedos dentro de uma das feridas, viu que o interior do ser era oco.

Uma curiosidade sombria tomou conta dele, que pegou o caco de vidro e rasgou o reflexo no meio. Dentro da criatura estavam algumas páginas com palavras datilografadas. O diário de Astérion.

Dessa vez, porém, quase todas as frases estavam censuradas.

Quem
sou
eu
de
verdade
?

A memória é traiçoeira. São lembranças de lembranças, não a realidade. A minha memória é a pior de todas, pois eu não me lembro somente do que aconteceu, mas do que vai acontecer.

Sinto

falta
de

uma
vida que
não

vivi

Sou

a
lembrança

ou
quem

se

lembra?

sou

passado

ou

sou

o futuro

?

sonho

Ou

despertar

?

eu

Consigo

sentir

seus olhos

em

mim

Também vejo

você

não

sei

quem

sou

Quem

é

v

o c e ?

Astérion

"Também vejo você", pensou Erick, encarando os olhos do próprio reflexo, morto. Olhos iguais aos dele.

O cômodo em que estava parecia ser uma galeria de arte. Pinturas de todos os tipos penduradas nas paredes – abstratas, natureza morta, retratos – onde todas as pessoas tinham borboletas negras escondendo o rosto. O caminho por onde o jovem e o reflexo haviam entrado não era uma porta, e sim a moldura dourada do que Erick acreditava ter sido um espelho.

Deixou não-Erick para trás, ignorando as pinturas, em busca de uma saída. Não conseguia pensar em procurar pistas ou em apreciar a arte. Queria voltar para Lydia; ter certeza de que ela ainda estava bem.

Até que um dos quadros saltou aos olhos.

Um amontoado de facas no chão, manchadas de sangue. As mesmas facas que usaram para matar Melissa.

Algo dentro de Erick se quebrou. Um espelho que se partia dentro de sua própria mente. Caiu de joelhos sem perceber. Sentia o corpo mole, como se estivesse derretendo. Havia se tornado um assassino. Ele quem encontrou a identidade, e também participou da execução.

Se não tivesse feito isso, ela ainda estaria viva. E a mansão sabia disso; talvez o documento tivesse sido plantado ali para que ele o encontrasse. Para que fosse o estopim da morte dela. Ainda conseguia sentir o calor do sangue de Melissa nos dedos.

Uma risada escapou da garganta, tímida, e depois transformou-se em uma gargalhada. Ecoava maniacamente pela galeria, o som de alguém enlouquecendo. Algo molhava o rosto de Erick. Lágrimas escorriam pela face. O riso logo transformou-se em prantos.

Colocou as mãos no chão, de cabeça baixa, com vergonha. Chorava de soluçar, não só pela morte de Mel, mas também pela sua própria; a morte da pessoa que achava que era. Não reconhecia a si mesmo. Temia que os olhos assassinos do reflexo não fossem uma distorção, e sim uma representação fiel dos seus próprios.

Soluçava, sentindo-se mais sozinho que nunca.

— Me desculpe — suplicou ao vazio. — A culpa é minha…

Um clique metálico ressoou perto de Erick.

— Não adianta se desculpar agora — disse Hektor, frio. Erick virou o rosto devagar para encará-lo. O corpo gelou quando compreendeu, finalmente, o que estava acontecendo.

Hektor apontava uma arma para ele.

CAPÍTULO 34

— Onde estão as piadinhas? — zombou Hektor, com um sorriso afiado que logo murchou em uma expressão de raiva.

Desde que entrou na mansão, Erick já havia passado por diversos momentos em que sua vida estava em jogo. Daquela vez, porém, era diferente. Em nenhuma das ocasiões em que quase morreu, havia sido pelas mãos de alguém em quem confiava.

Por isso, quando vislumbrou Hektor segurando a arma em sua direção, não compreendeu imediatamente o que estava acontecendo. Encarava o objeto, que reluzia com um brilho fantasmagórico à luz de velas.

O jovem ficou em silêncio, sem reação, até que o outro o tirou do transe, dando uma nota clara para a interação dos dois: aquilo era uma ameaça.

— Não vai falar nada? — provocou Hektor. Respirava fundo, tentando conter o tremor nas mãos.

— O que você tá fazendo? — indagou Erick, ficando em pé lentamente, mostrando as mãos, sinalizando que estava desarmado. Tinha medo que ele disparasse caso fizesse algum movimento brusco. — Hektor, abaixa a arma.

— Foi você — Riu com escárnio, com um choro reprimido no fundo da garganta. Os olhos cheios de lágrimas. — Como eu pude ser tão burro? É claro que foi você!

— A gente pode conversar, não tem por quê...

— Você que encontrou a identidade dela. — Hektor ignorou o que ele falava. Caminhava em direção a Erick, que recuou, amedrontado. — Você que fez a gente matar a Mel. A culpa é sua!

A expressão feroz de Hektor assustava Erick, que começou a cogitar se o rapaz havia perdido a cabeça, ou estava delirando. Tentou ser racional com ele para que pudessem resolver as coisas de maneira razoável.

— Calma, Hektor — pediu Erick, com um tom mais baixo. — Você estava comigo quando encontrei a identidade, lembra?

— Mas eu não a vi no chão — afirmou, gritando. — Você podia muito bem ter pegado do seu bolso e jogado ela ali!

— Se eu fosse o assassino — argumentou Erick, tentando contornar a lógica quebrada do garoto —, já teria tido muitas oportunidades de matar você, não acha?

— E ainda tem o Diego — continuou Hektor, aproximando-se cada vez mais do jovem. Erick ficou contra a parede. — Você apareceu pra ele durante o bater de asas. Diego não baixou a guarda. Lutou, te enforcou, mas você conseguiu matar ele mesmo assim. Aí você veio com essa história de que tentaram te assassinar, só para justificar as marcas no pescoço!

Botou a arma contra a cabeça de Erick e colocou o braço na parede ao lado do jovem, impedindo-o de sair do lugar.

— Eu *sei* que é você. — As palavras saíam lentas de sua boca. — Só admite isso de uma vez para eu poder te matar. Não tenho todo o tempo do mundo.

"Tempo", pensou Erick, "É isso".

— Eu não faria isso se fosse você — disse ele, tentando manter-se calmo. Precisava escolher as palavras com cuidado, ou em breve teria uma bala atravessando o crânio.

Hektor se aproximou do rosto do rapaz. O sobretudo aberto mostrava o tronco exposto, sujo com o que restou do sangue de Melissa.

— Me dê um único motivo — sussurrou ele. O hálito roçando na pele de Erick enquanto cuspia palavras cáusticas — para não matar você agora mesmo.

Erick respirou fundo e forçou um sorriso.

— Porque eu sei quem é o assassino.

CAPÍTULO 35

Rebeca e Tales tremiam com apreensão. Paralisados no chão quadriculado do cômodo, olhavam ao redor em busca de respostas, sabendo que o próximo passo poderia ser o último.

— Você percebeu algum padrão no teto? — perguntou Rebeca, secando a testa molhada de suor. — Algo que indique a posição das armadilhas?

— Não… — disse ele, olhando para cima. Sentia a garganta seca e a vertigem que o assolava era perigosa; qualquer desequilíbrio seria o suficiente para levá-lo à morte. Tentava formular alguma teoria que explicasse como o lugar funcionava. — É como se as lâminas surgissem do nada. A única coisa que diz que vão cair é aquele barulho de clique.

O cômodo era pequeno: em poucos metros poderiam chegar até a porta. Porém, desde que acordaram, era impossível mover-se com tranquilidade. Os azulejos brancos e pretos assemelhavam-se a um campo minado: se pisassem no lugar errado, uma guilhotina caía do teto, decepando tudo no caminho.

Tiveram sorte nos primeiros passos; quando as lâminas caíram, eles conseguiram se desviar por poucos centímetros. Entretanto chegaram a um impasse. Sem outras opções, precisavam achar alguma forma de atravessar o lugar sem serem cortados ao meio.

— Será que todos os azulejos brancos que são mortais? — sugeriu Rebeca, nervosa.

Tales tirou um dos tênis que calçava e o arremessou alguns metros à frente. O sapato caiu em um azulejo branco, mas não aconteceu nada. Quicou e aterrissou em um azulejo preto.

Uma grande lâmina desceu do teto, surgindo do nada, e partiu o calçado ao meio. O objeto não ofereceu nenhuma resistência, sendo cortado como se fosse feito de papel. A guilhotina desapareceu no chão, entrando por uma abertura invisível.

— Então devem ser os pretos… — concluiu Tales, porém, por via das dúvidas, tirou o outro tênis e jogou em um azulejo branco. A guilhotina decepou o objeto da mesma forma que fez com o primeiro.

O garoto se imaginou sendo acertado por aquele golpe, tendo o corpo partido com facilidade; ossos, músculos e órgãos cortados ao meio, em um mero instante.

Entreolharam-se, apreensivos. O cômodo estava vazio, as paredes lisas não davam pistas, e a única luz que iluminava o ambiente era a de dois castiçais na parede ao lado da porta. As lâminas que brilhavam, afiadas, no breve momento em que desciam do teto, os faziam pensar em objetos de tortura. A esterilidade do local era quase clínica, como se tivesse sido projetado especialmente para eles.

— Dois castiçais… — disse Tales, com uma pequena esperança de que solucionou o mistério. — Talvez signifique que de duas em duas fileiras é seguro?

Rebeca jogou um de seus tênis para testar a hipótese. Não.

— Então que tal de duas em duas colunas? — perguntou ela, mais apreensiva. Jogou, novamente, um dos tênis. Não também.

Sem mais teorias, ambos começaram a entrar em pânico. Algo em comum entre eles era que odiavam coisas sem sentido ou padrão. O campo minado de guilhotina recusava-se a se curvar ao escrutínio dos dois.

— Eu vou testar — declarou ele, trêmulo — se os azulejos que já foram ativados continuam funcionando.

— Mas você não tem mais nada para jogar — retrucou Rebeca.

— Eu sei…

Tales fechou os olhos e respirou fundo. Havia tomado uma decisão: se ele não fosse sobreviver, pelo menos Rebeca deveria ficar viva.

Saltou até o azulejo branco que foi ativado com o tênis que lançou. Fechou os olhos e esperou pelo pior. Mas o pior não veio; sua teoria estava certa: o piso que já fora ativado não oferecia perigo. Suspirou aliviado.

Rebeca sorriu, contente que ele estava bem. A aliança que formaram dentro da mansão tomava proporções inesperadas; o momento não era apropriado para pensar em sentimentos, mas sabia que se importava com ele. Queria que saíssem dali juntos.

— Ótimo — falou a garota, com um meio sorriso. — Agora vamos pensar com calma no que fazer e…

Tales pulou novamente, dessa vez para o próximo azulejo que foi ativado, e então outro. Por fim, saltou até o último piso, que sabia ser seguro.

Faltavam dois pulos até a saída.

O rapaz exalava com força, suando frio. O corpo todo tremia incontrolavelmente.

— Tales, por favor! — suplicou Rebeca, tendo que controlar o impulso de ir ela mesma até o garoto e segurá-lo. — Não se mexa, você pode morrer no próximo passo que der!

— É o único jeito — declarou o jovem, respirando fundo. Só dois pulos. Era isso que precisava fazer, então estariam livres.

Deveria jogar a cautela de lado e tomar ações arriscadas. Em comparação com o que já fizera, isso não era nada. Sem pensar muito para não se acovardar, saltou a primeira vez, e então a segunda. Explodiu em êxtase, quando abriu a porta e saiu do cômodo. Um golpe de sorte. Tales não fazia apostas, não gostava de colocar as fichas em algo no qual não tinha controle, porém daquela vez, havia acertado em cheio.

Pensou que vomitaria a qualquer momento, mas sorria com vontade. Olhou para trás e fez sinal para a garota seguir seus passos.

Ela o fez alegremente.

Capítulo 36

— Você tem certeza? — indagou Hektor. Erick caminhava à frente, com o cano do revólver pressionado contra a cabeça.

— Sim, eu tenho — afirmou Erick, confiante. A iluminação de velas aumentava a cada passo, então acreditavam estar perto do salão de entrada. O que antes era um alívio, tornara-se motivo de grande apreensão.

— E você soube disso por causa de um relógio de bolso? Essa é sua *única* evidência?

— Não é como se você tivesse alguma evidência para apontar uma arma em minha direção — retrucou o jovem. — Mas sim, eu só precisei disso para descobrir. — Olhou por cima do ombro, vendo Hektor, que pressionou a arma mais violentamente contra o rapaz.

— Olha pra frente ou eu estouro o seu crânio.

Erick virou o rosto rapidamente, respirando com dificuldade.

— O que acontece se você estiver errado? — perguntou Hektor.

— Eu não estou.

— Mas *e se* estiver?

Erick hesitou antes de responder.

— Se eu estiver errado, você me mata.

— Hm... — Hektor estava satisfeito com o trato. — Me explica de novo, por que você acha que é ela?

— Eu *sei* que Rebeca é a assassina — declarou ele. — Ela foi a primeira a ir para cima de Melissa, e mesmo assim foi uma das pessoas que mais reclamou sobre a execução, e você sabe o porquê?

— Porque ela tem algum vestígio de humanidade e não é uma assassina sanguinária? — sugeriu Hektor, sabendo que era um hipócrita. Ele mesmo defendeu a necessidade da morte de Melissa quando ocorreu.

— *Errado*! — corrigiu Erick. — É porque iriam perceber que quem começou tudo foi *ela*. Por isso, se Rebeca reclamasse da execução, ninguém iria suspeitar.

— Eu não estou convencido, isso é só uma suposição…

— E também tem o fato de que todos mais próximos de Rebeca morreram *um por um* — prosseguiu Erick, sem ligar para o que o outro disse. — Primeiro foi Lua, depois Yuri, então Mel e por fim Diego. A gente sempre esteve alerta uns com os outros, principalmente com aqueles que não conhecíamos muito bem, mas se fosse alguém em que confiamos, nos sentiríamos confortáveis ao seu lado.

— Tipo você e a Lydia. — Hektor ofereceu uma armadilha como exemplo.

— Sim, tipo isso! — Erick respondeu sem titubear. Se negasse, Hektor poderia ouvir a incerteza na voz, o que o deixaria encurralado. Então, decidiu que o melhor caminho era se fazer de sonso e fingir que não percebeu a implicação do que o outro disse. — Eu confio na Lydia, e em você também; não acho que sejam os assassinos. Mas não tanto nos outros. Sendo assim, a Rebeca usou dessa confiança que eles tinham nela e os matou. Alguns com as próprias mãos.

— Você ainda não provou seu ponto — disse Hektor, desconfiado.

— Mas sabe o que prova? — retrucou Erick. Sabia que havia falhas lógicas em sua teoria, porém precisava ganhar: — Tempo. Rebeca tocou nesse assunto algumas vezes, e deixou escapar uma informação crucial. Você se lembra como ela marcava o tempo durante o bater de asas?

— Não, mas imagino que seja…

— Um relógio de bolso — completou Erick. — Eu tenho certeza que era o mesmo relógio de bolso que caiu quando tentaram me enforcar. Não se dá para guardar nada em vestidos, então ela devia carregá-lo na mão quando ocorria o bater de asas, e deixou ele escapulir quando eu me soltei da forca improvisada que fez para mim.

Chegaram a um cômodo completamente iluminado. Acreditavam que a próxima porta seria a última. Antes de forçar Erick a abri-la, Hektor declarou:

— Torça para estar certo. Porque senão estiver, é você quem vai morrer.

Erick girou a maçaneta e foi recebido pela luz familiar do salão de entrada. Junto dela, veio o cheiro de morte que empesteava o lugar, e um som que cortava a alma.

Alguém em prantos.

Não notou quem chorava: sua atenção fixou-se em Lydia, do outro lado do salão. Ficou aliviado de que ela estivesse bem. A jovem mantinha uma expressão preocupada que se transformou em pavor quando percebeu que Hektor apontava uma arma para a cabeça de Erick.

— Você estava errado — declarou Hektor. — A Rebeca não pode ser a assassina.

Tales chorava sem parar, agachado no chão, abraçando algo – algum objeto. O moletom branco com a parte da frente completamente manchada de vermelho. No início, Erick não entendeu o que Tales segurava. Pensou que era algum tipo de bola, porém, ao chegar mais perto, reconheceu os fios dourados que saíam do objeto.

Tales segurava a cabeça de Rebeca.

CAPÍTULO 37

Rebeca seguiu os passos do jovem, pulando de azulejo em azulejo, até chegar no penúltimo. Faltava pouco até alcançar a porta para poder juntar-se ao garoto.

A mansão, porém, não possuía uma lógica – ou pelo menos, não uma que eles compreendiam. Até aquele momento, Tales estava certo: o azulejo que fora ativado não oferecia riscos. Isso mudou quando Rebeca aterrissou no último piso.

Sem ela notar, um clique metálico ressoou do teto. A expressão de Tales se fechou, mas Rebeca permanecia sempre sorridente. Ele tentou avisá-la fazendo um gesto frenético e desesperado para que ela não desse mais um passo. A garota, porém, não percebeu.

Uma guilhotina desceu como um raio em Rebeca.

Separando o corpo da jovem e a cabeça, que rolou até os pés de Tales, horrorizado. Ele gritou, expulsando todo o ar dos pulmões. Por um breve momento, pensou em desistir de tentar desvendar os mistérios e armadilhas da mansão, porque sentia que estava lutando contra algo impossível de compreender ou vencer. Talvez fosse melhor voltar para o cômodo e deixar uma guilhotina acertá-lo. Pelo menos o pesadelo teria terminado. Se juntaria à Rebeca.

O garoto perguntava-se o que tinha feito de errado. Havia algo que deixou passar? Uma pista que sinalizasse o perigo que Rebeca estava correndo que ele negligenciou? Ou aquilo era puro capricho da mansão, uma aleatoriedade cruel? A falta de razão para a morte da garota era o que mais o atormentava.

Ele fitou os olhos vidrados da jovem, que ainda mantinham o mesmo sorriso. Alegre, acreditando estar a um passo da salvação. O sangue dela molhava os pés descalços do rapaz, que tremia sem saber o que fazer. Não podia deixá-la, sozinha. Envolveu o crânio em seus braços e o carregou solenemente até o salão de entrada.

— Você enlouqueceu?! — Lydia esbravejou, alarmada. O coração galopando no peito.

Hektor forçou os outros três a ficarem um ao lado do outro. Tales ainda segurava o crânio de Rebeca nas mãos, o sangue pingando no chão, o sorriso eterno estampado no rosto da jovem.

— Se eu enlouqueci? — perguntou Hektor, gesticulando com a arma. — Não, Lydia, eu fui burro de não ter feito isso aqui *antes*!

— Isso tá indo longe demais — disse Erick, suando frio.

— Você cala a sua boca! — exigiu Hektor, apontando a arma para ele. — Eu só tenho duas balas nesse revólver, e esse é o único motivo para eu não matar *todos vocês*. Quero ter certeza de que pelo menos uma delas vai parar na cabeça do assassino. — O corpo fervia em fúria. — Não vou passar por outro bater de asas. Isso acaba *agora*. Estou cansado...

— Hektor, todos nós estamos — argumentou Lydia. Deu um passo em direção a ele, que apontou a arma para cima dela. A jovem se deteve. — Veja o Tales, por exemplo, ele tá em choque... a Rebeca acabou de morrer. Agora, mais do que nunca, nós precisamos nos manter unidos.

— Ah! — Hektor riu. — É verdade, ela morreu! Sendo assim, gostaria que você soubesse, Lydia, que o seu namoradinho ali acusou *a Rebeca* de assassinato.

Lydia encarou Erick como se dissesse "O que você fez dessa vez?".

— Na verdade, ele estava tão confiante disso — continuou Hektor, em um tom debochado —, que disse que se estivesse errado, era para eu matá-lo.

E mirou em Erick mais uma vez. O buraco do cano da arma era de uma escuridão densa, que engolia qualquer esperança de sobrevivência.

— Eu-eu posso ter exagerado — gaguejou Erick. — Que tal, em vez disso, você me dar um tiro na perna ou coisa assim?

— Não — respondeu ele, sério. — O combinado era eu te matar se você estivesse errado. E é exatamente isso o que vou fazer.

Um manto de silêncio sórdido cobriu-os. O cheiro do sangue se misturava com o suor e as velas. Os olhos ensandecidos de Hektor mostravam que ele não estava brincando. Lydia encarava com preocupação o desenrolar da cena. Tales nada dizia, soluçando em silêncio, enquanto acariciava o rosto de Rebeca. Erick sabia que precisava falar algo rápido, ou seria morto ali mesmo.

— E quem disse que eu estava errado? — Deixou a boca se mover mais rápido que os pensamentos.

— O que quer dizer com isso? — indagou Hektor, intrigado.

— Rebeca era uma assassina — Erick continuou, sem saber onde queria chegar. — Mas não foi a culpada por tudo isso.

Silêncio. Todos prestavam atenção no rapaz, inclusive Tales que parou de chorar. Erick temia não conseguir sustentar o raciocínio, ou não inventar um argumento convincente o bastante para mantê-lo vivo. Sua única opção era continuar falando.

— Ela não foi quem nos sequestrou. Talvez não tenha sido a assassina de Lua, mas não significa que era inocente... — Erick conjecturou, com uma clara noção de que podia não estar soando convincente, nem mesmo para si. — Minha teoria ainda se sustenta: o relógio de bolso pertencia a ela, tenho certeza disso. Ela tentou me matar!

Tales abraçou a cabeça da jovem com ternura.

— E por que Rebeca faria isso? — perguntou Hektor, ficando cansado de ouvir a ladainha de Erick. Talvez devesse atirar logo. — Por que tentaria matar você?

— Não é óbvio? — retorquiu Erick, tentando parecer confiante. — Pelo mesmo motivo que *você* está querendo me matar agora. Ela acreditava que um de nós era o assassino. Eu e Lydia estávamos juntos; ela esperou um de nós se afastar para matar quem tivesse ficado. Pelo menos assim haveria menos uma pessoa para se preocupar.

— Algo não está batendo — respondeu Hektor, pensativo. — Não daria tempo dela assassinar Diego e depois tentar matar você.

— O tempo não importa aqui. A própria Rebeca dizia isso — retrucou Erick. — Algo que poderia levar uma hora, leva duas; o que poderia levar duas, leva só um minuto. Qualquer álibi que tenha a ver com o tempo é irrelevante.

— Igual o *seu* álibi e o da Lydia? — cuspiu Hektor. — Uma das únicas coisas que me impediu de matar vocês dois até agora é o fato de eu ter estado junto de vocês quando os assassinatos supostamente aconteceram. Mas como o tempo não é um fator importante aqui, acho que posso colocar uma bala na sua cabeça. — Levantou a arma e deixou ela mais estável, direcionada bem no meio da testa de Erick.

O coração do jovem disparou, correndo, incontrolavelmente dentro do peito.

— Então ela... ela... não matou Diego — concluiu Erick. Hektor fez um sinal, concordando com a cabeça, tranquilo, esperando o rapaz acabar de falar para finalmente atirar nele. — Ela tentou me matar, mas... mas... não faz sentido...

As palavras que saíam da boca de Erick não pertenciam a ele. Também não eram tentativas vãs de permanecer vivo. Vinham de outro lugar, um lugar que nem ele sabia onde era. Um oceano de conhecimento secreto onde ele mergulhou pela primeira vez. Não estava mais deduzindo; ele *sabia*.

— Quem nos prendeu aqui e quem matou Diego não são a mesma pessoa — disse Erick, calmo. Não se preocupava mais com a arma apontada em sua direção. — O assassino original executava as vítimas ou deixava a mansão fazer isso somente quando badalava meia-noite. Mas Diego foi morto em outro momento...

Hektor ouvia Erick com cuidado; não estava convencido ainda do que ele dizia, porém esperaria para ver qual era a conclusão do jovem.

— Diego era uma das únicas pessoas aqui em que Rebeca podia confiar — assumiu Erick. As conclusões que verbalizava pareciam ser proferidas pela voz da mansão. — Ele e Yuri viram a morte de Lua juntos. Então ela sabia que Diego não era o culpado. A morte dele também foi muito mais descuidada do que o normal. Executada por alguém desesperado… mas por que iriam…

Erick entendeu de uma vez o que havia acontecido.

Olhou para o culpado.

— Você matou ele, não foi, Tales..?

CAPÍTULO 38

— *O quê?* — Tales cuspiu. O rosto contorcendo-se em uma expressão de ódio e indignação. — *Vocês dois* são os culpados! — Disparou as palavras na direção de Erick e Lydia, erguendo a voz. Os olhos tremeluziam com a fúria crescente. — Mataram Diego e todos os outros! — Fitou Hektor, que mantinha a postura firme, escutando com atenção, e completou: — Eles querem te enganar! Atira logo nos dois, eles são os assassinos!

Hektor sentia o coração pulsar nas têmporas, bombeando a dor por toda a cabeça. Quis perguntar aos mortos quem era o culpado – eles tinham a resposta para aquele mistério –, mas suas bocas estavam caladas para sempre; observavam tudo com olhos opacos e frios. A decisão deveria ser de Hektor, assim como o peso de ser o carrasco daquele julgamento.

— "Os assassinos"… — repetiu Erick. Os pensamentos se desencadeavam dentro de sua cabeça como dominós. Flashes de imagens, sons e conceitos surgindo em uma maré de ideias desconexas, mas que contavam uma história. — No plural... Foi isso, não é? A única pessoa em que Rebeca poderia confiar além de Yuri e Diego era você, que esteve com ela durante a morte de Lua. — Conclusões se desenhando em sua mente com uma clareza sobrenatural. — Suspeitavam de nós e quiseram nos matar. Mas Diego não era um dos alvos… só teve um motivo para você assassiná-lo…

Apreensiva, Lydia ouvia as acusações de Erick, julgando que o melhor seria não intervir. Encarava com atenção o revólver na mão de Hektor, esperando por um momento oportuno para tentar arrancá-lo do jovem. O rapaz, porém, não dava brecha; estava atento demais para isso.

— O que tá esperando?! — urrou Tales, o corpo tremia, como se eletrocutado pela raiva. Segurava a cabeça de Rebeca com cuidado, como se ainda pudesse protegê-la de algo. — Atira logo!

Hektor ficou parado, ouvindo. Segurava a arma com uma firmeza decidida, porém sua mente vacilava. Erick não trazia provas substanciais, mas a reação de Tales era suspeita. Algo nos olhos do garoto brilhava com culpa e rancor.

— Você não encontrou Diego na intenção de matá-lo, Tales — continuou Erick, perdido nas próprias palavras —, e sim para convidá-lo para a sua aliança com Rebeca... Sabiam que podiam confiar nele, e se cada um de vocês matasse alguém de nós três — gesticulou para ele mesmo, Lydia e Hektor —, então não haveria mais ninguém suspeito.

— Cala a boca, seu merda — mandou Tales, avançando em direção a Erick, ainda segurando a cabeça de Rebeca. Hektor, porém, apontou a arma na direção do jovem, impedindo-o de se aproximar.

— Ele recusou a proposta… — Erick disse, com olhos distantes. Era como se conseguisse ver a cena diante de si; a mansão revelava seus segredos para ele. — Você não viu outra opção, a não ser matá-lo. Entendia que Diego poderia contar para os outros sobre o plano. Você o esfaqueou, até perceber que ele não sobreviveria, mas não teve estômago para finalizar o trabalho. Você o deixou agonizando até a morte.

— Vai se foder — murmurou Tales, quase inaudível. Lágrimas irritadas marejaram os olhos.

— Talvez pudessem continuar matando um de nós a cada bater de asas — concluiu Erick —, mas Rebeca foi decapitada logo em seguida... O plano de vocês falhou. — Suspirou com força. Sua cabeça girava com o esforço mental. As visões pararam, dando lugar a uma súbita onda de exaustão.

Tales desviou o rosto, escondendo as lágrimas. Envolveu o rosto de Rebeca em seus braços, com ternura. Lydia afastou-se do rapaz, quando viu seus olhos brilharem de raiva; estavam mais sombrios do que jamais estiveram.

— Você é quem deveria estar morto — Tales cuspiu. Falava pausadamente, deixando veneno pingar em cada sílaba. — Se Rebeca tivesse conseguido te matar antes, agora ela estaria viva.

— Você matou o Diego, Tales? — perguntou Hektor, com a arma apontada para ele. A voz imponente e controlada, mas dentro dele rugia um caos de dúvida.

— Isso não devia ter acontecido com ela. — Tales ignorou a pergunta, fitando os olhos mortos da cabeça decapitada. — Ela era divertida, inteligente…

— Você matou o Diego, Tales? — Hektor repetiu, impaciente.

— …tinha um sorriso brilhante, era linda também — continuou — e, acima de tudo, uma pessoa boa. Não uma assassina sem alma como *vocês*. O que ela fez foi por necessidade!

— Tales, responda. — Hektor estava ficando com raiva.

— Vocês que a levaram a isso — disse Tales, ácido. — A culpa não é dela. A culpa é de *vocês,* por tudo o que aconteceu! Tomara que queimem na porra do inferno, seus filhos da puta.

— *Você matou o Diego?!* — Hektor urrou.

— *Sim!* — Tales urrou de volta.

A confissão do rapaz ficou suspensa no ar por alguns segundos, ribombando pelas paredes. Velas tremeluziam, e os cadáveres esperavam pelo inevitável. Uma expressão de tristeza cruzou a face do garoto, quando o alívio de revelar um segredo deu lugar ao medo das consequências que aquilo traria.

A expressão de Hektor era neutra, indecifrável. Olhos azuis faiscantes como relâmpagos. O caos dentro dele foi apaziguado. A decisão havia sido tomada.

— Já ouvi o suficiente — disse ele, calmo. Soava distante, como se lesse em voz alta uma fala de um roteiro, e não estivesse vivendo aquilo de verdade.

E então puxou o gatilho.

O estrondo do revólver ressoou mil vezes no salão de entrada. O mundo parecia partir-se ao meio.

O rugido ainda ecoava quando Tales caiu no chão. Gemia de dor, abrindo e fechando a boca, buscando por ar e falhando. Olhos caóticos e amedrontados percorriam o teto em busca de uma solução que não viria.

Deixou a cabeça de Rebeca cair, rolando no chão a poucos metros dele.

Do peito do jovem surgiu uma enorme mancha vermelha; o sangue do garoto misturando-se ao de Rebeca em seu casaco. As mãos tentavam estancar o ferimento que não parava de jorrar.

Ele encarou o crânio decepado de Rebeca, que o fitava com olhos que não viam mais. Enquanto um sorriso estampava o rosto da jovem, Tales morreu com uma expressão de puro horror.

Hektor inspirava pelo nariz e expirava pela boca, tentando não deixar as emoções saírem do controle. A decisão que tomou foi para garantir a sua sobrevivência; Tales era perigoso demais para ser mantido vivo, mas encarar seu cadáver deitado no salão de entrada o deixava tenso – um lembrete macabro da própria vontade de viver.

Lydia observava aquilo atônita. Um grito travado na garganta. Erick não estava diferente; os olhos presos na cena que acontecia, a boca aberta em uma expressão de profundo horror. Mais um assassinato se desenrolava diante de seus olhos. Porém, o perigo ainda não havia terminado. Hektor ainda tinha a arma.

— V-viu...? — balbuciou Erick, sem desviar sua atenção do cadáver recém--criado. Uma lágrima solitária ainda se prendia no olho esquerdo de Tales.

— Agora você acredita em mim? Eles eram os assassinos! — Não estava contente com a morte do jovem, mas se não convencesse Hektor de que aquilo era o suficiente, ele e Lydia estariam em perigo.

— Não é bem assim — retrucou Hektor, como um professor corrigindo um aluno. — Você tinha razão, eles eram assassinos, mas até em sua teoria, eles não faziam parte de quem nos sequestrou. — Fumaça saía do cano do revólver. — Ainda existe um culpado original, quem está por trás de tudo.

Sentiu o peso da arma em sua mão. Só restava mais uma bala, mais uma vida a ser tomada. O peso dessa decisão era colossal, mas ele já havia chegado longe demais para parar agora.

— Então — disse Hektor, como se estivesse se lembrando de uma lista de afazeres em uma tarde qualquer —, parece que temos que descobrir quem é o assassino verdadeiro. E eu ainda tenho uma bala.

Deixou a última frase no ar, com uma nota de crueldade que não sabia de onde vinha. O número crescente de cadáveres fazia o salão parecer mais silencioso que nunca. Os três únicos sobreviventes se encaravam sem dizer nada, com uma tensão crescente. As velas tremeluziam de maneira desordenada, pintando o mundo com sombras disformes.

Hektor olhou para Erick e Lydia como uma víbora prestes a dar o bote, e concluiu:

— Em quem devo atirar agora?

Capítulo 39

Os olhos azuis de Hektor lampejavam com um desejo atormentado de viver, uma ânsia primordial que o impulsionava a cometer qualquer ato para continuar existindo.

Lydia hiperventilava, os músculos tensos, travada em uma mesma posição. Olhava fixamente o cadáver de Tales. Hektor decidiu que estava na hora de terminar com tudo. Faltava pouco, não podia parar ainda, não depois de todos os atos sórdidos que cometera até ali. Fez menção de erguer o braço e apontar outra vez a arma para os dois.

A mente de Erick corria desesperada. Via o mundo em câmera lenta. Se não fizesse algo naquele exato instante, ou ele, ou Lydia morreriam.

Do lado esquerdo ficava a porta com um leão esculpido na madeira. Encontrava-se aberta; o *bater de asas* não havia terminado, as passagens não tinham sido seladas, mas seriam logo. Qualquer pessoa que não estivesse dentro do salão ficaria presa nos cômodos e corredores infinitos da mansão, sem nunca mais conseguir voltar.

Erick sentiu o corpo se mover sozinho, antes que pudesse tomar qualquer decisão. Um impulso livre de pensamentos ou intenções.

Avançou em Hektor, agarrando firme o braço em que ele segurava a arma. Depois lançou-se junto do outro jovem através da porta de leão, ficando de fora do salão de entrada. Hektor era mais forte, mas os ferimentos que o rapaz recebeu quando esteve no teatro, somados à adrenalina desesperada de alguém à beira da morte, fizeram com que Erick conseguisse contê-lo.

— *Eu vou te matar!* — urrou Hektor, ensandecido. — Eu vou matar *vocês dois!*

Lydia ameaçou entrar no corredor para ajudar Erick; temia pela vida do garoto. O jovem a encarou com apreensão. Implorava com o olhar para que ela não se aproximasse, pois se o fizesse, também morreria.

— Não! — gritou ele, sentindo os braços escorregarem do corpo de Hektor.

O coração de Erick batia descompassado. Sentiu o fôlego se esvaindo, junto com suas forças.

Hektor escapou.

Ele deu uma cotovelada no estômago do outro jovem e correu em direção à saída. Lydia arregalou os olhos, vendo Hektor se aproximar como uma fera devoradora. Porém, antes que o rapaz conseguisse entrar no salão, as portas se fecharam com um estrondo. O *bater de asas* foi finalizado; todas as passagens estavam seladas.

Ele encarou Erick, atônito. Sabia o que aquilo significava. Nenhum deles conseguiria encontrar o salão novamente.

— O que você fez? — balbuciou Hektor, sentindo a esperança desaparecer de sua alma.

Erick riu de nervoso por saber que era um homem morto. Se Hektor não o matasse, a mansão o faria.

— Condenei nós dois — gargalhou ele.

Hektor apontou a arma para Erick, que riu mais alto.

Antes que pudesse puxar o gatilho e matar o jovem, o corredor em que estavam se contraiu, como uma sanfona.

Foram atingidos por uma lufada de vento que vinha de todas as direções. As velas sacudiram violentamente, sem se apagar. Hektor observava horrorizado o mundo se dissolver ao redor deles. Então, como se puxado por uma força invisível, ele voou para longe, entrando por um buraco que surgiu no teto, deixando o outro jovem sozinho. O bater de asas se espalhava com a impetuosidade de um tsunami. O farfalhar constante como o de mil demônios alados.

Erick foi lançado através da mansão, passando pelos infinitos cômodos. A cabeça girava. Ele gritava, mas não ouvia som algum além do uivo do vento passando pelos ouvidos. Sentia os órgãos dançarem dentro de si, subindo e descendo, indo de um lado para o outro. Não pensava em morrer; achava que já havia morrido e aquele era o inferno.

A mansão desapareceu diante de seus olhos, em uma mistura de cores e sons, enquanto Erick voava passando por escritórios, quartos, bibliotecas, estufas e uma infinitude de lugares que embaralhavam a visão, imprimindo uma noção pura de horror dentro do jovem, deslizando pelos olhos como um caleidoscópio doentio, o mundo colapsando dentro de si mesmo, até se tornar uma única coisa indistinta.

E, num instante, tudo parou.

Erick encontrou-se deitado de bruços no topo de uma longa escada em espiral. Perto dele havia uma vela, sua única fonte de luz. Ele sentou, respirando fundo, percebendo que ainda estava vivo. O estômago ainda nauseado pelo pesadelo surreal que sofreu. E então o entendimento do que ocorrera se abateu sobre ele.

Estava preso na mansão. Iria perambular pelos corredores até não aguentar mais e o corpo sucumbir, ou pior – veio na mente a imagem de Miguel, que passara todos os seus anos dentro daquelas paredes – viveria por muitas décadas ainda. Soluços mudos. Lágrimas que ninguém veria, súplicas que ninguém ouviria.

Colocou-se de pé, quando cansou de se lamentar. Sua tristeza não significava grande coisa; a mansão era indiferente a tudo isso. Não restava nada a se fazer a não ser continuar. Segurou a vela nas mãos nuas, sabendo que a cera derreteria. Ele não tinha escolha.

A escada descia até se perder na escuridão; um abismo que não parecia ter fim. Acima de sua cabeça não havia teto. A luz não chegava ao topo do lugar, que poderia muito bem se estender para sempre. A escada de granito polido fazia uma ampla curva pela parede circular. O único caminho era para baixo.

Na primeira hora a cera da vela derreteu nas mãos de Erick, mas ele suportou a dor para não perder a única fonte de luz que possuía. As paredes, antes lisas, começaram a ser adornadas com esparsas pinturas emolduradas. Algumas possuíam o estilo que Erick havia reconhecido como o de Pierre Navalier, porém outras tinham a personalidade de alguém diferente. A técnica nova era ao mesmo tempo estranha e familiar para o jovem.

Na segunda hora, quis parar de caminhar, sentindo fraqueza se abater sobre cada centímetro de seu corpo. Talvez devesse tirar um descanso, porém ele prosseguiu, temendo que o movimento repetitivo de descer os degraus fosse a única coisa que ainda o mantinha são. As paredes começaram a se encher com os quadros, centenas de rostos cobertos por borboletas o observavam, silenciosos.

Na sétima hora, ele quis se jogar da escada. Focava na dor que emanava da mão queimada pela cera, e nas pinturas que agora tomavam todas as paredes, sem deixar um único espaço vazio. Os quadros o observavam, o garoto cansado descendo degraus silenciosos que pareciam não ter fim. Ele, em contrapartida, também os encarava de volta. Obras de arte – a consolidação máxima da intenção de alguém, o reflexo mais puro de um sentimento.

Quando seu corpo finalmente colapsou, ele rolou pelos degraus sem soltar a vela. Mal registrou o acontecimento, ficando confuso com o porquê de o mundo girar ao seu redor. A dor era só um ruído no fundo de sua cabeça.

Chegou ao fim da escadaria.Ficou parado por alguns minutos, pensando se deveria se levantar. Não sabia se aquilo realmente valia a pena, já que o resultado seria o mesmo: ele morto.

Ao fim dos degraus, deparou-se com uma porta de madeira simples. Ao lado dela, um quadro peculiar.

Pôs-se de pé, sentindo o corpo gritar. Perguntava-se o que havia do outro lado de tão importante para ser enterrado profundamente nas entranhas da mansão. Os olhos foram capturados pela estranha pintura, e Erick precisou segurar a ânsia de vômito que subiu pela garganta.

O quadro mostrava ele próprio, encarando-o de volta, segurando uma solitária vela que derretia em sua mão. O rosto tapado por uma borboleta preta não revelava a expressão de horror que ele fazia naquele momento.

Encarou a porta, sabendo que não tinha para onde fugir. Um zumbido agudo ressoou no ouvido.

Girou a maçaneta de bronze, apreensivo. O coração pulsava nas têmporas.

Do outro lado, Pierre Navalier o esperava.

Capítulo 40

Hektor vasculhava cada canto da galeria de arte em busca de Erick. Os quadros repetidos pareciam zombar de sua tentativa. As esculturas silenciosas nada faziam, como se o fato dele estar ali já fosse o suficiente para condená-lo. Uma distorção vil de um ambiente que Hektor estava familiarizado, e, imaginava, que Erick também. Os quadros não pareciam estáticos; de canto de olho ele sentia as pinturas se movimentando, como se as pessoas nelas estivessem mais vivas do que ele. As esculturas inertes assemelhavam-se a cadáveres petrificados em poses horrendas. Pensou nos corpos dispostos no salão de entrada, e imaginou que aquela também deveria ser uma galeria de arte para a alma podre que os prendeu ali.

— Erick! — chamava ele, furioso, empunhando o revólver. — Apareça de uma vez! — O rosto ensandecido e desesperado. Precisava dar um fim àquele pesadelo mortal. Não suportava mais percorrer os cômodos intermináveis, um labirinto de abominações infames.

Hektor sabia, no fundo, que o outro rapaz não estava ali. Foram jogados na mansão, separados por quartos quase infinitos. Não sabia como voltar ao salão de entrada – na verdade, temia que nunca mais conseguisse fazê-lo. Pensava em sua casa, na vida que possuía fora daquele lugar. Antes de se tornar… aquilo. Carregava uma arma consigo, matou duas pessoas e estava ansiando matar a terceira.

Ficou exausto depois de caminhar por horas. Os pés ardiam, e os ferimentos antigos e novos se amontoavam sobre seu corpo, somando uma dor à outra. Sentiu que cada pintura, cada escultura o julgava; os rostos cobertos por borboletas negras. A raiva no peito apagou-se aos poucos, dando lugar a uma dor menos evidente. Um sentimento dormente que só pôde ser desperto com o silêncio assolador da mansão. Culpa. Mesmo que saísse de lá com vida, voltaria mudado em algo que nunca sonhou ser. Um assassino tão desprezível quanto aquele que estava caçando.

A solidão o deu tempo de remoer tudo o que ocorreu. Pensou no modo que Erick se jogou para a morte junto dele. Se o rapaz de fato fosse o assassino, poderia ter matado Hektor de formas mais simples, especialmente agora que estava perdido nos caminhos labirínticos da mansão. Estivera tão focado em manter seu autocontrole, evitando que emoções interferissem em seu julgamento, que não percebera as artimanhas do lugar, distorcendo a ternura que sentia por Erick e transformando-a em suspeitas e violência.

Não era possível que ele fosse o culpado. Hektor errou. Os olhos do jovem enchiam-se de lágrimas ao pensar naquilo. Em como ameaçou Erick, mesmo ele nunca tendo oferecido perigo a ele. Mesmo os dois tendo se tornado tão íntimos...

E por pouco Hektor não o matou. Por pouco ele não tirou a vida do jovem como fizera com Tales. Com Mel. As mortes pesavam em seus ombros, mas pelo menos dizia para si que tivera bons motivos. Mel era uma ameaça, Tales um assassino. Porém Erick... Erick não fizera nada.

E agora, por causa da sua paranoia, os dois estavam presos na mansão, para sempre. Nunca mais poderia ver o jovem e pedir desculpas por tudo. Só queria que as coisas ficassem bem. Imaginava fugir dali com Erick e Lydia, mostrar para eles a biblioteca de casa, levá-los ao teatro. Ver o mundo real e não uma projeção distorcida dele. Encarando a galeria de arte, Hektor sabia que não tinha como as coisas voltarem ao normal.

Mas ainda havia uma saída.

Lágrimas escorriam pelo rosto do rapaz quando Hektor colocou o cano do revólver na boca, respirando pesado com a finalidade que aquela decisão trazia.

Ainda restara uma última bala na arma. Se não pudesse ser usada no verdadeiro assassino – no culpado por estarem ali –, então que fosse a porta de saída daquele pesadelo. Ele só precisava puxar o gatilho e tudo estaria acabado. Um pequeno movimento e finalmente se encontraria livre da mansão.

Fechou os olhos, sentindo o sangue pulsar quente pelo corpo. A mente desejava a morte, mas o medo urrava dentro dele; queria viver. Lutou contra esse sentimento, certo de que sua liberdade tinha a forma de uma pequena bala de chumbo.

As mãos tremiam, o gosto metálico, dedos tateando o gatilho, prestes a puxá-lo. Pensou em Erick, e sentiu culpa; torcia para que um dia ele pudesse perdoá-lo pelo que fez. Pensou em Lydia e...

Tirou a arma da boca, lentamente.

Desde que entraram na mansão, Hektor não viu Lydia passar por nenhum lugar mortal. De todos, ela era quem parecia sofrer menos com a situação em que se encontravam. Quando o jovem ficou preso na enfermaria e teve que enfiar o braço em um buraco de agulhas, o cômodo só se tornou letal depois que Lydia saiu dele; a porta se fechando atrás dela. Antes que ela abrisse a passagem para o banquete que não terminava, a porta estava trancada e nem ele, nem Erick conseguiam arrombá-la. Quando Erick jogou os dois para fora do salão de entrada, e Hektor conseguiu se desvencilhar, foi exatamente quando o bater de asas foi finalizado, muito conveniente para a garota.

A todo momento era como se a mansão tentasse cuidar de Lydia e protegê-la.

Hektor podia ter errado quando acreditou que Erick era o culpado, mas estava certo de que agora tinha razão. Lydia tinha algum envolvimento profundo com tudo o que estava acontecendo. Temia que, se Erick encontrasse alguma forma de voltar ao salão de entrada, estaria correndo perigo sozinho com a jovem. Quis salvá-lo, mas não sabia como.

Pensou em Astérion – o que imaginou ser o pseudônimo de Lydia – e em Pierre Navalier. Alquimistas. Notou que, em nenhum momento durante todos aqueles dias, avistou um único símbolo puramente mágico. Nenhum sigilo, pentagrama, selo ou encantamento.

Olhou ao redor, para as pinturas e esculturas que o cercavam e compreendeu. Nada ali era por acaso. Nenhum quadro, nenhuma estátua, nenhum entalhe na madeira. A mansão era um círculo mágico. As incontáveis obras, os símbolos. E eles, os sacrifícios.

A magia da mansão era a arte.

Foi atingido por uma onda de entendimento repentina. De um momento para o outro, Hektor foi tomado por uma sensação avassaladora de *déjà vu*. Era como se ele já tivesse caminhado por aqueles corredores, ou analisado aquelas obras. Sentia que, em uma outra vida, conhecia a mansão como a si mesmo.

Então, como se já tivesse trilhado aquele caminho incontáveis vezes, Hektor foi em direção ao salão de entrada.

Capítulo 41

No centro do cômodo, uma figura enigmática sentava-se numa poltrona de couro. O fogo crepitante de uma rústica lareira de pedra emanava nuances sombrias no recinto, acentuando o calor abafado do lugar sem janelas. Erick, porém, continuava com frio. Era como se encarar aquele homem desabasse a temperatura de seu corpo.

— Você voltou — disse o estranho. A voz profunda, arrastada e tremida. Quase um gargarejo.

O lugar caótico era entulhado de livros antigos e quadros que pareciam refletir o ambiente ao redor como se fossem espelhos. Estantes de madeira escura tentavam organizar de forma vã o caos literário, cuja maioria dos volumes se despejava pelo chão, em pilhas que exalavam cheiro de mofo. Uma multitude de pinturas de diversos tamanhos adornava as paredes; telas retratando de vários ângulos o recinto, como se um pintor enclausurado só tivesse o pequeno mundo daquele escritório para refletir.

— Eu nunca estive aqui — murmurou o jovem, sentindo a garganta se fechar. — Quem… quem é você?

O sorriso do homem se alargou.

— Ah, então você é o outro. — Havia um certo divertimento na voz.

Acima da lareira, ficava um quadro que chamou a atenção de Erick. Um retrato quase idêntico da cena diante de seus olhos: um homem de meia-idade com um sorriso enigmático encarava-o de sua poltrona. As pinceladas de sombra deixando seu rosto difícil de ser distinguido. Diferente da realidade, o lado direito de seu rosto era coberto pela asa de uma borboleta preta.

O desconhecido levantou do assento e atravessou o escritório lentamente. Erick ficou imóvel, vendo a figura se aproximar, incerto do que deveria fazer. Pensava em atacá-lo, ou fugir, mas não conseguiu realizar nenhuma dessas coisas. Os pés pareciam cimentados no chão.

— Muito prazer — falou o homem, cordial, estendendo a mão para Erick cumprimentá-lo. — Meu nome é Pierre Navalier.

Erick fitou os olhos profundos e acinzentados de Pierre. O jovem sentia que o coração iria explodir no peito.

— Você é o assassino — afirmou o rapaz, ignorando a tentativa de cordialidade do homem. Pierre Navalier recolheu a mão e concordou:

— Sim, eu sou um assassino — disse sem emoção na voz; notava uma verdade indubitável, nada mais. — Isso eu não posso negar. Mas não sou quem você procura; quem está matando esses jovens.

Afastou-se de Erick, caminhando pelo escritório, passando os dedos gentilmente nos livros nas prateleiras.

— Não conseguiria nem se quisesse — disse ele, por fim, pegando uma das obras da estante e folheando-a. — Você tem ideia de quantas vezes eu já li cada um desses exemplares? Conheço-os palavra por palavra de tanto tempo que passei trancafiado nessa... *jaula*.

Erick deu um passo à frente. A naturalidade com a qual o homem falava sobre o assunto era desconcertante. Isso não desarmou o jovem, mas instigou sua curiosidade. Observou-lhe, sua aparente vitalidade, apesar de tudo. Enquanto Miguel envelhecera décadas na mansão, Pierre parecia tão bem quanto no momento em que o retrato em cima da lareira havia sido pintado.

O rapaz pensava que o melhor a se fazer era correr até Pierre e matá-lo ali mesmo, mas não foi capaz disso. Atormentado há dias com perguntas sem respostas, aceitava colocar a vida em risco se pudesse ser capaz de desvendar pelo menos um dos infinitos mistérios da mansão.

— Como isso é possível? — indagou Erick, vendo os olhos curiosos do homem o encararem por cima do livro. — Como você ficou vivo depois de tanto tempo?

Pierre deu uma risada lânguida, saboreando cada segundo. Parecia o som de um animal agonizando. Não respondeu o rapaz.

O cômodo parecia uma masmorra ou cripta; um lugar claustrofóbico onde os mortos são colocados para apodrecer em seu repouso eterno.

— Você matou sua família e ficou imortal, é isso? — Erick sondou, apreensivo. Tentava assumir uma postura firme, contendo dentro de si o medo.

Pierre fechou o livro e colocou-o de volta no lugar. O rosto tomou uma expressão séria.

— Eu fiz o ritual, sim — respondeu Navalier, encarando a lareira, pensativo. — Todavia, um dos sacrifícios fugiu antes que eu chegasse ao final. — Soltou um longo suspiro. — Eu sabia que não ia dar certo, no fundo; a mansão tentou me avisar, porém eu não ouvi. Não era para mim.

Pierre lembrou-se do ritual, de como ele o fora revelado em sonhos. Não sabia se o havia criado ou se a mansão sussurrou o método em seu ouvido. Como na arte, inspiração e volição se misturavam em uma cor homogênea.

— Você tá mentindo. — As pernas de Erick estavam fracas. A exaustão e o pavor o abatiam. Queria fugir, mas ainda precisava de respostas. — Se não finalizou o ritual, como ainda está vivo? — Erick aproximou-se mais do homem. Não percebeu, porém, que a chama da vela que carregava encostava em um dos quadros: a pintura de uma estante de livros.

— Cuidado com isso! — exigiu Pierre, cruzando o escritório e tirando a vela de sua mão.

— Você tem ideia do que acabou de fazer? — continuou o homem, apagando a pequena chama que surgira no quadro. — Esses livros nunca mais vão voltar! — A expressão em sua voz era de genuína tristeza, diferentemente de quando falava sobre matar a própria família.

Erick recuou. Percebeu um detalhe que não havia notado antes: no topo da estante de livros, atrás do quadro, alguns dos volumes estavam apodrecidos, destoando do resto do ambiente. Uma mancha de destruição no cenário.

Pierre respirou fundo.

— A mansão queria que *outra pessoa* tivesse o privilégio da imortalidade — prosseguiu ele, com a voz arranhada, afastando-se do quadro. — Eu precisava de nove mortes e algumas obras de arte, só isso. Depois conseguiria parar o tempo para mim e qualquer um dentro das paredes desta mansão. Antes mesmo de finalizar o ritual, o lugar se expandiu; os corredores tornaram-se tão intermináveis quanto os limites do tempo.

Notando que suas respostas nunca seriam suficientes para saciar a curiosidade ou esclarecer qualquer dúvida, Erick decidiu que iria matá-lo. Não importava o que dissesse, Pierre Navalier era o único assassino possível naquela situação. O pintor imortal que os atormentava. Agora a questão era descobrir como fazer isso. Apesar de o homem ser mais velho que ele, o corpo do jovem estava em condições precárias. E Pierre parecia tranquilo demais; como se não se preocupasse com o perigo que o outro representava. O rapaz percebeu, temendo que seus esforços fossem inúteis. Se a força imparável do tempo não foi capaz de causar mal àquele ser, como ele seria capaz de fazê-lo?

— Meu plano era fugir para bem fundo — disse o pintor. Erick sentia um nojo crescente a cada palavra proferida por aquele homem. — Entrar nas entranhas da mansão, me esconder da polícia, depois achar o caminho de volta. Talvez encontrar um tempo diferente; um tempo no qual eu não havia matado minha família. Entretanto, não entendia como a mansão funcionava. Não entendia o labirinto. Ela sempre teve seus favoritos, Erick, e eu não era um deles. Me perdi para sempre. Mas alguém foi até o fim com meu projeto.

O jovem observou novamente a parte destruída na estante. Os livros mofados e a madeira apodrecida estavam na mesma posição que a parte queimada do quadro. O dano na pintura sangrava para o mundo ao redor.

Com metade do rosto coberto, o retrato de Navalier sorria eternamente de cima da lareira. Erick lembrou-se que já vira um quadro quase idêntico àquele, há muito tempo. Quando conhecera Mel.

"Quadros capturam a alma", as palavras do diário ecoaram em sua mente.

— Não importa mais. — Suspirou Pierre Navalier. Erick foi até uma pintura que representava outra estante. — Estou preso neste escritório, nunca serei capaz de sair. — Por fim, sorriu timidamente. — Apesar de tudo, obrigado por ter aumentado a minha coleção, eu gosto da sua arte.

Percebeu onde Erick estava encostando.

— O que você está fazendo? — inquiriu o pintor.

— Destruindo a última coisa que lhe resta — declarou Erick, enfiando os dedos na tela e rasgando o quadro com um movimento brusco. — A sua arte.

A estante atrás do jovem apodreceu em questão de segundos. A madeira desabou, os livros viraram páginas dispersas que se desfaziam ao toque. O rapaz sorriu. O pintor gritou.

Cruzou o cômodo em direção a Erick. O jovem, porém, foi mais rápido. Passava pelos quadros, destruindo-os pelo caminho. Chutando, socando, puxando o tecido com força.

A decadência espalhou-se pelo escritório, destruindo a poltrona, corroendo o piso, e derrubando as estantes de livros que colapsaram em si mesmas, como se milhares de cupins tivessem as devorado. O rapaz arrancou algo da parede. Pierre pulou em cima de Erick, golpeando o rosto do garoto, que foi ao chão.

Erick agarrou o objeto que caiu ao lado dele, um sorriso maníaco se desenhando nos lábios. Perto dos dois a lareira crepitava em labaredas famintas. O pintor olhou para a mão do jovem e percebeu que já era tarde demais.

Segurava o retrato de Pierre Navalier. Com um movimento brusco, jogou a pintura nas chamas da lareira. O quadro foi consumido pelo fogo em poucos segundos. A risada do jovem era um caçoar demoníaco que ele próprio não sabia que era capaz de emitir. Um deleite com a destruição de outro ser vivo.

Pierre afastou-se do rapaz, sentando exasperado na poltrona. Não adiantava mais lutar. Tudo estava acabado. Anos preso naquele lugar, tendo como companhia somente pinturas e livros, além das poucas e ocasionais visitas daquela pessoa. Tentou prolongar a própria existência pelo máximo de tempo que conseguia, porém não foi o suficiente. Falhou mais uma vez.

— Você acha que me matou, não é? — perguntou ele. A voz grave preenchendo o escritório. Erick ficou em pé, encarando o pintor. O retrato retorcido era nada mais que um borrão preto na lareira. — Mas você se enganou. — Riu, cansado. — Eu já estou morto há muito tempo.

A aparência de Pierre piorou muito de um instante para o outro. A pele grudando-se aos ossos, os olhos escuros afundando no rosto.

— Eu não sou o assassino que você procura, Erick — disse o pintor, por fim. A boca entreaberta mostrando um sorriso amarelo de dentes podres. — Mas você logo vai encontrá-lo.

A voz do homem cessou como se fosse apenas um sussurro ao vento. O jovem o viu então pelo que ele realmente era.

Um cadáver.

O corpo enrijecido pelo rigor mortis, olhos cegos e distantes. Estava morto há muito tempo; muito mais tempo do que era possível. Uma relíquia de eras passadas, pecados esquecidos. Pela aparência de Pierre, ele havia falecido há mais de cem anos. O cadáver se decompôs, definhando, tornando-se um esqueleto ressecado sentado na poltrona. Um cheiro de podridão acertou em cheio o nariz de Erick.

O que ele estava vendo? Se Pierre Navalier estava morto esse tempo todo, com quem ele falou? Mais uma ilusão da mansão, uma criatura criada por aquele lugar maldito, os ecos de uma vida aprisionada por aquelas paredes? Não sabia dizer. Pierre declarou que Erick não o havia matado, porém o jovem sabia que isso era mentira. Sentia o peso do assassinato da mesma forma de quando sua faca ficou encharcada com o sangue de Mel.

Ao lado do que um dia foi Pierre Navalier, havia uma mesa com um único papel em cima dela. Erick não se lembrava daquilo estar ali antes, como se tivesse brotado da própria madeira. A página datilografada não foi afetada pela podridão que tomava conta do ambiente. O mundo ao redor colapsava, como se incontáveis anos se passassem em breves momentos; um tempo que fora capturado em tinta e pinceladas, agora liberto, corroendo o escritório.

O chão sob seus pés tremia, e Erick sabia que precisava fugir do lugar, porém não era capaz de deixar a página para trás. Pierre não era o assassino. Pierre não era

Astérion. Aquele papel poderia ser a única pista que teria para desvendar de uma vez por todas o mistério que cercava a mansão.

Com passos incertos, aproximou-se da mesa circular, agarrando a página do diário. Antes que fosse capaz de ler seu conteúdo, a deterioração do escritório tomou proporções insustentáveis. O odor pútrido sufocava suas narinas, deixando o ar denso.

O chão podre do escritório tremeu por alguns breves momentos, e então colapsou. Um grito foi abafado na garganta do rapaz, que viu o escritório ser desmantelado. A jaula de Pierre Navalier se desfez.

Erick despencou no abismo, engolido pela mansão.

Capítulo 42

Caiu em cima dos ossos de Pierre, destruindo-os no processo. Erick encontrava-se no centro de um labirinto com paredes de pedra, como o fundo de uma caverna. Cheiro de terra úmida era acompanhado pelo som de gotas pingando ao longe. Diminutas velas espalhavam uma penumbra pelo ambiente forrado com os entulhos do escritório de Navalier. A escuridão daquele lugar era diferente: mais primitiva, mais selvagem. O ventre da terra, que escondia segredos de tempos imemoriais.

O jovem tossiu e se afastou do cadáver do antigo pintor, ainda segurando nas mãos a página do diário do verdadeiro assassino.

— Quem é você...? — perguntou Erick para a folha de papel.

████████ foi quem me fez gostar de teatro. Foi durante uma apresentação que ele me confessou que acreditava que, se tivéssemos nos conhecido antes, nada disso teria acontecido.

Nenhuma morte, nenhum ritual, nenhuma magia. Ele dizia que tudo poderia ser diferente nesse mundo hipotético.

Eu não tenho tanta certeza.

No fundo, nós éramos assassinos desde sempre. A morte ██████████ só foi o estopim para isso, para que eu fosse até a mansão, para que encontrasse o quadro da borboleta e ficasse obcecado por ele. Foi essa obsessão que nos juntou; foi esse desejo ardente pelo poder — a imortalidade, o controle sobre o tempo, a possibilidade de ressuscitar ███████ — que me fez ir atrás de ███████ em busca do segundo quadro.

Fomos unidos pelo destino – ou como você quiser chamá-lo.

Mas, meu companheiro sempre achou que havia um mundo em que poderíamos ser felizes de verdade. Um mundo em que não nos tornemos esses monstros.

Ele me traiu. Tentou destruir a mansão. Encontrei-o uma noite com gasolina e fósforos. ████ planejava colocar tudo abaixo, todo o nosso trabalho. Dizia que nos tornar imortais tudo bem, mas mexer com o tempo era ir longe demais; que meu desejo era loucura.

Não pensei duas vezes antes de matá-lo. A imortalidade é uma coisa frágil no fim das contas.

Isso não significa que eu não o amasse. Era só o que deveria ser feito. Eu havia sonhado com aquele momento, com a faca em seu coração, com os olhos dele me encarando enquanto perdiam a vida. Sabia o que devia fazer, e o fiz.

E, principalmente, sabia que o veria de novo.

Ele dizia que podíamos ser felizes. Você ainda acha que mereço ser feliz? Depois de tudo o que fiz... depois de tudo o que fizemos. Não. Ao final dessa peça só me resta a tragédia mais profunda, afundar na escuridão eterna. Eu não mereço ser feliz.

Não há mais volta para mim.

O show está prestes a terminar, e, para isso, eu preciso que todos os personagens estejam em cena.

Volte até o salão de entrada; eu sei que você vai encontrar o caminho de volta. E então, tudo vai acabar.

Nos vemos no último ato, Erick.

Astérion

Pânico apoderou-se do corpo do rapaz. Erick escolheu um dos muitos corredores de pedra fria e correu por ele. Aquelas não eram somente páginas de um diário. Eram cartas.

A única parte iluminada do labirinto era o centro. Além disso, nos corredores, não havia nada além de escuridão. Sentia como se estivesse enterrado no coração do planeta, no ponto mais profundo e antigo que existia. E ainda assim, nas paredes havia arte: pinturas rupestres mostrando cenas de caçadas e comunhão. Todas as figuras humanas com rústicas borboletas pretas tapando suas faces.

Enquanto corria pelas sombras, tentou encontrar o caminho correto, tateando as paredes, seguindo as curvas nas pedras. Fez isso por um longo tempo, sabendo que não haveria frutos; a mansão jamais o deixaria escapar.

Então, respirando fundo, ele desistiu de encontrar o salão de entrada. Soltou as paredes e andou pelas sombras intermináveis, sem perspectiva de voltar. Não intencionou nenhum caminho, nenhum destino.

Viu a mansão pelo que ela era de verdade, e não pelo que desejava que fosse.

Algo dentro de sua mente transmutou: uma mudança de perspectiva, como se tivesse finalmente compreendido o funcionamento de uma ilusão de ótica, e agora fosse capaz de vê-la em toda a sua totalidade.

A mansão conversava com Erick. Em cada corredor, cada parede, cada sombra. Ele ouvia seu desejo, compreendia sua língua. Sabia quais curvas tomar, e quais não. Sabia das passagens secretas, das portas que não deveriam ser abertas, sabia quando o caminho iria mudar a gravidade e teria que começar a andar pelas paredes.

Tales estava certo: a mansão respondia aos pensamentos de quem a habitava, e conversava com os residentes. Os medos, expectativas e desejos consolidando-se dentro de seu domínio.

Rebeca também tinha razão. O que estava sendo moldado ali, não era somente o espaço, mas também o tempo.

Erick sentia o fluxo de muitos rios, infinitos rios se cruzando, digladiando para tomar lugar. Sabia quando estava indo para frente ou para trás. Caminhava no centro do universo, e também no centro do tempo. Aquela mansão não era só uma anomalia, e sim a convergência de todos os momentos, passados, presentes e futuros. Cada curva um dia, cada porta um ano, cada cômodo uma década. Quem soubesse caminhar por aqueles corredores poderia ir para qualquer momento na existência. Do começo ao fim.

Finalmente entendeu a natureza do tempo. Os rios convergiam para um único ponto. Cada instante uma gota d'água. Não havia paradoxos, pois todos os acontecimentos faziam parte do oceano. Por um breve momento, enquanto passava a mão nas paredes, Erick teve um vislumbre de cada uma de suas vidas, nos tempos que existiram, existem, existirão, ou jamais viriam a ser. Entendeu o propósito da mansão. Era uma crisálida, feita para abrigar o infinito dentro de si. Ele se tornou um com ela. Estava pronto para o bater de asas.

E então, encontrou a saída.

Viu-se em uma versão decrépita do salão de entrada. Sem Lydia, sem Hektor, sem cadáveres, sem Astérion. Teias de aranha cobriam tudo, do chão ao teto. A porta da frente estava aberta, mostrando o jardim – "*Nosso jardim*", pensou Erick. A noite era escura, mas as flores salpicavam o mundo com suas cores selvagens. A mansão ainda ressoava dentro de si uma melodia familiar e antiga. Sentiu como se fosse uma das pessoas das pinturas, eternizado em uma tela, com sua verdadeira face oculta para sempre.

Caminhou até a porta, sentindo o coração quase quebrar as costelas, e viu que, se desejasse, poderia sair a qualquer momento.

Poderia fugir, ninguém descobriria. Se quisesse, seria capaz até de pedir ajuda, e dizer para si mesmo que tentou salvá-los da mansão, enquanto abandonava Lydia e Hektor para morrerem.

Lembrou-se de Diego, e suas palavras duras, porém verdadeiras. Mas ele não estava ali agora. Ele morreu, e Erick continuava vivo. Não poderia julgá-lo se decidisse salvar a própria vida, qualquer um faria o mesmo. Pensou também em Hektor, que apesar de tudo só queria que aquele pesadelo acabasse. Pensou em Lydia...

Imaginou-se continuando a vida como se nada tivesse acontecido: se formaria em Belas Artes, sairia da cidade, talvez até encontrasse alguém com quem quisesse começar uma família. E então morreria de velhice ou suicídio; o que lhe parecesse mais conveniente na hora. Uma vida longa e feliz, centrada em si mesma.

Voltou aos corredores intermináveis.

Não aguentava mais viver uma farsa, fugindo sempre que se sentia vulnerável. Teve um vislumbre do destino que teria se continuasse assim, da pessoa que se tornaria. Não gostou do que viu. Era hora de mudar.

Não deixaria Lydia e Hektor sozinhos; precisavam dele. Sacrificaria tudo para poder tirá-los dali. Mesmo que tivesse que arriscar a vida no processo. Além disso, Astérion estava esperando-o.

Era o último ato, e Erick precisava entrar em cena.

Capítulo 43

Não importava o quanto Lydia tentasse, as portas do salão de entrada não cediam. Queria ir atrás dos garotos, estava furiosa que as coisas tivessem tomado aquele rumo.

Sozinha, sua única companhia eram os cadáveres que habitavam o salão. Tales com o peito alvejado encarando a cabeça sorridente e decepada de Rebeca; Melissa jogada no tapete vermelho, com os ferimentos de faca espalhados pelo torso; Lua deitada no sofá, com a cortina cobrindo o corpo, um braço e metade do rosto para fora, mostrando um olho leitoso. Diego com as costas marcadas pela traição que sofrera, repousado no andar superior.

Cansada, a jovem sentou-se no sofá ao lado do cadáver, cobrindo-o por completo, para não precisar encará-lo. Estar rodeada pelos restos mortais de pessoas com quem ela criou uma certa conexão nos últimos dias dava um peso especialmente amargo em tudo aquilo. A jovem ainda tentava ser forte, dizendo para si mesma que não era o momento de colapsar, mas perguntava-se quando seria. Se algum dia ela fugisse da mansão, conseguiria se dar ao luxo de desabar por causa de tudo o que viveu? Poderia seguir a vida como se nada houvesse ocorrido? Isso era uma preocupação para outra hora; uma hora em que tivesse esperanças de escapar.

Ao lado de Lua, havia a caixinha de música que a jovem carregava consigo o tempo todo em vida. Lydia segurou o objeto, deu corda com cuidado para não se ferir com o metal afiado, e abriu a tampa.

Uma pequena bailarina saltou para fora, rodopiando ao som da familiar melodia. A música preencheu o salão de entrada, como uma marcha fúnebre para todos os cadáveres que se encontravam ali, e também para os perdidos pelos cômodos da mansão.

A jovem encontrou algo peculiar na caixinha. Embaixo da bailarina, enfiado em uma pequena abertura na madeira, havia um papel dobrado.

Não sabia se ele sempre esteve nesse lugar, ou foi colocado depois. Um frio percorreu a espinha quando ela imaginou o assassino de Luana colocando-o ali após matar a jovem. Lydia notou que se tratava de um soneto escrito à mão.

Você é tudo que eu sempre quis
O nome que sussurro em pesadelos febris
Nos corredores vazios de minha mente
Seu rosto é tudo que há

A espuma da praia agita minhas esperanças
Um glorioso mar de lembranças
Até o tempo e a morte
Terão de se curvar

Minh'alma anseia pelo teu abraço
Escuto seu nome nos sussurros das ondas
A imensidão azul há de ser o meu lar

Pergunto-me se quando eu descansar debaixo das águas
Você poderá por tudo o que fiz
Um dia me perdoar

Lydia notou certa familiaridade na caligrafia do poema. Sentia o sabor da resposta no fundo da boca, uma memória distante, quando passos ecoaram no salão, misturando-se à melodia sórdida da caixinha de música.

A garota ergueu-se com o susto; esperança e medo em igual medida. Poderia ser o assassino para matá-la, ou Erick que retornava.

As esperanças foram sufocadas quando ela viu quem chegava a passos largos para dentro do cômodo.

— Acho que já está na hora de acabar com isso — Hektor mirava o revólver na direção da jovem —, Astérion.

Capítulo 44

Caminhar pela mansão não era mais um problema para Erick. Não encontrou nenhuma armadilha ou criatura – sabia o caminho correto. Corredores encurtavam de distância, o que parecia uma tarefa árdua agora tornara-se tão simples quanto respirar.

Erick estava de frente para uma porta em um cômodo iluminado. Sabia que do outro lado havia o salão de entrada. Ela estava selada, porém, assim que girou a maçaneta, abriu sem problemas; não havia mais portas trancadas para ele na mansão.

Apreensivo, ouviu a voz de Hektor.

— Acho que já está na hora de acabar com isso — Hektor fixava os olhos raivosos em Lydia, que o fitava de volta com medo. A mão do rapaz tremia de antecipação; logo tudo estaria terminado —, Astérion.

— Do que você está falando? — indagou ela, suando frio.

— Pode parando com a atuação. Eu já sei de tudo — retrucou Hektor, fitando-a com olhos decididos. A garota deu um passo para trás.

Erick entrou no salão, falando pausadamente:

— Hektor… fica calmo…

— Ah, Erick! — disse o rapaz, desviando os olhos de Lydia somente por um instante, antes de voltar a fitá-la com intensidade, apontando a arma. — Que bom que você está bem! Me desculpe por tudo, eu vejo agora que você não é o verdadeiro culpado. Não tenha medo, eu vou tirar nós dois daqui já, já.

— Por que não abaixa a arma? — Erick sugeriu, andando lentamente em direção aos dois. Hektor puxou o cão do revólver, fazendo um clique. Erick se deteve. — Nenhum de nós é o assassino, Hektor. A gente pode sair juntos dessa.

A respiração entrecortada de Lydia pontuava a conversa. Ela pensou em dizer algo, mas temia que qualquer coisa que falasse pudesse irritar Hektor mais do que ele já estava.

— Você tá errado, Erick. — O jovem fez que não com a cabeça. Olhos azuis frenéticos, perdendo o controle. — Ela é a culpada de tudo.

— Não, não é — retrucou Erick.

— Como pode ter tanta certeza?

Ele hesitou. Não sabia se contar a verdade conseguiria resolver a situação ou piorar as coisas. Lydia respondeu, imaginando que, se não fizesse algo, morreria:

— Nós já nos conhecemos — declarou a garota. Hektor franziu a testa, confuso. — Nós somos namorados. Ou éramos, pelo menos. Essa mansão fica na nossa cidade; fomos vítimas fáceis para o sequestrador, só isso. Uma coincidência.

— "*Uma coincidência*"? — debochou Hektor, ultrajado. — Isso só prova mais ainda que você é a culpada, Lydia. Colocando aqui dentro uma pessoa conhecida, sabendo que ela iria te defender até o fim. Então não foi uma "coincidência" que Erick tenha sobrevivido até agora, você *quis* que ele sobrevivesse.

— Hektor, não — suplicou Erick, aflito.

— Você é Astérion — declarou o jovem, decidido.

O dedo no gatilho tremeu. Lydia não sobreviveria. Erick pensou rápido, encontrando uma única saída.

Ele começou a rir.

— Qual é a graça? — perguntou Hektor, sem entender o que acontecia.

— Acho que já tá na hora de acabar com os joguinhos — Erick falou, com a voz mais grave que o normal. — Lydia não é Astérion...

Olhou para os dois com solenidade.

— *Eu sou* — declarou ele, preenchendo o salão com suas palavras.

— Erick, o que você... — Hektor tremia. Não desviava os olhos de Lydia.

— O que você não entendeu? — zombou o jovem. — *Eu* sou o culpado. — Não havia dúvidas em sua voz. — O alquimista imortal que está matando vocês um por um. Você realmente achou que o garoto, que fazia piada com tudo, não podia ser o assassino? Que eu era o quê, burro demais para cometer esses crimes?

Erick riu, como se estivesse se divertindo muitíssimo com a situação.

— Ou foi o sexo? — continuou ele, sabendo que colocava o dedo em uma ferida. — Depois que a gente fodeu, você ficou com pena de me matar? Porque você teve *muitas chances* para fazer isso. Ah, Hektor, foi *tão fácil* manipular você!

Lydia suspeitava do plano de Erick, mas não gostava nada disso. Mesmo se desse certo, talvez o jovem não sobrevivesse.

— E você ainda ajudou no meu trabalho! — Erick queria ser o mais cruel possível. — Que cachorrinho bem treinado. Convencendo os outros a matarem Melissa, e depois tirando a vida de Tales com as próprias mãos! Eu não poderia ter pedido ajuda melhor. Talvez o seu "passado trágico" quebrou algo dentro de você, é? Não é normal alguém conseguir matar tanta gente com tamanha facilidade! Como seus pais se sentiriam sabendo que o filho deles é um assassino?

Hektor respirava pesadamente. Raiva borbulhava dentro do jovem, tomando conta de todo o corpo. O que Erick dizia não fazia sentido, mas as palavras cáusticas feriam profundamente a mente já machucada de Hektor. Lydia afundou no medo do que viria a seguir, preparando-se para agir assim que fosse necessário. Se não tivesse cuidado, uma tragédia aconteceria.

— A verdade é uma só — continuou Erick, contendo ao máximo o tremor em sua voz, esperando pelo que estava por vir. — *Eu sou Astérion.*

A mente de Hektor partiu-se ao meio. Sentiu-se profundamente traído. Tudo o que fizera não passava de um plano? Todo o sangue derramado, todas as mortes que cometeu com as próprias mãos. E mesmo naquele momento, Erick mantinha um sorriso corrosivo.

Hektor desviou a arma de Lydia, apontando agora para Erick. Gritou, enfurecido. A garota avançou no braço em que ele segurava a arma, puxando-o para baixo.

Hektor atirou.

Erick foi ao chão, urrando como uma besta atordoada. Uma dor excruciante irradiava do ferimento de bala na perna esquerda. O plano foi um sucesso: não havia mais munição no revólver. Os gritos do rapaz atormentavam os ouvidos de Lydia, que encarava a cena atentamente, tentando ver se ele fora atingido em alguma parte vital. Mesmo depois de confirmar que Erick provavelmente sobreviveria, era como se a dor que jorrava de dentro do jovem também viesse dela.

Hektor ficou atônito, com lágrimas nos olhos, assistindo Erick agonizar. Não sabia mais no que acreditava, e pensava que, mesmo se conseguisse sair da mansão, não poderia viver consigo mesmo depois de matar um dos dois. Caiu de joelhos. Era óbvio agora: Erick mentira para proteger Lydia, tentando provocar uma reação visceral que o fizesse desperdiçar a munição. Olhava, atônito, para o vazio, deixando a mente dispersar em todo o peso da culpa e arrependimento. Não percebeu quando Lydia se aproximou.

A jovem não perdeu tempo. Apesar de o rapaz estar aparentemente em choque, os gritos de Erick ainda ecoavam pelo salão. Não podia deixar aberta a possibilidade de Hektor machucá-los outra vez. Ela pegou um castiçal de chão e o ergueu.

Acertou um golpe feroz atrás da cabeça de Hektor. Uma explosão de dor pungente irradiou do lugar, jogando-o para frente. O rapaz caiu, sem entender o que havia acontecido. Pensamentos desconexos giravam em sua mente, enquanto ele tentava se recompor. Antes que pudesse ficar de pé, Lydia avançou contra ele, afundando o castiçal na nuca do jovem, como um carrasco que golpeia com seu machado.

Hektor despencou. Enquanto caía, virou-se para observar quem o acertara, mas a visão escureceu antes que conseguisse distinguir a face enfurecida de Lydia. Atingiu o chão, inerte. Parecia dormir, mas da base de sua cabeça escorria sangue, que formava uma auréola vermelha, misturando-se aos cabelos da mesma cor. O rosto suave e sereno. O sobretudo forrado ao lado do corpo assemelhava-se a asas negras. Um anjo de sangue.

Erick o encarou com pesar. O corpo desfalecido não dava sinal de se mexer novamente. Talvez nunca mais. Apertou com força o próprio ferimento, para estancar o sangue que jorrava e infligir dor a si mesmo; uma punição por não conseguir salvar Hektor. Não tinha culpa pelo que aconteceu, o único objetivo do jovem era sair dali com vida. Um desejo que todos compartilhavam. E cometeu os mesmos atos extremos que Erick e Lydia.

Não havia inocentes no salão.

A garota ofegava, ainda segurando o castiçal ensanguentado. Largou-o aos seus pés e correu até Erick. Abaixou-se ao seu lado, encostando no rosto dele.

— Você tá bem? — perguntou ela, alarmada. Encarava a ferida na perna do garoto. Os olhos castanhos brilhando de preocupação.

— Ainda não acabou — gemeu Erick, entredentes. — Ainda tem... Astérion.

O ar no salão de entrada mudou. Ficou mais denso, como se uma pesada névoa cobrisse todo o recinto. Depois surgiram solitários aplausos, de uma única pessoa, ribombando pelo salão.

Em um momento não havia ninguém, e no outro uma figura misteriosa descia as escadas. Mas não era uma pessoa, não totalmente. Tinha uma forma, mas não era *alguém.*

Erick viu uma cabeça, braços, pernas, porém nada que fizesse sentido com uma pessoa. Os aplausos pararam, e o ser – a criatura – caminhou lentamente até os dois, aproveitando cada passo, cada gota de medo.

Erick não foi capaz de olhá-lo diretamente; era como se existisse apenas em sua visão periférica, e encará-lo de frente era o mesmo de não fazê-lo.

Vertigem inundou os corpos dos jovens, que sentiam como se o mundo rodopiasse ao redor, com a criatura no centro de tudo. Medo congelava o sangue nas veias. Erick se segurou firme em Lydia, que fez o mesmo. O que viam, diante de seus olhos, desafiava a lógica. O ser era uma quimera de todos os horrores que presenciaram dentro daquelas paredes insondáveis.

Ele era uma vela tremeluzindo em um quarto escuro. Ele era o quadro de alguém com o rosto encoberto por uma borboleta preta. Ele era um labirinto enterrado nas entranhas do mundo. Um espelho que nunca refletia a verdade. Janelas que não davam para o lado de fora. Ele era o chão, as paredes, o teto, o próprio ar que respiravam.

Ele era a mansão.

O desconhecido se aproximou o suficiente para que os jovens pudessem enxergar seu rosto. No começo estava desfocado, como se os olhos se recusassem a reconhecê-lo. Um emaranhado de traços e formas que não possuía sentido concreto. Às vezes as sombras indistintas que dançavam na face assemelhavam-se a uma repugnante borboleta preta, batendo as asas lentamente. Até que o turbilhão de confusão se acalmou em uma forma reconhecível. Familiar.

Lydia percebeu antes de Erick.

— Isso é impossível — sussurrou ela, cobrindo a boca. Olhou para Erick e depois para o estranho. Tremia com a confusão, e afastou-se do rapaz instintivamente.

Quando a visão de Erick focou, sentiu como se estivesse afogando. Não conseguia respirar enquanto encarava o homem. Os músculos retesaram, e ele foi tomado por uma súbita vontade de arrancar a própria face com as unhas.

Observando a figura, reconheceu o rosto o encarando de volta. O mesmo que via refletido no espelho.

Astérion era Erick.

Capítulo 45

O manto púrpura do estranho arrastava-se pelo chão enquanto ele caminhava. Os longos cabelos pretos – a cor natural de Erick – encobriam parcialmente o rosto cansado do homem. Os dois possuíam a mesma face, apesar do alquimista parecer ter por volta de uma década a mais que o jovem.

Erick e Lydia prenderam a respiração. Encarar o desconhecido causava vertigem em ambos, dando a impressão de que o mundo ao redor mudava sutilmente. A ferida na perna de Erick latejava, mas ele nem percebia. Lydia estava absorta, analisando os detalhes idênticos entre o rapaz ao lado e o homem.

O estranho nada disse, sorvendo a imagem das feições tensas dos dois jovens. Moveu a cabeça lentamente em direção a Hektor, caído no chão; o gesto fez Erick pensar em uma estátua viva de mármore.

Caminhou até o rapaz desfalecido, a barra do manto manchando-se com o sangue. Abaixou-se ao lado dele e se inclinou para frente. O estranho beijou suavemente os lábios de Hektor, prolongando-se no ato com uma doçura que surpreendeu Lydia. Apesar de desacordado, algo na expressão do jovem mudou; uma vitalidade que retornava à face.

— Não é real — proferiu Erick, a voz incerta e tímida. O desconhecido ficou em pé novamente, encarando Hektor, nostálgico. — Você é só uma projeção da mansão...

O homem pousou os olhos com frieza em Erick. Encarou-o com o desprezo que só encontrava no próprio reflexo. De forma calma e controlada, disse:

— Você sabe que isso não é verdade. — A voz lânguida e grave, porém, era a mesma de Erick. — A mansão o considerou digno para revelar seus segredos; não existem mais ilusões aos seus olhos. Você sabe o que vê, não há como mentir para si.

Ele tinha razão. Erick sabia exatamente quem ele era. Da mesma forma que sabia os caminhos secretos pelos corredores perdidos, a localização de cada cadáver sepultado na mansão e o significado da música melancólica que aquelas paredes ainda se lembravam. Os dois eram a mesma pessoa.

Percebendo que o rapaz nada disse, Lydia sentiu um aperto no peito. A mente afundando em medo e dúvidas.

— Quem é você? — As palavras escapavam da garganta.

O homem não respondeu imediatamente. Parecia se deleitar com um segredo que era somente dele.

— Eu? — indagou, olhando para um horizonte invisível, buscando as palavras certas. Não se apresentava há muito tempo. — Eu sou o habitante do labirinto. — A voz ribombou pelo salão. — O minotauro que vaga por estes corredores. — As chamas das velas tremulavam fantasmagóricas. — O alquimista imortal. — Borboletas negras em rostos encobertos os observavam. — O assassino de seus amigos.

O divertimento na expressão do estranho morreu, dando lugar a uma severidade conquistada com dor, sacrifícios e sangue. A face de alguém que deixou tudo para trás, perdendo a si mesmo no processo. A face da morte encarnada.

— *Eu sou Astérion* — disse o estranho. Fitava a alma dos jovens, apavorados. — Mas eu possuía outro nome em meu passado. Um nome que vocês conhecem muito bem.

— Você... — começou Lydia, parando logo em seguida. O homem com o rosto de Erick a assustava, porém, ainda assim, precisava perguntar. — Você é o Erick?

Um sorriso sutil cruzou a face de Astérion. Não se lembrava quando havia sido a última vez que alguém o chamou por esse nome.

— De certa forma... — confessou ele, pensativo. Quando levantou os olhos para encarar Lydia, ela teve a sensação de que estava prestes a morrer. — Não, Lydia, não tenha medo de mim!

O alquimista deslizou até a garota, pegou-a pela cintura e segurou uma de suas mãos. Puxou-a para perto de si. A melodia fantasmagórica da caixinha de música de Luana ressoou pelo salão, a bailarina girando mesmo sem ninguém ter dado corda.

— Eu nunca machucaria você. — Ele a confortou. Astérion rodopiou com Lydia, como se dançassem em um baile. Desviavam dos corpos espalhados pelo cômodo, tomando cuidado para não pisar em nenhuma poça de sangue. A garota não queria aquilo; dava passos desengonçados apenas para não cair. — Tudo o que fiz foi por você.

Erick tentou erguer-se. O ferimento fisgou-lhe a carne, jogando-o no chão novamente. O sangue fervendo, enquanto Astérion dançava com a jovem. Lydia tinha lágrimas nos olhos; as palavras do alquimista eram para acalmá-la, porém elas não foram capazes, não com os cadáveres a observando.

Conseguiu se desvencilhar dos braços do homem, empurrando-o para longe. Encarava-o com um misto de confusão e medo.

— Como pode dizer isso? — perguntou ela, a voz falhava. — Não faz sentido! Olhe ao seu redor, como pode dizer que fez isso *por mim?*

A ideia de ter uma parte de culpa naquelas mortes a assombrava. O assassino à sua frente – o monstro – tinha a face conhecida de alguém em quem confiava, e suas palavras gentis a confundiam.

— Você pode não compreender agora — falou Astérion, calmo —, mas logo tudo fará sentido.

Erick conseguiu se colocar de pé, com dificuldade, apoiando-se em uma pilastra de ônix. O rosto de Astérion marcado pela penumbra que as velas projetavam.

— O que qualquer uma dessas pessoas fez para você?! — cuspiu Erick. A morte de todos, o pesadelo que durava dias. Aquilo pesava nos ombros; o homem com seu rosto era o culpado por tudo.

— Estou decepcionado, Erick — respondeu o alquimista, observando-o com incredulidade. — Eu expliquei tudo para você nas páginas do diário. Pensei que teria compreendido o meu desejo, mas acho que superestimei a nossa inteligência. — Desabrochou um sorriso cruel nos lábios. Ficou pensativo, lembrando-se de uma vida passada. — Eles não fizeram nada para mim. Não aqui, não neste tempo. Em outro, porém… — deixou as palavras no ar. O manto roxo cobria-o por completo, parecendo fazer parte de uma indumentária ritualística. Deslizava a atenção pelos cadáveres, e neles o alquimista via não os jovens desfalecidos, mas sim as pessoas que passaram por sua história. O detetive, a cientista, a professora… uma vez sacrifícios, tomavam para si aquele papel novamente.

Fitou Lydia, com ternura, e avançou em sua direção. A garota paralisou, enquanto o monstro a acariciava.

— Você não faz ideia de quanto tempo eu esperei por isso. — Astérion usava a pulseira de miçangas que Lydia dera quando eles ainda eram jovens. Percorria os olhos pela face da garota, absorvendo cada detalhe. — Pensei em tantas maneiras de como contar para você o que seria necessário quando a hora chegasse, mas não há forma delicada de pedir isso.

Os cadáveres silenciosos do salão de entrada aguardavam o que o alquimista diria a seguir.

— Eu preciso que você mate Erick — falou Astérion, gravemente.

Lydia afastou-se do homem, recuando também de sua proposta. Erick quis protestar, dizer que aquilo era loucura. As palavras morreram dentro dele.

— Não precisa ter medo — confortou o alquimista, a voz saindo dos lábios com suavidade. — Eu também sou ele. Porém não o Erick que você conhece. Eu sou uma música antiga, que não foi inventada, um quadro que mostra algo que ainda não ocorreu, lembranças de uma vida inexistente. Eu sou o Erick de um mundo em que você não sobreviveu, Lydia.

O que Astérion falava não fazia sentido. Ela recuou até a parede, sendo pressionada para baixo com a gravidade do que ele estava dizendo. Deslizou até o chão, tremendo. Astérion a seguiu, agachando-se na frente dela e segurando o rosto da garota nas mãos, fazendo ela olhar diretamente em seus olhos verdes tão familiares. Ainda era o mesmo Erick que ela conhecia, no fundo.

— Você foi até *nosso jardim* e tirou a própria vida... — continuou, ele. Era doloroso para o alquimista falar sobre isso; a memória do dia em que descobriu o corpo dela em meio às flores ainda fresca em sua cabeça.

Depois desse acontecimento, ele passava horas sentado no jardim, remoendo a culpa, pensando em tudo o que poderia ter sido e nunca fora. Por estar perto da mansão, ela conseguiu esticar suas raízes até a mente do jovem. Sussurrar segredos. Fazer promessas.

— A mansão me mostrou a forma de trazê-la de volta, como retornar até um tempo em que estivesse viva. — Esperança doentia brilhava nos olhos dele. — O segredo para nos tornarmos imortais. Nunca mais deixarei a morte encostar em você novamente. — A doçura na voz do homem era avassaladora. Uma obsessão cultivada por anos. Aos seus olhos, Lydia não era apenas uma mulher, mas o universo. Motivo suficiente para matar e morrer. A jovem lembrou-se do poema que encontrou, percebendo de quem era a caligrafia. — Eu não fiz isso sozinho... tive ajuda de meu companheiro, do amor que esteve ao meu lado por todo esse tempo. — Astérion virou o rosto de leve, porém não encarou Hektor, esforçando-se para manter os olhos longe do rapaz. Lydia sentiu a hesitação do homem, percebendo o que aquilo significava. — Em outra época, ele traiu minha confiança, e eu precisei matá-lo. Mais um dos muitos sacrifícios que tive que fazer para chegar até aqui. Até você.

Quando Astérion encontrou dentro da mansão o quadro que detalhava o ritual para a imortalidade, percebeu que a receita estava incompleta. Somente com a outra metade guardada na casa de Hektor, ele foi capaz de dar forma ao seu desejo.

Lydia estava em choque. Astérion segurou-a pelos ombros e a ajudou a ficar de pé. As pernas bambas da jovem quase não a sustentavam. Ele a envolveu em seus braços. Ela fechou os olhos. Um conforto torpe percorreu a garota, e por um instante ela deixou-se pensar que estava tudo bem. Ia ficar tudo bem. Quando os abriu novamente, a cabeça decepada de Rebeca a encarava do chão, exibindo um sorriso.

— Sei que é um ato difícil — falou Astérion, ainda segurando-a —, mas matar Erick é o último passo que você precisa dar para tornar-se imortal. A última coisa que precisa fazer para que possamos viver juntos pela eternidade. — Afastou-a gentilmente. Lágrimas molhavam as bochechas da jovem. — Confie em mim. Logo tudo estará acabado.

E, com um gesto simples, como um truque de mágica, ele abriu a mão e, repousado bem no meio de sua palma, estava o canivete que Lydia teria usado para se matar.

— O último sacrifício — disse o alquimista. Colocou o canivete nas mãos da garota.

Lydia fitou Erick com uma expressão que ele não conseguiu decifrar. Apertou o cabo da lâmina nas mãos.

— Lydia? — indagou o jovem, incerto. Não houve resposta. O silêncio no salão tornou-se quase insuportável. Erick sentia medo e não sabia o que planejava. Mas o que quer que ela acabasse escolhendo fazer, não a culparia. Seu desejo era que pelo menos ela saísse com vida dali.

A garota não se aproximou do rapaz. Ficou parada, ao lado de Astérion, respirando fundo. O homem não a apressou.

Ela já tinha tomado a sua decisão. Tomara todas as vezes em que voltou para o salão de entrada, recusando-se a ficar nas entranhas da mansão. Quando bebia da água lamacenta para matar a sede. Quando assassinou Mel. Queria viver.

A imortalidade, por outro lado, não valia tanto a pena se tivesse que deixar Erick para trás.

— É irônico — falou ela, passeando os olhos pelo salão. — Eu decidi morrer há poucos dias, e agora posso viver para sempre. — Sorriu de canto de boca e deixou escapar uma breve risada seca. O rosto tomou um tom sombrio enquanto ela observava os mortos no salão. E Hektor, emoldurado pelo próprio sangue.

Inclinou-se para perto do alquimista, como se fosse beijá-lo.

— Obrigada, pelo menos você conseguiu me manter viva — sussurrou ela, com certo carinho. — Mas terei que recusar.

Afundou a lâmina no peito de Astérion, que soltou um gemido de dor. Vislumbrava os olhos de Lydia, castanhos e profundos, não ligando para o ferimento; estar perto dela já era o suficiente. A música soturna da caixinha parou abruptamente.

Lydia segurou o canivete com firmeza, retirou-o do peito do alquimista e afundou-o novamente. Uma flor-de-sangue desabrochava no manto roxo. Ela o apunhalou mais uma vez. Astérion nada disse, fitando-a com profunda admiração. O sangue respingando no seu belo rosto.

A garota recuou, ainda segurando o canivete. Pensava que, naquele ponto, o homem já deveria ter despencado no chão, em seus últimos momentos. Astérion, porém, permaneceu em pé, encostando com cuidado onde ela o atacou.

— Sinto muito, Lydia — desculpou-se o alquimista. — Talvez isso pudesse ter funcionado antes…

A chama das velas aumentou, esticando-se para cima. A mansão era um labirinto que encapsulava tudo o que existiu, existe e existirá. E o alquimista era o senhor daquele labirinto.

— Não sei se ainda posso ser chamado de humano — confessou Astérion, com um sorriso melancólico.

Lydia ameaçou avançar novamente no homem, finalizar o que havia começado. Mas Erick percebeu o que Astérion estava fazendo. Sentiu nos ossos e na alma a dor da mansão retorcendo-se para além do salão de entrada. Algo estava mudando. O jovem mancou, colocando-se na frente de Lydia.

Astérion examinou o ferimento, um filete de sangue escorrendo de sua boca. Abriu um sorriso vermelho, enquanto uma risada gutural emergia do mais profundo abismo de seu âmago.

— Acho que resta a nós dois acabarmos com isso, não acha, Erick? — ameaçou Astérion.

A mansão tremeu, uma fina camada de poeira descendo pelo teto. O suntuoso lustre caiu, despedaçando-se em mil pedaços. Erick segurou um castiçal de chão. As chamas sacudiam violentamente, chicotes de fogo potentes como maçaricos. Talvez ferozes o bastante para queimar o alquimista, porém a perna ferida do jovem o fazia temer que o homem pudesse fugir antes dele chegar perto.

Erick viu algo de canto de olho que o fez sorrir.

Hektor se jogou contra o homem e o segurou por trás, impedindo que ele se movesse. Desde o beijo de Astérion, o jovem havia despertado, mas manteve-se imóvel, aguardando o momento certo.

— O que tá esperando?! — gritou o rapaz. Finalmente sabia quem era o verdadeiro culpado. Apertou com força o corpo do outro, usando de seu vigor recém-adquirido.

Erick cambaleou em direção ao alquimista e apontou o castiçal com as velas em frenesi, incendiando o homem. Hektor o soltou no momento em que sentiu as labaredas.

Astérion gritou, o rugido de um trovão. O fogo cobria seu corpo por completo, o manto púrpura sendo consumido em um instante. Mal dava para distinguir o que era homem e o que era fogo.

O resto da mansão entrou em combustão junto dele. As cortinas viraram grandes muralhas de chamas, o quadro da família ficou carbonizado, fogueiras salpicavam o tapete, e tudo o que era inflamável agora queimava.

Astérion não parava de gargalhar.

E então veio o *bater de asas* mais uma vez – uma última vez. O som ensurdecedor que tomava todo o salão. Mas foi diferente. Eles não adormeceram; viram tudo mudar ao redor.

Hektor e Lydia desapareceram, sendo tragados pela mansão.

Erick foi puxado pelos cômodos infinitos, mas algo o acompanhava.

Astérion estava logo atrás dele. Encarando-o através das chamas.

Capítulo 46

Erick mancava por uma mandala sem fim, um labirinto que o devorava, a boca de um ser muito mais antigo que o próprio universo. Arrastava-se para longe de Astérion, cambaleante, tropeçando e deixando um rastro de sangue por onde passava. Os cômodos mudaram em um piscar de olhos: estava em um escritório, depois em um quarto, um labirinto de espelhos, uma estufa.

Uma risada seca e melancólica crepitava de dentro de Astérion, como se reagisse a uma piada interna que somente ele entendia. O som cortou os ouvidos de Erick, pois reconhecia a própria voz nele. As chamas quase alcançavam o jovem, que se contorcia pelos corredores, tentando não se ferir. A fumaça o sufocava. O mundo era puro frenesi e fogo, e Erick seria engolido a qualquer instante.

— Não adianta tentar fugir, Erick — anunciou Astérion, a voz ecoava de todos os lugares da mansão. Era um totem de chamas vivas, que andava calmamente atrás do jovem. — Você é medíocre. Você não é nada. Não passa de um rascunho do que eu me tornei.

Um pensamento derramou-se sobre a mente de Erick como tinta em uma tela. Um plano. Mesmo se ambos negassem, eram a mesma pessoa, não tinham como fugir. Nem ele, nem o alquimista. A mansão não detinha o mesmo mistério de antes; o jovem conhecia seus caminhos e curvas. Segredos não podiam ser guardados dentro daquelas paredes, não para Erick.

Encontrou um grande espelho na parede que o refletia de cabeça para baixo. Pegou um castiçal e golpeou o vidro. Astérion se aproximava. Golpeou de novo. As chamas do alquimista quase o tocavam. No terceiro golpe, o espelho se partiu, revelando uma passagem. Erick entrou em um labirinto, com infinitos reflexos dele mesmo, sem a boca.

O labirinto de espelhos prendia cópias perigosas de Erick. Caricaturas grotescas e violentas, que martelavam o vidro, ansiosas para se libertarem e poderem atacá-lo.

O rastro de sangue parecia deixá-las mais furiosas, como tubarões procurando sua presa. Ele tateou um dos vidros, buscando pela abertura que sabia que deveria estar ali.

Astérion o seguiu até o labirinto. As chamas iluminando vorazmente o ambiente escuro daqueles corredores. Os reflexos, sem boca, entraram em frenesi, jogando-se contra o vidro com toda a força. Para eles, o alquimista ainda era Erick.

O jovem enfiou as unhas em uma pequena falha que havia em um espelho, puxando com força e desespero, revelando outra passagem secreta. Astérion estava a poucos passos dele. Erick saiu do labirinto, ao mesmo tempo que alguns reflexos conseguiram partir os vidros que os seguravam, libertando as cópias do jovem.

Incontáveis não-Ericks atacaram Astérion ao mesmo tempo. Em geral, não seriam hostis com ele, mas Astérion estava abalado física e emocionalmente. Manter-se no controle da mansão tornou-se uma tarefa árdua e quase impossível. Agora, até as criaturas que deveriam estar sob seu domínio o atacavam.

Todos os reflexos entraram em combustão ao encostar no homem. Não podiam gritar, mas os olhos das criaturas suplicavam por ajuda. Cheiro de carne carbonizada preencheu o lugar. Astérion se esgueirou para fora do labirinto, seguindo Erick.

— Vai precisar fazer bem mais do que isso se quiser me matar — declarou o monstro. As chamas pintavam o corpo do alquimista com um fervor doentio.

Astérion se encontrou em uma estufa que brilhava como o dia; tudo ao redor pegava fogo, e, acima dele, em uma cópia idêntica do local, outra estufa queimava. O calor e destruição ígnea, uma verdadeira cena infernal. Não conseguia ver o jovem em lugar algum.

Erick estava jogado no chão frio de ardósia de um dos corredores. Respirava com dificuldade, a perna pulsando, o corpo inteiro tremia, mal conseguia manter os olhos abertos; queria correr – ou mancar o mais rápido que podia –, porém conteve-se, o calor das chamas de Astérion aproximando-se parecia sugar o ar de seus pulmões. Ainda não era hora.

Astérion ficou parado por um momento e respirou fundo. Para quem conhecia a mansão, não havia segredos. Não tinha como Erick se esconder dele, e nem o contrário. De olhos fechados, o alquimista sorriu quando a mansão mostrou onde o rapaz estava; assustado como um rato.

— Achei você — sibilou ele, caminhando até Erick.

Capítulo 47

Lydia tentava fingir que não existia. Tapava a boca para que a respiração não delatasse sua posição: deitada embaixo de uma maca, na sala de hospital repleta de criaturas monstruosas. Estavam soltas agora. Caminhavam sem rumo pelo ambiente, farejando a próxima vítima. Com a mente e o corpo de Astérion enfraquecidos, a proteção que Lydia recebera até então havia se perdido.

Uma criatura em especial procurava por ela com mais afinco do que as outras. Assemelhava-se a uma aranha: tinha duas cabeças em cada extremidade do tronco, oito braços humanos e nenhuma perna. As mãos estalando quando encontravam o chão, sentindo o cheiro do medo da garota. Ficava atrás de uma divisória de plástico que delimitava onde cada paciente deveria estar. A jovem conseguia ver por baixo da cortina o rosto da criatura espreitando-a do outro lado. Se a aranha arrastasse a divisória, ela estaria perdida.

— Ei, Lydia. — Um sussurro não muito longe.

Do outro lado da sala, onde antes havia uma parede lisa, surgiu uma porta com uma pequena fresta aberta. Hektor a chamava.

— Vem, por aqui! — clamou. Lydia não sabia se podia confiar no garoto; ele tinha apontado uma arma em sua direção. Teve medo de sair do abrigo, e se viu encurralada entre colocar a vida nas mãos de Hektor ou morrer pelas garras deformadas das criaturas.

Os olhos suplicantes do jovem estavam sem o fervor assassino que exibiam enquanto ele tentava revelar o culpado. O corpo de Lydia foi tomado por um impulso desesperado de fugir para os braços dele.

Jogou-se para fora do esconderijo, correndo em disparada até a porta. A maioria das abominações não havia notado sua presença ainda. A aranha, porém, percebeu.

O ser pulou em cima da garota, enrolando os braços nela, fincando os dentes podres no ombro da jovem, que caiu no chão, gritando. Isso alarmou as outras criaturas, que avançaram para cima dos dois. Lydia achou que aquele seria o fim, mas Hektor entrou no cômodo segurando um castiçal de chão com labaredas tão grandes que faziam o objeto parecer uma tocha.

Ele chutou a cabeça da criatura-aranha, que se afastou da jovem. Lydia correu para fora da enfermaria macabra, enquanto Hektor balançava o castiçal de chão para manter os monstros a uma distância segura. Os seres deteram-se, famintos, a poucos centímetros das chamas, ansiosos pela oportunidade de arrancar a carne dos ossos dos jovens.

O garoto recuou de costas até sair do cômodo e fechou a porta. Deixou o castiçal de lado e olhou para Lydia, que empunhava o canivete que usou para ferir Astérion. Ele levantou as mãos para mostrar que estava desarmado.

— Lydia, por favor, tenha calma — pediu, em um tom mais baixo.

— Ah, *agora* é pra eu ficar calma, né? — retrucou ela, aproximando-se. — Quando *você* que tava apontando uma arma pra mim, estava tudo bem, não é mesmo?

— Eu me enganei, mil desculpas, por favor — falou ele, aflito. — Mas deve admitir que o meu raciocínio tinha lógica; você realmente não estava sofrendo na mansão, por causa do Astérion.

— Hektor, você quase me matou! — cuspiu ela, com lágrimas nos olhos. — Depois de tudo o que a gente passou juntos, você ainda suspeitava de mim!

— Eu sinto muito — suplicou, de cabeça baixa. Não queria encará-la nos olhos; era muito doloroso. — E você também quase me matou! Eu nem sei como sobrevivi...

Os cabelos grudavam na cabeça e rosto, manchados de sangue. Por causa da cor, era difícil distinguir se o vermelho era dos fios ou fruto do ferimento grave que Lydia causou. Havia estancado, mas ainda doía.

— Pois eu devia ter te matado de uma vez, seu merda — retrucou a jovem. — O que me garante que você não vai me colocar fogo assim que eu virar as costas, hein?

— Se eu quisesse ver você morta — respondeu ele —, era só não ter te salvado daqueles monstros.

Lydia não teve uma resposta para isso, mas ainda desconfiava dele.

Um braço emergiu pela porta do hospital, explodindo a madeira e agarrando Hektor pelo pescoço. O jovem foi puxado, ficando a poucos centímetros da criatura-aranha que colocava o rosto para fora da porta. Os olhos vermelhos ensandecidos, a bocarra aberta, urrando de fome. Hektor gemia, sufocado.

— Lydia — chamou ele, tentando, em vão, tirar o braço da criatura de seu pescoço —, eu te imploro, socorro.

Ela o encarou por alguns segundos, pensando se deveria ou não ajudar. Em um outro tempo, em uma outra vida, ele se tornou o parceiro de Astérion; matou pessoas inocentes, tudo em busca de imortalidade. Quem poderia garantir que ele não era assim naquele mundo também? Um assassino com sede de sangue.

A garota via o rosto do jovem ruborizado pelo esforço, lágrimas relutantes recusando-se a despencar dos olhos azuis. Pensou em como ele havia sido um porto seguro em alguns momentos que compartilharam naquele pesadelo que viviam. As coisas que ele fez podiam não ter perdão, mas as que ela fizera também não tinham. Eram iguais.

E, apesar de tudo, ele arriscou a vida para salvá-la.

Lydia apunhalou a criatura-aranha no olho, que recuou com um ganido agudo. Hektor libertou-se e correu ao lado da garota para longe do hospital. A mansão em chamas rugia ao redor deles, fazendo com que respirar se tornasse difícil. O calor infernal os abraçava de todos os lados.

Quando viu que estavam seguros por hora, Lydia jogou Hektor na parede, colocando a lâmina do canivete ameaçadoramente contra a sua garganta.

— Escuta aqui — sibilou ela, encarando-o no fundo dos olhos —, se você me ameaçar mais uma vez, *eu te mato*. Ouviu?

Hektor fez um sinal afirmativo com a cabeça, rapidamente.

— Ótimo — declarou ela. E depois, beijou Hektor com vontade. Uma declaração. O garoto não soube como reagir, mas sentia o mesmo.

Ela se afastou dele e proclamou, decidida:

— Agora precisamos salvar o Erick. Eu não saio daqui sem ele.

— Eu também não — concordou Hektor, recompondo-se.

— A gente tem que vasculhar essa mansão o mais rápido possível, ou...

— Não será necessário — corrigiu Hektor, olhando ao redor como se escutasse uma melodia que só ele era capaz de ouvir. — Eu consigo sentir onde o Erick está. Ele parou de correr, mas... o caminho que estava fazendo pareceu não levar à saída.

— Para onde ele está indo? — indagou Lydia. Hektor a respondeu.

O rosto da garota ficou sombrio.

— A gente precisa encontrá-lo rápido. Eu sei o que ele está tentando fazer — disse ela, apreensiva. — Mas Erick não vai sair vivo disso.

Capítulo 48

Astérion marchou na direção de Erick, que tentava não ser notado. O que o alquimista não percebeu era que o jovem não se escondia dele.

Escondia-se da criatura que habitava a estufa.

O tigre-planta estava em chamas. Uma besta feita de fogo e fome. Pulou em Astérion, fincando as presas afiadas no pescoço do homem. Pela primeira vez, o alquimista gritou de dor.

Erick pôs-se a correr, arrastando a perna ferida, enquanto a fera grudava-se em seu algoz, destroçando a carne e quebrando ossos. Astérion urrou, encostou na criatura e afundou o braço dentro do corpo dela. A besta contorceu-se enquanto ele desfigurava seu interior, arrancando todas as partes vitais. Faltavam poucos metros até Erick chegar na porta suspensa no centro da estufa.

O tigre-planta despencou, morto, transformando-se em cinzas. O que antes parecia uma besta indestrutível fora reduzida a nada com o toque do alquimista. Astérion ficou gravemente ferido; as únicas partes do corpo que não estavam em chamas eram aquelas encharcadas com o próprio sangue. Urrou, furioso, correndo atrás de Erick. O local sacudiu, o incêndio aumentando de tamanho, devorando tudo ao redor.

O jovem atravessou a porta no centro da estufa, e caiu para cima. Alguns metros depois, atingiu com força o chão áspero. Gritou, mas um fraco sorriso apareceu no rosto, logo em seguida.

Finalmente chegou ao destino que havia planejado.

Acima dele, Astérion descia, caindo levemente como uma pluma em chamas; sabia se locomover na mansão com mais facilidade que Erick.

Diante do jovem, havia uma piscina de águas escuras, que não possuía fundo.

A queda o fez torcer o tornozelo da perna alvejada, e não possuía mais forças para se levantar. O cômodo rugia ao redor, ardendo descontrolado. Arrastou-se até a beira da piscina, encarando o próprio reflexo turvo. Astérion tropeçava em sua direção, ferido profundamente pela fera da estufa. Ossos quebrados o perfuravam por dentro. De sua boca saía o uivo dolorido de sua respiração, junto de uma cachoeira vermelha e de gosto metálico. Olhos fixos em Erick, sua presa.

— Ei, Astérion, acho que posso te ajudar com essas suas queimaduras — zombou Erick, respirando pesadamente. Não estava certo que tomara a decisão correta, mas iria até o fim com sua escolha.

Astérion, uma silhueta incandescente de fúria e dor, avançava lentamente, cada passo crepitando e queimando o chão sob seus pés. Não respondeu à provocação do garoto. Um silêncio solene se instaurou entre os dois, pontuado pelo rugido das chamas ao redor. O jovem juntou toda a coragem que sobrara dentro de si.

Contra todos os instintos do seu corpo, e o medo latente que tinha de morrer afogado, Erick rolou para dentro da piscina.

Capítulo 49

Erick mergulhou nas águas escuras e geladas. Deixou o corpo afundar, vendo uma linha vermelha sair da perna ferida, e ir até a brilhante superfície da piscina. Do outro lado, a mansão era consumida pelo fogo.

Segurava o máximo de ar que conseguia; fazia muito tempo que não nadava por vontade própria. A dor repuxava os músculos a cada movimento. Água salgada congelante invadia os ferimentos, queimando-os com uma ardência brutal.

A luz na superfície cresceu e, com o estrondo de algo caindo na água, diminuiu repentinamente. Astérion mergulhou atrás do garoto. Ambos afundando na escuridão sem fim da piscina.

O fogo que consumia o alquimista apagou-se. Estava nu, os olhos não tinham pálpebras, a pele retorcida como plástico, carne carbonizada, lábios destruídos mostrando dentes grotescos. O peito aberto pelas facadas de Lydia. Metade do corpo destroçado pela criatura da estufa. Ossos quebrados por toda parte. Se fosse uma pessoa normal, já teria morrido há muito tempo. Sangrava em profusão, pintando as profundezas de vermelho, mas parecia não ligar. Nadava com vigor para baixo, até Erick; um brilho fantasmagórico queimando nos olhos verdes.

Ver aquela distorção profana do próprio corpo causava náuseas em Erick. Os braços de Astérion esticaram-se em sua direção como garras. O jovem sorriu quando o alquimista o enforcou. Retribuiu o ato, envolvendo as mãos ao redor do pescoço do homem. Astérion havia caído em sua armadilha.

O medo mais profundo de Erick era o de se afogar. Presumiu, corretamente, que o de Astérion também era. Enquanto lutava para manter o fôlego, um pavor crescente queimava em seu peito. Queria desviar os olhos da figura horrenda que o segurava, as mãos pútridas agarrando-o, impedindo que nadasse em direção à superfície. A pouca luminosidade o forçava a completar em sua mente as feições repugnantes de Astérion.

Se a mansão era moldada pelos pensamentos e medos de quem a habitava, o que aconteceria quando duas pessoas com medo de afogamento mergulhassem em uma piscina sem fim?

Da escuridão infinita surgiram cadáveres que se moviam. Nadavam na direção dos dois, com carne soltando dos ossos, olhos vítreos em faces retorcidas, peles completamente pálidas. Erick não sabia quem eram, mas Astérion, sim. Não tinha como esquecer: ele havia matado cada um deles.

Os sacrifícios da mansão, os antigos membros dos Guardiões do Fim, e todos que foram assassinados em sua busca egoísta. Não eram fantasmas, e sim construções da mansão, porém eram reais o suficiente para o alquimista. Memórias de seus pecados anteriores. E estavam ali para buscá-lo.

Astérion gritou, uma mistura de fúria e pavor. Bolhas cobriram-lhe o rosto. Erick apertou o pescoço do homem com mais firmeza, tentando extinguir todo o fôlego do alquimista, mas temendo que o próprio ar acabasse antes.

A visão do garoto ficou turva. Sentia a morte chegando perto. A luta entre eles não era somente pela vida, mas pela verdade de cada um. Duas realidades que batalhavam, dois sonhadores guerreando para decidir quem era o sonho e quem era o despertar.

Os cadáveres alcançaram os dois. Ignoraram Erick e foram direto em Astérion, puxando-o para baixo. Enfiaram as mãos ossudas nos ferimentos do alquimista, afundando em sua carne e contorcendo o que havia por baixo. Seguravam os ossos quebrados e torciam. Mordiam o corpo carbonizado de Astérion vorazmente. Em meio à dor, o homem focava em estrangular Erick.

A vida do jovem estava quase acabando. O alquimista tinha menos tempo ainda. As garras dos cadáveres de seu passado prenderam-no com mais força. Uma grande nuvem vermelha saiu de dentro de Astérion, que ficou mole. Soltou o pescoço de Erick, e foi levado pelos cadáveres.

As memórias de Astérion sangravam em Erick. Imagens cruéis cheias de dor e arrependimento. Cada sacrifício um passo dado em direção ao inferno de sua própria criação. E ainda assim, no fim de tudo, acreditava que aquilo era inevitável.

O rosto do alquimista ficou sereno quando os mortos o puxaram para o fundo. O jovem pensou que poderia ter sido um delírio pela falta de oxigênio, mas podia jurar que, nos últimos momentos, o alquimista estava feliz enquanto desaparecia na escuridão.

A falta de ar ferveu o corpo de Erick, que tentou nadar até a superfície. Não conseguiu. Estava muito fraco. A perna doía, os músculos ardiam, estava com frio e cansado. Sem perceber, soltou o ar que restava nos pulmões. Ele não mais se mexia.

Perguntou-se qual seria o terror que viria buscá-lo, como buscou Astérion. Que tipo de pessoa ou criatura revelaria seu maior medo naquele momento?

Ninguém apareceu.

O que fez sentido para ele. O seu maior medo, além de se afogar, era ficar sozinho para sempre. E sozinho ele estava. Afundando na escuridão. Imaginava que seu cadáver jamais seria encontrado; as águas profundas seriam seu túmulo, como o de muitas pessoas na Baía dos Afogados. Podia não ter matado tantas pessoas quanto Astérion, mas ainda era um assassino.

Talvez merecesse morrer.

Os olhos começavam a se fechar, quando ouviu ao longe um barulho abafado. Contra a luz havia duas silhuetas nadando em sua direção.

Erick desmaiou, mas não estava mais sozinho.

Lydia colocou um braço do jovem ao redor do ombro, prometendo para si mesma não o deixar morrer, não importava o que acontecesse. Hektor fez o mesmo do outro lado. Nadaram com ele até a superfície, carregando o corpo desfalecido que parecia querer ser puxado para baixo.

Erick recobrou a consciência, cuspindo água depois de um boca a boca, deitado no chão ao lado da piscina.

A primeira coisa que viu quando acordou foi Lydia e Hektor sorrindo para ele.

Chamas rugiam ao redor, consumindo a mansão. A dor latejante o trazia de volta ao momento presente. O calor embalou seu corpo, fazendo-o esquecer das águas frias onde Astérion afundava.

Talvez fosse um assassino, mas vislumbrando as faces iluminadas de ambos, decidiu que isso não importava.

Queria viver.

Capítulo 50

— Que surpresa ver você vivo, Hektor — disse Erick, envolvendo os braços ao redor dos dois, enquanto mancava com uma perna só, pela mansão em chamas. — Pensei que só ia te encontrar quando chegasse no inferno.

— Poderia dizer o mesmo de você — bufou o rapaz, e depois deu uma breve risada.

— Os dois aí poderiam apertar o passo? — exigiu Lydia, achando com quase certeza que Erick apoiava mais o peso nela do que em Hektor. — Se não nós três vamos morrer aqui.

A mansão rugia em chamas ao redor deles. Cobrindo as paredes e o teto em labaredas violentas. Se os dois garotos não tivessem aprendido a caminhar pelos corredores e cômodos sem fim, a morte deles seria certa.

— Ah, por que a pressa? — Brincou Erick. — Eu até tô achando a temperatura agradável.

— Se você fizer mais uma piadinha, Erick — ameaçou Lydia —, eu juro que te deixo aqui para morrer queimado.

Hektor riu de leve, mas foi censurado pelo olhar severo de Lydia.

Enquanto via o faminto incêndio se alastrar, a mente de Erick voltava para o corpo desfigurado de Astérion. O cadáver devorado pelo fogo afundando nas profundezas da piscina. Um pensamento borbulhou até a superfície: seria aquele o objetivo do alquimista? Lydia estava viva. A mansão ardia, levando consigo seus crimes. O destino diferente que ele ansiava em seu diário parecia ter se concretizado.

Astérion desejava a morte?

O mundo ao redor deles ruía. Quadros tornaram-se cinzas, destroços do teto despedaçaram estátuas, relógios viraram pó, espelhos se quebravam, labirintos, bibliotecas, estufas e todos os cômodos ficaram desolados, perdidos para sempre. As sombras que se alastravam pelos corredores iam sendo ferozmente consumidas pela claridade.

A catedral da arte que um dia foi o orgulho de Pierre deixava de existir diante dos olhos dos jovens. Conforme as obras eram destruídas, a magia da mansão ia se dissipando aos poucos, deixando para trás somente a carcaça de uma construção antiga, com muitos pecados escondidos entre as rachaduras.

O trio chegou até o salão de entrada. Não o mesmo em que estavam desde o início; aquele ficou perdido para sempre em algum ponto da mansão, consumido pelas chamas – os cadáveres silenciosos que lá repousavam sendo cremados com o resto do lugar. Os sobreviventes pensavam em todos que a mansão havia ceifado, e naqueles que eles mesmos tiraram a vida. Lembraram-se do cheiro pútrido da decomposição, agora sendo abafado pelo calor e pela fumaça.

Aquele salão era um pouco mais antigo do que o que estavam habituados – o mundo real era menos suntuoso que o pesadelo. O incêndio já se alastrava pelo local, mas havia um caminho seguro até a saída. A porta aberta, mostrando a madrugada.

Atravessaram a passagem, chegando no mundo além da destruição. Em segurança, olharam para trás. A fachada da mansão era devorada por labaredas violentas que consumiam o infinito que residia dentro daquele lugar amaldiçoado.

A fumaça se misturava com o ar da madrugada, e uma brisa salgada tocou o rosto dos três. Erick sentou-se no chão de terra, afundando os dedos no solo de verdade. No jardim deles. Os outros dois fizeram o mesmo, assistindo as chamas dançarem. Não haveria mais bater de asas. Respiraram fundo, pensando em todo o pavor e agonia que ficara para trás.

— Acabou — comemorou Erick, sorrindo.

— É... — concordou Hektor, olhando o céu estrelado. Suspirou aliviado e fechou os olhos, desejando que as chamas levassem embora a dor e a culpa que sentia pelas ações que cometera. Talvez nunca conseguisse se perdoar. — O que fazemos agora?

— Depois de passar no hospital? — perguntou Lydia, olhando os ferimentos que eles carregavam. O coração que martelava no peito era um lembrete de que estava viva; desejava manter-se dessa forma. — Eu não sei...

Hektor grunhiu com o pensamento de visitar um hospital, mas até ele sabia que era necessário naquela situação. Precisava aceitar que havia algumas coisas que não seria capaz de controlar. O fogo da mansão iluminava o mundo enquanto o sol não surgia.

— O jeito é viver, como sempre — sugeriu Erick, pensando em todas as mortes que eles presenciaram. Nunca poderia esquecê-las. E nem precisava. Só tinha que seguir em frente. — Talvez começar do zero.

— Pela primeira vez, acho que você teve uma boa ideia— brincou, Hektor. Sabia que não merecia, porém estava feliz de ter sobrevivido. E mais ainda de estar ao lado deles dois. — Então... muito prazer em conhecê-los, o meu nome é Hektor.

— Lydia. — A resposta da garota foi imediata. O desejo por um recomeço queimava dentro dela.

— Erick — respondeu, com um sorriso. Três borboletas pretas voavam tranquilas pelo jardim selvagem. — Também é um prazer conhecer vocês dois.

A visão do jovem ficou embaçada, e por um momento ele pensou que outro bater de asas estava prestes a acontecer. Porém, depois que sentiu as gotas quentes escorrerem pelas bochechas, percebeu do que se tratava.

Erick estava chorando.

Tocou nas lágrimas, incrédulo, sentindo um aperto no peito, a garganta ficando seca. Forçou um sorriso, como sempre fazia, e olhou para os dois, tentando formular alguma piada. Não conseguiu. Assim que viu as faces de Lydia e Hektor, também com olhos marejados, percebeu que seria incapaz de segurar aquele sentimento. Tremeu, balbuciando alguma coisa ininteligível, mas palavras não eram mais necessárias. Chorou como não chorava há anos, na frente dos dois, e não sentiu vergonha, ou medo, e muito menos tentou impedir. Deixou os gritos de alívio, culpa e tristeza preencherem o jardim em uma explosão incontrolável.

Hektor e Lydia o acompanharam, desabando em lágrimas. O peso de tudo o que passaram caindo sobre eles de uma vez. Aninharam-se junto do garoto, e choraram até se sentirem satisfeitos.

O azulado do céu da madrugada ficou cada vez mais claro, à medida que o sol subia no horizonte. A manhã rasgou a escuridão da longa noite que viveram.

Quando os bombeiros chegaram, eles já tinham ido embora.

Só sobraram cinzas onde um dia esteve a mansão.

EPÍLOGO

— Você tem certeza que vai fazer isso? — perguntou Manu, enquanto Erick empacotava as coisas de seu dormitório. — Isso não é maluquice, não?

O garoto demorava para guardar tudo; ainda usava muletas por causa da perna e Lydia e Hektor preferiram ficar no carro a virem ajudá-lo.

— Não é maluquice, Manu — retrucou Erick, exasperado. Sabia que teria que responder algumas perguntas inconvenientes dos amigos; exatamente o motivo para os outros dois decidirem não ir com ele até o dormitório. — Você sabe que sempre foi meu sonho sair da Baía dos Afo… Namorados.

— Tudo bem — Manu bufou, segurando um dos livros de Erick na mão; disse que ia ajudar a empacotar as coisas, porém ainda estava abismada com a decisão do amigo —, mas ir morar com a sua ex-namorada e um cara aleatório que você conheceu *ontem*? E ainda tem esses seus ferimentos além disso tudo!

Erick respirou fundo.

— Primeiro que não é mais minha ex — corrigiu ele. — Segundo que, quantas vezes eu tenho que te explicar? Os dias que passei desaparecido eu, na verdade, tava conhecendo ele. Alguém nos assaltou enquanto saíamos juntos, eu falei uma gracinha e levei um tiro. Só isso.

Manu não poderia entender a decisão de Erick, não de verdade. Depois do que ele, Lydia e Hektor passaram, as únicas pessoas que tinham para conversar sobre aquilo, as únicas pessoas que os compreendiam de fato, eram uns aos outros. Nem Erick, nem Lydia aguentavam mais ficar naquela cidade – os pesadelos tomavam contornos insuportáveis na Baía dos Afogados –, o que não foi um problema, pois Hektor sugeriu que eles viessem morar junto dele. Uma solução conveniente para os três, principalmente depois de firmarem o relacionamento.

— Mas você não desapareceu por tempo nenhum! — retrucou ela. — Um dia você tava bem, e no outro apareceu aqui com a perna enfaixada. Mal se passou um mês e você já tá falando em se mudar!

Alguém buzinou na rua. Erick colocou a cabeça para fora da janela e viu Hektor sentado no assento do motorista, Lydia ao seu lado, debruçada na buzina.

— Vem logo! — exigiu a garota, impaciente.

— É, Erick — concordou Hektor. — Tá demorando muito!

— Se queriam que eu fosse mais rápido, poderiam ter vindo aqui ajudar! — gritou Erick de volta. — Agora a Manu que tá fazendo o trabalho que deveria ser *de vocês dois!*

A garota olhou para fora da janela, acenando alegremente.

— Oi, gente! — falou ela, com um sorriso falso. — Lydia, há quanto tempo! Você tá linda! E oi pra você também, ruivinho. Que carro bonito!

Hektor só fez um aceno com a cabeça e um sorriso desconfortável. Lydia revirou os olhos, cruzou os braços e falou um breve:

— Oi, Manu.

Erick havia pego todas as coisas que faltavam. Tudo o que precisava estava dentro de sua mochila e uma caixa de papelão.

— Eu realmente não tenho como convencer você de que essa é uma péssima ideia, não é? — perguntou Manu, cansada.

— Não — respondeu ele, prontamente.

Ela se deu por vencida, suspirando.

— Olha, tudo bem — disse, por fim. — Só toma cuidado, hein. Eu tenho aula agora, mas vou pedir pro calouro levar a sua caixa. Ele ainda tem uma dívida comigo depois de ter vomitado no meu carro.

— Valeu — agradeceu, com um meio sorriso.

O calouro pegou as coisas e foi com ele até o veículo, onde se despediram. Por fim, Erick ficou sozinho com Hektor e Lydia.

— E aí, tem certeza que pegou tudo? — perguntou Hektor, com as mãos no volante.

— Acho que sim — respondeu Erick, suspirando aliviado. Depois de tantos horrores, apesar do corpo e mente feridos, esperança começava a se desenhar em sua alma. — Nem acredito que vou deixar essa cidade...

— Finalmente! — concordou Lydia, com impaciência. Queria deixar o passado enterrado nas cinzas da mansão. — Por favor, Hektor, acelera logo.

— Então vamos para nossa casa — declarou Hektor, ligando o carro. A tragédia havia chegado ao fim.

No caminho até seu novo lar, Erick abriu a mochila para pegar o celular. No fundo dela, porém, notou algo que não estava lá antes. Um envelope liso, sem destinatário ou remetente. Quem quer que colocou o aquilo ali, chegou muito perto de Erick sem ele notar.

Dentro do envelope havia uma folha de papel com algo datilografado. Cinco palavras e uma assinatura.

Não desperdice a minha morte.

Astérion

Sem mostrar aos outros, Erick amassou a folha de papel.

Jogou a página para fora da janela do carro.